Christina Baker Kline

Die Farben des Himmels

GOLDMANN
Lesen erleben

Christina Baker Kline

Die Farben des Himmels

Roman

Aus dem Amerikanischen
von Anne Fröhlich

GOLDMANN

Die amerikanische Originalausgabe erschien 2017 unter dem Titel
»A Piece Of The World« bei Harper Collins, New York, NY.

Dieses Buch ist ein Werk der Fiktion.

Dieses Buch ist auch als E-Book erhältlich.

MIX
Papier aus verantwortungsvollen Quellen
FSC® C014496
FSC www.fsc.org

Verlagsgruppe Random House FSC® N001967

1. Auflage
Deutsche Erstveröffentlichung Mai 2018

Umschlaggestaltung: UNO Werbeagentur, München
Umschlagmotiv: Stephen Mulcahey / arcangel images
FinePic®, München
Gemälde im Vorsatz: Christina's World
© 2016 Andrew Wyeth / Artists Rights Society (ARS), New York
Redaktion: Alexander Behrmann
AG · Herstellung: Han
Satz: Buch-Werkstatt GmbH, Bad Aibling
Druck und Bindung: GGP Media GmbH, Pößneck
Printed in Germany
ISBN: 978-3-442-31415-7
www.goldmann-verlag.de

Besuchen Sie den Goldmann Verlag im Netz

Für meinen Vater,
der mir die Welt gezeigt hat

»Da war eine eigenartige Verbindung zwischen uns. Manchmal gibt es solche merkwürdigen Zusammentreffen. Wir waren uns ein bisschen ähnlich; ich war ein kränkliches Kind gewesen, das man im Haus behielt. Deshalb herrschte ein unausgesprochenes Gefühl zwischen uns, das wunderbar war, eine vollkommene Natürlichkeit. Wir konnten stundenlang dasitzen, ohne ein Wort zu sprechen, bevor sie etwas sagte und ich ihr antwortete. Ein Reporter fragte sie einmal, worüber wir redeten. Sie antwortete: ›Nichts Überflüssiges.‹«

Andrew Wyeth

Prolog

Später erzählte er mir, er habe sich davor gefürchtet, mir das Bild zu zeigen. Er dachte, mir würde nicht gefallen, wie er mich dargestellt hat: wie ich mich über das Feld ziehe, die Finger in die Erde gekrallt, die Beine verdreht. Weizenstroh und Lieschgras, öde wie eine Mondlandschaft. Dieses baufällige Haus in der Ferne, drohend wie ein Geheimnis, das nicht verborgen bleiben mag. Die Fenster sind dunkel und undurchdringlich. Im struppigen Gras die Radspuren eines unsichtbaren Fahrzeugs, die nirgendwohin führen. Ein trüber Himmel.

Die Leute glauben, das Bild sei ein Portrait, aber das ist es eigentlich nicht. Er war nicht einmal draußen auf dem Feld, sondern in einem Zimmer im Haus und hat es von dort aus heraufbeschworen, ein völlig anderer Blickwinkel. Er hat Felsen, Bäume und Nebengebäude weggelassen. Die Größe der Scheune stimmt nicht. Und ich bin nicht dieses zerbrechliche junge Ding, sondern eine alternde Jungfer. Das ist nicht mein Körper, wirklich nicht, und vielleicht nicht einmal mein Kopf.

Doch eine Sache hat er richtig verstanden: Mal Zufluchtsstätte, mal Gefängnis, war dieses Haus auf dem Hügel immer mein Zuhause. Ich habe mich mein Leben lang nach ihm gesehnt, während ich ihm gleichzeitig entfliehen wollte, gelähmt von der Macht, die es über mich hatte. (Im Lauf der Jahre habe ich gelernt, dass man auf vielerlei Arten verkrüppelt sein kann, auf unterschiedliche Weise gelähmt). Meine Vorfahren flohen aus Salem nach Maine, aber wie jeder, der versucht, seiner Vergangenheit zu entkommen, haben auch sie sie mitgebracht. Die eigene Herkunft bricht sich unweigerlich Bahn. Man kann den Bindungen seiner Familiengeschichte niemals entfliehen, egal, wie weit man reist. Und das Skelett eines Hauses kann in seinen Knochen das Mark all dessen tragen, was zuvor geschah.

Wer bist du, Christina Olson?, fragte er mich einmal.

Niemand hatte mir je diese Frage gestellt. Ich musste eine Weile darüber nachdenken.

Wenn du das wirklich wissen willst, sagte ich, dann müssen wir bei den Hexen anfangen. Und bei den ertrunkenen Jungen. Bei den Muscheln aus fernen Ländern, die ein ganzes Zimmer füllen. Bei dem schwedischen Matrosen, der im Eis festsaß. Ich werde dir vom falschen Lächeln des Harvard-Mannes und dem Händeringen dieser brillanten Bostoner Ärzte erzählen müssen, von dem kleinen Boot auf dem Heuboden und dem Rollstuhl im Meer.

Und irgendwann – auch wenn uns das damals nicht bewusst war – würden wir hier ankommen, an diesem Ort, innerhalb und außerhalb der Welt des Gemäldes.

Der Fremde vor der Tür

1939

An einem strahlenden Julinachmittag arbeite ich in der Küche an einem Quilt, auf dem Tisch neben mir kleine Stoffquadrate, Nadelkissen und Schere, als ich das Brummen eines Autos höre. Ich schaue aus dem Fenster in Richtung der Bucht und sehe einen Kombi etwa hundert Meter entfernt auf das Feld einbiegen. Der Motor wird abgestellt, die Beifahrertür geht auf, und Betsy James steigt aus, sie ruft und lacht. Ich habe sie seit letzten Sommer nicht gesehen. Sie trägt kurze Baumwollhosen, eine ärmellose weiße Bluse und ein rotes Halstuch. Ich sehe zu, wie sie auf das Haus zukommt, und ich bin verblüfft, wie sehr sie sich verändert hat. Ihr hübsches Gesicht ist schmaler geworden, das dichte, kastanienbraune Haar reicht ihr bis zu den Schultern, ihre Augen sind dunkel und glänzend. Ein Hauch von rotem Lippenstift. Ich denke daran, wie sie als Neunjährige zum ersten Mal zu Besuch kam, wie sie hinter mir auf der Eingangstreppe saß und mir mit ihren kleinen, flinken Fingern die Haare flocht. Und jetzt ist sie hier, siebzehn Jahre alt und plötzlich erwachsen.

»Hallo, Christina«, sagt sie atemlos, als sie an der Fliegengittertür angekommen ist.

»Komm rein«, antworte ich von meinem Stuhl aus. »Es macht dir doch nichts aus, wenn ich sitzen bleibe?«

»Natürlich nicht.« Sie tritt ein, und im Raum duftet es

nach Rosen. (Seit wann trägt Betsy Parfum?) Schon ist sie bei meinem Stuhl angelangt und umarmt mich. »Wir sind vor ein paar Tagen angekommen. Ich bin so froh, wieder hier zu sein.«

»Das sieht man dir an.«

Sie lächelt, die Wangen leicht gerötet. »Wie geht es dir und Al?«

»Ach, du weißt schon. Wie immer.«

»Wie immer heißt gut, oder?«

Ich lächele. Natürlich. Wie immer heißt gut.

»Was machst du da?«

»Nichts Besonderes. Eine Babydecke. Lora ist wieder schwanger.«

»Was für eine großzügige Tante.« Sie greift nach einem der Stoffquadrate, ein Stück Kaliko, rosafarbene Blüten und grüne Blätter auf braunem Grund. »Den Stoff kenne ich.«

»Ich habe ein altes Kleid aufgetrennt.«

»Ich erinnere mich daran. Kleine, weiße Knöpfe und ein weiter Rock, stimmt's?«

Ich denke an meine Mutter und daran, wie sie mit dem Butterick-Schnittmuster, den schillernden Knöpfen und dem Kaliko-Stoff nach Hause kam. Ich denke an Walton, der mich in diesem Kleid zum ersten Mal gesehen hat. *Ich bin überwältigt.* »Das ist lange her.«

»Nun, es ist schön, wenn ein altes Kleid ein neues Leben bekommt.« Sie legt das Stoffstück vorsichtig zurück auf den Tisch und sieht sich die anderen an: weißer Musselin, dunkelblaue Baumwolle, ein zart bedruckter Chambray. »All diese kleinen Einzelteile. Das wird ein Familienerbstück.«

»Ich weiß nicht«, sage ich. »Das ist doch nur ein Haufen alter Fetzen.«

»Was der eine wegwirft …« Sie lacht und blickt aus dem Fenster. »Ich habe ganz vergessen, dass ich eigentlich gekommen bin, um ein Glas Wasser zu holen, wenn du nichts dagegen hast.«

»Setz dich, ich bring dir eins.«

»Oh, es ist nicht für mich.« Sie zeigt auf den Kombi draußen auf dem Feld. »Mein Freund möchte euer Haus malen, aber er braucht Wasser dazu.«

Ich werfe einen Blick auf den Wagen. Ein junger Mann sitzt auf dem Autodach und schaut in den Himmel hinauf. Er hat einen großen, weißen Malblock in der einen Hand und etwas, das wie ein Bleistift aussieht, in der anderen.

»Das ist N. C. Wyeths Sohn«, flüstert Betsy, als ob sie außer mir irgendjemand hören könnte.

»Wer?«

»Du kennst doch N. C. Wyeth. Den berühmten Illustrator? *Die Schatzinsel*?«

Ah, *Die Schatzinsel*. »Dieses Buch hat Al geliebt. Wir müssten es noch irgendwo haben.«

»Ich glaube, jeder Junge in Amerika hat es noch irgendwo. Jedenfalls, sein Sohn ist auch ein Künstler. Ich habe ihn gerade heute kennen gelernt.«

»Du hast ihn heute kennen gelernt und fährst im Auto mit ihm durch die Gegend?«

»Ja, er ist … Ich weiß nicht. Er wirkt vertrauenswürdig.«

»Und deine Eltern haben nichts dagegen?«

»Sie wissen nichts davon.« Sie lächelt verlegen. »Er stand heute Morgen bei uns vor der Tür und hat nach meinem Vater gefragt, aber meine Eltern waren unterwegs zum

Segeln. Ich habe ihm die Tür geöffnet, und jetzt sind wir hier.«

»Solche Dinge passieren manchmal«, sage ich. »Wo kommt er her?«

»Aus Pennsylvania. Seine Familie hat hier einen Sommerwohnsitz, in Port Clyde.«

»Du scheinst ja furchtbar viel über ihn zu wissen«, sage ich mit hochgezogenen Augenbrauen.

Auch sie hebt die Augenbrauen, als sie antwortet. »Ich habe vor, noch mehr herauszufinden.«

Betsy kehrt mit einem Becher Wasser zurück zum Kombi. An der Art, wie sie geht, mit straffen Schultern und hoch erhobenem Kopf, erkenne ich, dass sie weiß, dass der junge Mann sie beobachtet. Und dass es ihr gefällt. Sie gibt ihm den Becher und klettert zu ihm auf das Autodach.

»Wer war das?« Mein Bruder Al steht an der Hintertür und trocknet sich die Hände an einem Tuch ab. Ich merke nie, wenn er kommt; er ist so leise wie eine Katze.

»Betsy. Und ein Junge. Er malt ein Bild vom Haus, hat sie gesagt.«

»Wozu tut er das?«

Ich zucke mit den Schultern. »Manche Leute sind schon komisch.«

»Stimmt.« Al setzt sich in seinen Schaukelstuhl und holt Pfeife und Tabak hervor. Während er die Pfeife stopft und anzündet, tun wir beide so, als würden wir Betsy und den jungen Mann nicht durch das Fenster beobachten.

Nach einer Weile steigt der Junge herunter und legt seinen Malblock auf die Motorhaube. Er reicht Betsy die Hand, und sie lässt sich hinunter und in seine Arme gleiten. Sogar aus dieser Entfernung kann ich die Leidenschaft zwischen den beiden spüren. Sie bleiben einen Augenblick stehen und unterhalten sich, dann nimmt Betsy ihn an der Hand und zieht ihn mit sich – oh Gott, sie bringt ihn hierher zum Haus. Einen Moment lang überkommt mich Panik: Der Fußboden ist staubig und mein Kleid schmutzig, meine Haare sind ungekämmt. Auf Als Arbeitsanzug sind Schlammspritzer. Es ist lange her, dass ich mir zuletzt Gedanken darüber gemacht habe, wie ich auf einen Fremden wirken könnte. Aber während sie auf das Haus zukommen, fällt mir auf, wie der Junge Betsy ansieht, und mir wird klar, dass ich mir keine Sorgen machen muss. Er hat nur Augen für sie.

Jetzt ist er da, steht vor der Tür. Schlaksig, lächelnd und strotzend vor Energie, füllt er den ganzen Türrahmen aus, als er die Fliegengittertür öffnet. »Was für ein wunderbares Haus«, murmelt er und reckt den Hals, während er seinen Blick durch den Raum und zur Decke schweifen lässt. »Das Licht hier ist außergewöhnlich.«

»Christina, Alvaro, das ist Andrew«, sagt Betsy, die hinter ihm durch die Tür tritt.

Er nickt uns zu. »Ich hoffe, es macht Ihnen nichts aus, dass ich hier so ohne Einladung hereinplatze. Betsy hat geschworen, das sei in Ordnung.«

»Wir legen nicht viel Wert auf Förmlichkeiten«, sagt mein Bruder. »Ich bin Al.«

»Leute ganz nach meinem Herzen. Und nennen Sie mich Andy, bitte.«

»Also, ich bin Christina«, sage ich.

»Ich sage Christie zu ihr, aber das tut sonst niemand«, fügt Al hinzu.

»Dann also Christina«, sagt Andy und richtet den Blick auf mich. Ich kann kein Urteil darin erkennen, nur eine gewisse anthropologische Neugier. Trotzdem lässt mich seine offenkundige Aufmerksamkeit erröten.

Schnell drehe ich mich zu Al und sage: »Erinnerst du dich an das Buch *Die Schatzinsel?* Sein Vater hat die Bilder dazu gemalt, sagt Betsy.«

»Wirklich?« Al strahlt. »Das sind Bilder, die man nicht vergessen kann. Ich habe das Buch wahrscheinlich ein Dutzend Mal gelesen. Wenn ich es mir recht überlege, ist es vielleicht das einzige, das ich je zu Ende gelesen habe. Ich wollte Pirat werden.«

Andy grinst. Er hat große, weiße Zähne wie ein Filmstar. »Ich auch. Eigentlich will ich das immer noch.«

Betsy hat den riesigen Malblock in der Hand. Stolz wie eine junge Mutter kommt sie zu mir herüber, um ihn mir zu zeigen. »Schau, was Andy gemacht hat, Christina, in der kurzen Zeit.«

Das Papier ist noch feucht. Mit kräftigen Pinselstrichen hat Andy das Haus auf einen weißen Kasten mit zwei Giebeln, die in Richtung Meer zeigen, reduziert. Die Felder sind grün und gelb, mit stacheligen Grashalmen, die hier und da aufragen. Beinahe schwarze Tannen, in Violett angedeutete Berge, wässrige Wolken. Obwohl das Aquarell nur eine flüchtige Skizze ist, weisen die Pinselstriche eine Bewegung auf, als würde ein Wind durch das Bild fegen – es ist offensichtlich, dass der Junge etwas von der Sache versteht. Die Fenster sind bloß angedeutet, aber man hat das merkwürdige Gefühl, hineinsehen zu können. Das Haus wirkt wie in der Erde verwurzelt.

»Es ist nur ein Entwurf«, sagt Andy und tritt neben mich. »Ich werde noch weiter daran arbeiten.«

»Sieht aus wie ein Ort, an dem es sich gut leben lässt«,

sage ich. Das Haus wirkt lauschig und gemütlich, eine Märchenversion von dem Haus, in dem Al und ich tatsächlich wohnen. Die Zeichen seines Verfalls sind nur durch einige blaue und braune Farbkleckse angedeutet.

Andy lacht. »Das wisst ihr besser als ich.« Er fährt mit zwei Fingern über das Papier und sagt: »So klare Formen. Dieser Ort hat etwas Außergewöhnliches … Lebt ihr hier schon lange?«

Ich nicke.

»Das spüre ich. Das Haus ist voller Geschichten. Ich wette, ich könnte es hundert Jahre lang immer wieder malen, ohne dass es mich langweilen würde.«

»Oh doch, es würde dich langweilen«, sagt Al.

Wir alle lachen.

Andy klatscht in die Hände. »Hey, wisst ihr was? Ich habe heute Geburtstag.«

»Tatsächlich?«, fragt Betsy. »Davon hast du mir gar nichts gesagt.«

Er legt einen Arm um sie und zieht sie an sich. »Wirklich nicht? Ich habe das Gefühl, als wüsstest du schon alles über mich.«

»Noch nicht«, sagt sie.

»Wie alt bist du?«, frage ich ihn.

»Zweiundzwanzig.«

»Zweiundzwanzig! Betsy ist erst siebzehn.«

»*Reife* Siebzehn«, platzt Betsy heraus und errötet.

Andy wirkt belustigt. »Na ja, mir war Alter noch nie besonders wichtig. Oder Reife.«

»Wie willst du feiern?«, frage ich.

Er sieht Betsy an und zieht eine Augenbraue hoch. »Ich würde sagen, ich bin schon dabei.«

Betsy taucht erst mehrere Wochen später wieder auf, kommt in die Küche gestürmt und tanzt beinahe dabei. »Christina, wir sind verlobt«, sagt sie atemlos und umklammert meine Hand.

»Verlobt?!«

Sie nickt. »Kannst du es glauben?«

Du bist so jung, möchte ich sagen, das geht zu schnell, ihr kennt euch doch kaum …

Dann denke ich an mein eigenes Leben. All die Jahre des Wartens haben zu nichts geführt. Ich habe diese beiden zusammen erlebt. Habe den Funken zwischen ihnen gespürt. *Ich habe das Gefühl, als wüsstest du schon alles über mich.* »Natürlich kann ich das«, sage ich.

Zehn Monate später bekommen wir eine Postkarte. Betsy und Andy haben geheiratet. Als sie im Sommer nach Maine kommen, gebe ich ihnen mein Hochzeitsgeschenk: zwei Kissenbezüge, die ich genäht und mit Blumen bestickt habe. Vier Tage habe ich für die Gänseblümchen im französischen Knötchenstich und für die winzigen Blätter um die Knopflöcher gebraucht. Meine Hände, steif und knorrig, funktionieren nicht mehr so wie früher.

Betsy sieht sich die Stickerei genau an und drückt die Kissenbezüge an ihre Brust. »Ich werde sie in Ehren halten. Sie sind perfekt.«

Ich lächele ihr zu. Sie sind nicht perfekt. Die Nähte sind nicht gerade, die Blütenblätter sind unregelmäßig und zu groß, und der Stoff lässt die Spuren aufgetrennter Stiche erkennen.

Betsy ist schon immer freundlich gewesen.

Sie zeigt mir Fotos von ihrer Hochzeitsfeier in Upstate New York. Andy im Smoking, Betsy in Weiß mit Gardenien im Haar, beide strahlend vor Freude. Nach ihrer fünftägigen Hochzeitsreise hatte sie eigentlich gedacht, sie würden nach Kanada zur Hochzeit eines engen Freundes fahren, erzählt sie mir. Aber Andy sagte, er müsse wieder an die Arbeit.

»Er hat mir vor unserer Hochzeit gesagt, dass es so sein würde«, sagt sie. »Aber bis zu diesem Augenblick habe ich es nicht geglaubt.«

»Dann bist du alleine hingefahren?«

Sie schüttelt den Kopf. »Ich bin bei ihm geblieben. Das ist es, worauf ich mich eingelassen habe. Seine Arbeit bedeutet ihm alles.«

Durch das Küchenfenster sehe ich Andy über das Feld stapfen und auf das Haus zukommen. Dabei schiebt er das eine Bein ruckartig vorwärts und zieht das andere nach. Merkwürdig, dass ich nicht früher bemerkt habe, dass er hinkt. Nun steht er vor der Tür in mit Farbe bespritzten Stiefeln, die Ärmel seines weißen Baumwollhemds sind hochgekrempelt, und er trägt einen Skizzenblock unter dem Arm. Er klopft zweimal kräftig und zieht dann die Fliegengittertür auf. »Betsy hat ein paar Besorgungen zu erledigen. Ist es okay, wenn ich ein bisschen hierbleibe?«

Ich bemühe mich um Ungezwungenheit, aber mein Herz rast. Ich kann mich nicht erinnern, wann ich zuletzt mit einem anderen Mann als Al allein war. »Ganz wie du möchtest.«

Er tritt ein.

Er ist größer und hübscher, als ich ihn in Erinnerung hatte, mit sandbraunem Haar und durchdringenden, blauen Augen. Seine Art, den Kopf zurückzuwerfen und von einem

Bein aufs andere zu treten, lässt mich an ein Pferd denken. Er scheint ständig in Bewegung zu sein.

Im Muschelzimmer lässt er seine Hand über das Kaminsims gleiten und wischt den Staub fort. Hebt Mutters angeschlagene, weiße Teekanne hoch und dreht sie herum. Nimmt die Nautilus-Muschel meiner Großmutter in beide Hände, blättert dann durch die dünnen Seiten ihrer alten, schwarzen Bibel. Seit Jahrzehnten hat niemand mehr die Seemannstruhe meines armen Onkels Alvaro geöffnet, der im Meer ertrunken ist; es quietscht, als er den Deckel anhebt. Andy nimmt ein Portrait von Abraham Lincoln in einem mit Muscheln besetzten Rahmen heraus, sieht es sich genau an und legt es dann zurück. »Man spürt die Vergangenheit in diesem Haus«, sagt er. »Die früheren Generationen. Es erinnert mich an *Das Haus mit den sieben Giebeln:* ›So viel an menschenmöglicher Erfahrung hatte sich dort zugetragen, dass es überall aus dem Gebälk troff wie aus einem Herzen.‹«

Die Zeilen sind mir vertraut. Ich erinnere mich daran, dass ich den Roman vor langer Zeit in der Schule gelesen habe. »Wir sind sogar verwandt mit Nathaniel Hawthorne«, erzähle ich ihm.

»Interessant. Ah ja – Hathorn.« Er tritt ans Fenster und zeigt hinaus auf das Feld. »Ich habe die Grabsteine auf dem Friedhof da drüben gesehen. Hawthorne hat eine Weile in Maine gelebt, glaube ich?«

»Darüber weiß ich nichts«, gebe ich zu. »Unsere Vorfahren kamen aus Massachusetts. Vor fast zweihundert Jahren. Drei Männer, mitten im Winter.«

»Wo in Massachusetts?«

»Salem.«

»Warum sind sie hierhergekommen?«

»Meine Großmutter sagte, sie wollten dem Makel entgehen, mit ihrem Ahnen John Hathorne in Verbindung gebracht zu werden. Er war Oberster Richter bei den Hexenprozessen. Als sie nach Maine kamen, ließen sie das ›e‹ am Ende des Namens weg.«

»Um die Verbindung zu verbergen?«

Ich zucke mit den Schultern. »Vermutlich.«

»Jetzt erinnere ich mich«, sagt er. »Nathaniel Hawthorne stammte ebenfalls aus Salem, und auch er hat die Schreibweise seines Namens geändert. Viele seiner Erzählungen sind Bearbeitungen seiner eigenen Familiengeschichte. *Deiner* Familiengeschichte, nehme ich an. Moralische Allegorien über Menschen, die anderen ihre Fehler austreiben wollen, während sie ihre eigenen leugnen.«

»Es gibt sogar eine Legende«, erzähle ich. »Sie besagt, eine der als Hexen verurteilten Frauen habe, als sie auf dem Schafott stand und auf die Schlinge wartete, noch einen Fluch ausgestoßen: ›Möge Gott an der Familie von John Hathorne Rache üben.‹«

»Dann ist deine Familie verflucht!«, sagt er entzückt.

»Vielleicht. Wer weiß? Meine Großmutter sagte immer, diese Hathorn-Männer hätten die Hexen von Salem mitgebracht. Sie ließ die Tür zwischen Küche und Schuppen immer offen, damit die Hexen ein- und ausgehen konnten.«

Er lässt seinen Blick durch das Muschelzimmer schweifen und sagt: »Was denkst du? Ist das wahr?«

»Ich habe nie eine gesehen«, sage ich. »Aber ich lasse die Tür auch immer offen.«

Innerhalb einer Familie verbreiten sich im Lauf der Jahre bestimmte Erzählungen. Sie werden von Generation zu Generation weitergegeben und gewinnen dabei immer mehr an Substanz und Bedeutung. Man muss lernen, sie zu filtern, Fakt von Fiktion zu unterscheiden, Wahrscheinliches von Unwahrscheinlichem.

Und ich weiß: Manchmal sind die unglaublichsten Geschichten die wahren.

1896 – 1900

Meine Mutter legt mir einen ausgewrungenen Lappen auf die Stirn. Kaltes Wasser rinnt mir über die Wange und tropft auf das Kopfkissen, und ich drehe den Kopf, um es abzuwischen. Ich schaue auf und sehe in ihre grauen Augen, die schmal sind vor Sorge, eine steile Stirnfalte zwischen den Brauen. Feine Fältchen um ihre zusammengekniffenen Lippen. Ich blicke zu meinem Bruder Alvaro, der neben ihr steht, zwei Jahre alt, die Augen groß und ernst.

Sie gießt Wasser aus einer weißen Teekanne in ein Glas. »Trink, Christina.«

»Lächle, Katie«, sagt meine Großmutter Tryphena zu ihr. »Angst ist ansteckend.« Sie führt Alvaro aus dem Zimmer, und meine Mutter greift nach meiner Hand, aber es ist nur ihr Mund, der lächelt.

Ich bin drei Jahre alt.

Meine Knochen schmerzen. Wenn ich die Augen schließe, habe ich das Gefühl zu fallen. Die Empfindung ist gar nicht so unangenehm – so, als würde ich in Wasser herabsinken. Durch die Lider sehe ich Farben, Violett und Rotbraun. Mein Gesicht glüht, und die Hand meiner Mutter auf meiner Wange fühlt sich eiskalt an. Ich hole tief Luft, atme die Gerüche von Holzfeuer und frisch gebackenem Brot ein und lasse mich treiben. Das Haus ächzt und wankt. Aus einem anderen Zimmer ertönt Schnarchen. Der Schmerz in meinen Knochen bringt mich zurück an die Oberfläche. Als ich die Augen öffne, kann ich nichts sehen, aber ich weiß, dass meine Mutter fort ist. Ich friere erbärmlich, und meine Zähne klappern laut in der Stille. Ich höre mein eigenes Wimmern, aber es ist, als käme es von jemand anderem. Ich weiß nicht, wie lange ich diesen Laut schon mache, doch er beruhigt mich, lenkt mich von den Schmerzen ab.

Die Decke wird hochgehoben. Meine Großmutter sagt: »Christina, psst, ich bin es.« In ihrem dicken Flanellnachthemd schlüpft sie neben mir ins Bett und zieht mich an sich. Ich schmiege mich in die Kurve ihrer angezogenen Beine, spüre ihren Busen wie ein Kissen an meinem Hinterkopf und ihren weichen, fleischigen Arm unter meinem Hals. Sie reibt meine kalten Arme, und in dem warmen Kokon, der nach Talkumpuder, Leinöl und Waschsoda riecht, schlafe ich ein.

So lange ich denken kann, habe ich meine Großmutter Mammey genannt. Das ist der Name eines Baums, der auf den Karibischen Inseln wächst, die sie mit meinem Großvater, Kapitän Sam Hathorn, auf einer ihrer zahlreichen Exkursionen besucht hat. Der Mammeyapfelbaum hat einen kurzen, dicken Stamm, nur wenige große Äste und spitze, grüne Blätter, mit weißen Blüten an den äußeren Zweigen, die aussehen wie Hände. Er trägt das ganze Jahr über Blätter und mehrmals Früchte. Als meine Großeltern einige Monate auf der Insel St Lucia verbrachten, kochte meine Großmutter Marmelade aus seinen Früchten, die schmecken wie überreife Himbeeren. »Je reifer sie sind, desto süßer werden sie. Wie ich«, sagte sie. »Nenn mich nicht Granny. Mammey passt viel besser zu mir.«

Manchmal finde ich sie alleine im Muschelzimmer, wie

sie dasitzt und aus dem Fenster starrt. Das Muschelzimmer ist die vordere Stube, in der wir die Schätze präsentieren, die sechs Generationen von Seefahrern in Seemannstruhen von ihren Reisen rund um die Welt mitgebracht haben. Ich weiß, dass Mammey sich nach meinem Großvater sehnt, der vor meiner Geburt in diesem Haus gestorben ist. »Es ist schrecklich, Christina, wenn man die Liebe seines Lebens gefunden hat«, sagt sie. »Dann weiß man ganz genau, was einem fehlt, wenn sie nicht mehr da ist.«

»Du hast uns«, sage ich.

»Ich habe deinen Großvater mehr geliebt als all die Muscheln im Muschelzimmer«, sagt sie. »Mehr als alle Halme auf dem Feld.«

Mein Großvater, wie zuvor schon sein Vater und Großvater, begann sein Seefahrerleben als Schiffsjunge und wurde später Kapitän. Nachdem er meine Großmutter geheiratet hatte, nahm er sie mit auf seine Reisen, wenn er Eis von Maine zu den Philippinen, nach Australien, Panama oder auf die Jungferninseln transportierte und das Schiff vor seiner Heimreise mit Brandy, Zucker, Gewürzen und Rum belud. Was sie von ihren exotischen Reisen erzählte, wurde Familienlegende. Jahrzehntelang reiste sie mit ihm und nahm sogar ihre gemeinsamen Kinder mit, drei Jungen und ein Mädchen, bis mein Großvater auf dem Höhepunkt des amerikanischen Bürgerkriegs darauf bestand, dass sie zu Hause blieben. Kaperschiffe der Konföderierten waren entlang der Ostküste unterwegs wie plündernde Piraten, und kein Schiff war vor ihnen sicher.

Aber trotz seiner Vorsicht konnte mein Großvater die Familie nicht schützen: Alle seine drei Söhne starben in jungen Jahren. Einer erlag dem Scharlachfieber, und Sammy, sein vierjähriger Namensvetter, ertrank an einem Oktobertag, während Kapitän Sam auf See war. Meine Großmutter brachte es erst im darauf folgenden März über sich, ihrem Mann die Nachricht zu übermitteln. »Unser geliebter kleiner Sohn ist nicht mehr auf der Welt«, stand in ihrem Brief. »Während ich schreibe, bin ich fast blind von Tränen. Niemand hat ihn fallen sehen außer einem kleinen Jungen, der loslief, um es seiner Mutter zu erzählen. Der Lebensfunke ist erloschen. Mein lieber Gatte, du kannst dir meinen Kummer besser vorstellen, als ich ihn beschreiben kann.« Vierzehn Jahre später wurde Alvaro, ihr halbwüchsiger Sohn, der als Matrose auf einem Schoner vor der Küste von Cape Cod arbeitete, bei einem Sturm über Bord gespült. Die Nachricht von seinem Tod kam per Telegramm, schroff und unpersönlich. Seine Leiche wurde nie gefunden. Alvaros Seemannstruhe kam Wochen später in Hathorn Point an, mit einem Deckel, den er mit aufwendigen Schnitzereien versehen hatte. Meine untröstliche Großmutter verbrachte Stunden damit, die feinen Linien mit der Fingerspitze nachzuziehen, Mädchenfiguren mit Reifröcken und großzügigen Dekolletés.

In meinem Schlafzimmer ist es still und hell. Licht dringt durch die Spitzengardinen, die Mammey gehäkelt hat, und wirft komplizierte Muster auf den Fußboden. Staubkörner schweben wie in Zeitlupe durch die Luft. Ich strecke mich auf dem Bett und hebe unter den Laken die Arme an. Kein Schmerz. Ich habe Angst, meine Beine zu bewegen. Ich wage nicht zu hoffen, dass es mir besser geht.

Mein Bruder Alvaro kommt, beide Hände am Türknauf,

ins Zimmer geschwungen. Er starrt mich mit großen Augen an, dann ruft er, an niemand Bestimmten gerichtet, »Christie ist wach!« Er wirft mir einen langen Blick zu und schließt die Tür. Ich höre, wie er absichtlich laut die Treppe hinunterpoltert, dann die Stimmen meiner Mutter und meiner Großmutter, das Klappern von Kochtöpfen weit weg in der Küche, und ich gleite wieder in den Schlaf. Das Nächste, was ich wahrnehme, sind Al, der mit seiner Klammeräffchenhand an meiner Schulter rüttelt und »Wach auf, Faultier!« ruft, und Mutter, die mit ihrem dicken Babybauch durch die Tür watschelt und ein Tablett auf dem runden Eichentisch neben meinem Bett abstellt. Haferbrei, Toast und Milch. Mein Vater hinter ihr wie ein Schatten. Zum ersten Mal seit ich weiß nicht wie langer Zeit spüre ich plötzlich ein Ziehen im Magen, das Hunger sein muss.

Mutter lächelt ein echtes Lächeln, stopft mir zwei Kissen in den Rücken und hilft mir, mich aufzusetzen. Löffelt mir Haferbrei in den Mund, wartet, bis ich einen Bissen hinuntergeschluckt habe. »Warum fütterst du sie, sie ist kein Baby«, sagt Al, und Mutter ermahnt ihn, still zu sein, aber sie lacht und weint gleichzeitig, Tränen rollen über ihre Wangen, und sie muss einen Moment innehalten, um sich das Gesicht an ihrer Schürze abzuwischen.

»Warum weinst du, Mama?«, fragt Al.

»Weil es deiner Schwester bald besser gehen wird.«

Später erinnere ich mich an diese Worte, aber es dauert noch Jahre, bis ich verstehe, was sie bedeuten. Sie bedeuten, dass meine Mutter Angst hatte, es würde mir niemals besser gehen. Sie alle hatten Angst – alle außer Alvaro und mir und dem ungeborenen Baby, weil wir eifrig mit Wachsen beschäftigt waren und nicht wussten, wie schlimm manche

Dinge ausgehen können. Sie aber wussten es. Meine Großmutter mit ihren drei toten Kindern. Meine Mutter, die Einzige, die überlebt hatte, die Kindheit überschattet von Schwermut, und die ihren erstgeborenen Sohn nach einem Bruder benannt hat, der im Meer ertrunken ist.

Ein Tag vergeht, ein weiterer, eine Woche. Ich werde weiterleben, aber irgendetwas stimmt nicht. Ich liege im Bett und fühle mich wie ein ausgewrungener Lappen, der zum Trocknen auf der Leine hängt. Ich kann mich nicht aufsetzen, kann kaum den Kopf drehen. Ich kann meine Beine nicht bewegen. Meine Großmutter setzt sich mit ihrer Häkelarbeit auf einen Stuhl neben mich und sieht mich dann und wann über ihre randlose Brille hinweg an. »Es ist gut, Kind. Ruhe ist gut. Kleine Schritte machen, wie ein Baby.«

»Christie ist kein Baby«, sagt Al. Er liegt bäuchlings auf dem Fußboden und schiebt seine grüne Dampflok vor sich her. »Sie ist größer als ich.«

»Ja, sie ist ein großes Mädchen. Aber sie braucht Ruhe, damit sie sich erholt.«

»Ruhe ist blöd«, sagt Al. Er will, dass alles wieder wie früher ist, möchte mit mir zur Scheune laufen und zwischen den Heuballen Verstecken spielen oder mit langen Stöcken in den Erdhörnchenhöhlen herumstochern.

Ich finde, er hat recht. Ruhe ist blöd. Ich habe genug von diesem engen Bett und dem schmalen Fenster darüber. Ich will draußen sein, über die Wiesen rennen, die Treppen hinauf- und hinunterlaufen. Im Traum rase ich den Hügel hinab, mit ausgebreiteten Armen, meine kräftigen Beine wirbeln über den Boden, Grashalme peitschen gegen meine Waden, und ich halte auf das Meer zu, schließe die Augen und strecke mein Gesicht der Sonne entgegen, bewege mich ohne Mühe, ohne Schmerzen, ohne hinzufallen. Wenn ich in meinem Bett aufwache, sind die Laken feucht von Schweiß.

»Was stimmt nicht mit mir?«, frage ich meine Mutter, als sie ein frisches Laken über mich breitet.

»Du bist so, wie Gott dich gemacht hat.«

»Aber warum hat er mich so gemacht?«

Ihre Augenlider zucken. Es ist kein richtiger Wimpernschlag, eher ein erschrockenes Blinzeln, das ich inzwischen gut kenne: Sie macht es, wenn sie nicht weiß, was sie sagen soll. »Wir müssen seinem Plan vertrauen.«

Meine Großmutter, die in ihrem Stuhl sitzt und häkelt, schweigt. Aber als Mutter mit den schmutzigen Laken die Treppe hinuntergeht, sagt sie: »Das Leben besteht aus Prüfungen. Du lernst es nur früher als die meisten Leute.«

»Aber warum bin ich die Einzige?«

Sie lacht. »Oh, Kind, du bist nicht die Einzige.« Sie erzählt mir von einem Matrosen in ihrer Schiffsbesatzung, der nur ein Bein hatte und auf einem Holzstumpf über das Deck polterte. Ein anderer hatte einen Buckel, der ihn zwang, wie ein Krebs zu krabbeln, und wieder ein anderer hatte sechs Finger an jeder Hand. (Wie schnell dieser Junge mit den Knoten zurechtkam!) Einer hatte einen Klumpfuß, ein anderer die schuppige Haut eines Reptils. Und erst die zusammengewachsenen Zwillinge, die sie einmal auf der Straße gesehen hat … Die Leute haben Leiden aller Art, sagt sie, und wenn sie nur ein bisschen Verstand haben, dann verschwenden sie ihre Zeit nicht damit, darüber zu lamentieren. »Jeder Mensch hat seine Last zu tragen«, sagt sie. »Du weißt jetzt, welche deine ist. Das ist gut. So wirst du nie davon überrascht werden.«

Mammey erzählt mir von einem Schiffbruch, den sie und Kapitän Sam einmal bei einem Sturm erlitten haben. Sie schildert, wie sie auf einem unsicheren Holzfloß mitten auf dem Meer dahintrieben, zitternd und einsam, mit äußerst knappem Proviant. Die Sonne ging auf und unter, immer wieder, und Nahrungsmittel und Wasser schwanden dahin. Sie waren verzweifelt und fürchteten, niemals gerettet zu werden. Sie riss Kleidungsstücke in Fetzen, band sie an ein Ruder und schaffte es, diese jämmerliche Flagge aufzurichten. Wochenlang sahen sie niemanden. Sie leckten sich die salzverkrusteten Lippen, schlossen ihre sonnenverbrannten Lider und fügten sich in ihr unausweichliches Schicksal; selige Bewusstlosigkeit und Tod. Und dann, eines Abends kurz vor Sonnenuntergang, nahm ein Punkt am Horizont die Form eines Schiffes an, das direkt auf sie zukam, angezogen von den flatternden Lumpen.

»Die wichtigsten Eigenschaften, über die ein Mensch verfügen kann, sind Ausdauer und ein eiserner Wille«, erklärt Mammey. Sie sagt, ich hätte diese Eigenschaften von ihr geerbt, und dass ich einen Weg finden werde, mich nicht unterkriegen zu lassen, egal, was passiert. So wie sie den Schiffbruch überlebt hat, obwohl alle Hoffnung verloren war, und den Tod ihrer drei Söhne, als sie dachte, ihr Herz würde wie eine Muschel zu Sand zermahlen werden. Die meisten Menschen haben nicht das Glück, einer so widerstandsfähigen Linie zu entstammen.

»Bis zu dem Fieber ging es ihr gut«, sagt Mutter zu Dr. Heald, während ich auf der Untersuchungsliege in seiner Praxis in Cushing sitze. »Und jetzt kann sie kaum noch gehen.«

Er klopft und zerrt an mir herum, nimmt Blut ab, misst

meine Temperatur. »Lass uns mal sehen«, sagt er und greift nach meinen Beinen. Er untersucht die Haut mit den Fingern, tastet meine Beine ab bis hinunter zu den Fußknochen. »Ja«, murmelt er, »Unregelmäßigkeiten. Interessant.« Er umfasst meine Fußgelenke und sagt zu meiner Mutter: »Es ist schwer zu sagen. Die Füße sind verformt. Vermutlich ist die Ursache viral. Ich empfehle Beinschienen. Es gibt keine Garantie dafür, dass sie helfen, aber ein Versuch kann wahrscheinlich nicht schaden.«

Meine Mutter presst die Lippen zusammen. »Was ist die Alternative?«

Dr. Heald windet sich auf übertriebene Weise, als wäre das, was jetzt kommt, für ihn ebenso hart auszusprechen, wie für uns, es zu hören. »Nun ja, die Sache ist die … Ich glaube nicht, dass es eine gibt.«

Die Schienen, die Dr. Heald mir anlegt, klemmen meine Beine ein wie ein mittelalterliches Folterinstrument, graben blutige Striemen in meine Haut und lassen mich vor Schmerz weinen. Nach einer Woche bringt mich meine Mutter wieder zu Dr. Heald, und der entfernt sie. Sie schnappt nach Luft, als sie meine Beine sieht, die mit roten, eitrigen Wunden bedeckt sind. Bis heute habe ich Narben.

Für den Rest meines Lebens bin ich stets vor Ärzten auf der Hut. Wann immer Dr. Heald zu uns nach Hause kommt, um Mammey zu untersuchen, oder wegen Mutters Schwangerschaft oder Papas Husten, mache ich mich aus dem Staub, verstecke mich auf dem Dachboden, in der Scheune oder im Toilettenhäuschen.

Auf den Kiefernholzdielen in der Küche übe ich, auf einer geraden Linie zu gehen.

»Einen Fuß vor den anderen, wie eine Seiltänzerin«, weist meine Mutter mich an, »immer an der Ritze entlang.«

Es ist schwer, das Gleichgewicht zu halten, denn ich kann nur auf den Außenkanten meiner Füße gehen. Wenn das wirklich ein Seiltanz im Zirkus wäre, erklärt Al, dann wäre ich schon ein Dutzend Mal in den Tod gestürzt.

»Ganz ruhig«, sagt Mutter. »Das ist kein Wettrennen.«

»Doch, es ist ein Wettrennen«, sagt Al. Auf einer anderen Diele, parallel zu meiner, setzt er mühelos mit bestrumpften, kleinen Füßen seine präzisen Schritte und ist in wenigen Augenblicken auf der anderen Seite. Er wirft die Arme hoch. »Gewonnen!«

Ich tue so, als würde ich stolpern, und während ich falle, stoße ich gegen seine Beine, und er landet unsanft auf dem Hintern. »Geh ihr aus dem Weg, Alvaro«, schimpft Mutter. Auf dem Boden ausgestreckt sieht er mich finster an. Ich starre zurück. Al ist dünn und stark, wie ein Stahlband oder wie der Stamm eines jungen Baums. Er ist nicht so brav wie ich, stiehlt manchmal Hühnereier oder versucht, auf Kühen zu reiten. Ich spüre eine Art harten, spitzen Stachel in meinem Magen. Neid. Verbitterung. Und noch etwas: das unerwartete Vergnügen der Rache.

Ich falle so oft, dass Mutter mir Baumwollpolster für Knie und Ellbogen näht. Egal, wie viel ich übe, ich kann meine Beine nicht dazu bringen, sich so zu bewegen, wie sie sollen. Doch irgendwann sind sie so stark, dass ich in der Scheune Verstecken spielen und im Garten die Hühner jagen kann. Al stört sich nicht an meinem Hinken. Er drängt mich immer, mit ihm zu kommen, auf Bäume zu klettern, auf Dandy, dem alten braunen Maultier, zu reiten oder Holz für ein Lagerfeuer am Strand zu suchen. Mutter schimpft immer mit ihm, sagt, er solle weggehen und mich in Ruhe lassen, aber Mammey schweigt. Ich glaube, sie findet, dass es gut ist für mich.

Ich erwache in der Dunkelheit von dem Geräusch des Regens, der auf das Dach trommelt, und von einem Aufruhr im Elternschlafzimmer. Mutter stöhnt, Mammey murmelt etwas. Unten im Flur höre ich die Stimme meines Vaters und zwei weitere, die ich nicht erkenne. Ich schlüpfe aus dem Bett und ziehe meinen Wollrock und dicke Socken an. An das Treppengeländer geklammert, stürze ich mehr, als dass ich gleite, bis ganz hinunter. Am Fuß der Treppe steht mein Vater mit einer stämmigen, rotgesichtigen Frau, die ein Kopftuch über ihrem krausen Haar trägt.

»Geh wieder ins Bett, Christina«, sagt Papa. »Es ist mitten in der Nacht.«

»Babys kümmern sich nicht um die Uhrzeit«, leiert die Frau ihren Spruch herunter. Sie streift ihren Mantel ab und reicht ihn meinem Vater. Ich klammere mich ans Treppengeländer, während sie wie ein Elefant die schmale Treppe hinauftrampelt.

Ich schleiche hinter ihr her und öffne die Tür von Mutters Schlafzimmer. Mammey ist da, sie beugt sich über das Bett. Auf dem hohen Himmelbett aus Mahagoni kann ich nicht viel erkennen, aber ich höre meine Mutter stöhnen.

Mammey dreht sich um. »Oh Kind«, sagt sie bestürzt. »Das hier ist kein Ort für dich.«

»Es ist in Ordnung«, sagt der Elefant und wendet sich mit einem Ruck zu mir um. »Willst du dich nicht nützlich machen? Sag deinem Vater, dass er Wasser heißmachen soll.«

Ich blicke zu Mutter, die sich krümmt und windet. »Geht es ihr gleich wieder gut?«

»Deiner Mutter geht es bestens. Hast du gehört, was ich gesagt habe? Heißes Wasser. Das Baby kommt gleich.«

Ich gehe hinunter in die Küche und sage es Papa, und der setzt einen Topf mit Wasser auf den schwarzen, eisernen Glenwood-Herd. Während wir in der Küche warten, bringt er mir zum Zeitvertreib Kartenspiele bei, Siebzehnundvier und Mau-Mau. Der Regen, den der Wind gegen das Haus prasseln lässt, klingt wie getrocknete Bohnen in einem ausgehöhlten Aststück. Noch bevor der Tag anbricht, hören wir das schrille Wimmern eines gesunden Babys.

»Er heißt Samuel«, sagt Mutter, als ich neben sie auf das Bett klettere. »Ist er nicht perfekt?«

»Hmm-hmmm«, mache ich, obwohl ich denke, dass das Baby genauso verschrumpelt aussieht wie der Elefant.

»Vielleicht wird er später mal ein Abenteurer wie sein Großvater Samuel«, sagt Mammey. »Wie alle seefahrenden Samuels.«

»Gott bewahre«, sagt Mutter.

»Wer sind die seefahrenden Samuels?«, frage ich Mammey später, als Mutter und das Baby schlafen und wir alleine im Muschelzimmer sind.

»Sie sind deine Vorfahren. Der Grund dafür, dass es dich gibt«, antwortet sie. Sie erzählt mir die Geschichte von den drei Männern aus Massachusetts – zwei Brüder, Samuel und William Hathorn, sowie Williams Sohn Alexander –, die im Jahr 1743 all ihr Hab und Gut auf drei Wagen luden und mitten im Winter die lange Reise nach Maine antraten. Sie erreichten eine abgeschiedene Halbinsel, die zweitausend

Jahre lang ein Versammlungsort für indianische Volksstämme gewesen war, und bauten ein Zelt aus Tierhäuten, das so robust war, dass es während der folgenden Monate Schnee, Eis und matschigem Tauwetter standhielt. Innerhalb eines Jahres holzten sie einen breiten Streifen Wald ab und bauten drei Blockhütten. Und sie gaben diesem Zipfel Land in Cushing, Maine, einen Namen: Hathorn Point.

Fünfzig Jahre später baute Alexanders Sohn Samuel, ein Schiffskapitän, auf dem Fundament der Familienhütte ein zweistöckiges Holzhaus. Samuel heiratete zwei Mal und zog in dem Haus sechs Kinder groß, bevor er im Alter von etwa siebzig Jahren starb. Auch sein Sohn Aaron, ebenfalls ein Schiffskapitän, heiratete zwei Mal, und er zog hier acht Kinder groß. Als Aaron starb und seine Witwe das Haus verkaufte (sie entschied sich für ein bequemeres Leben in der Stadt, in der Nähe der Bäckerei und des Kurzwarenladens), waren die seefahrenden Hathorns entsetzt. Fünf Jahre später kaufte Aarons Sohn Samuel IV. das Haus zurück und baute den Familienwohnsitz auf dem Land wieder auf.

Samuel IV. war mein Großvater.

All diese Schiffskapitäne, die damals hier ein- und ausgingen und oft monatelang fortblieben. Ihre vielen Frauen und Kinder, die die schmalen Treppen hinauf- und hinunterliefen. Bis heute, sagt Mammey, ist dieses alte Haus in Hathorn Point voll von ihren Geistern.

Wenn man in einer kleinen Welt lebt, kennt man sie in- und auswendig. Man findet sich im Dunkeln darin zurecht, findet jeden Weg im Schlaf. Mit sprödem Gras bewachsene Felder fallen in Richtung Felsküste und Meer leicht ab, und überall sind Schlupfwinkel, wo man spielen und sich verstecken kann. Der rußschwarze Herd, immer warm, in der Küche. Geranien auf dem Fensterbrett, Rot, das sich entfaltet wie das Taschentuch eines Magiers. Streunende Katzen in der Scheune. Die Luft riecht nach Kiefern und Seetang, nach Brathähnchen und frisch gepflügter Erde.

An einem Sommernachmittag blickt Mutter auf die Gezeitenkarte in der Küche und sagt: »Zieh deine Schuhe an, Christina, ich muss dir etwas zeigen.«

Ich schnüre meine festen, braunen Schuhe zu und folge ihr über das Feld, zwischen summenden Zikaden und flatternden Krähen hindurch bis zum Familienfriedhof. Meine Beine sind so stark, dass ich mich beinahe aufrecht halten kann. Ich streiche mit den Fingern über die moosbewachsenen, halb verfallenen Grabsteine, deren Inschriften kaum zu entziffern sind. Das älteste Grab gehört Joanne Smalley Hathorn. Sie ist 1834 im Alter von 33 Jahren gestorben, eine Mutter von sieben kleinen Kindern. Als sie im Sterben lag, so erzählt mir meine Mutter, hat sie ihren Mann gebeten, sie auf dem Grundstück zu begraben anstatt mehrere

Meilen entfernt auf dem städtischen Friedhof, damit ihre Kinder ihr Grab besuchen konnten.

Auch ihre Kinder sind hier begraben. Alle nachfolgenden Hathorns sind es.

Wir gehen weiter in Richtung der Küste südlich von Hathorn Point, oberhalb der Buchten Kissing Cove und Maple Juice Cove, wo der St George River in die Muscongus-Bucht und schließlich in den Atlantik mündet. Dort gibt es einen Muschelhaufen, und Mutter sagt, dass der von den Abenaki-Indianern stammt, die vor langer Zeit ihre Sommer auf dieser Landspitze verbrachten. Ich versuche mir vorzustellen, wie es hier aussah, bevor dieses Haus gebaut wurde, in der Zeit vor den drei Blockhütten, bevor die Gegend von irgendwelchen Siedlern entdeckt worden war. Ich stelle mir ein Abenaki-Mädchen vor, wie ich, das an der felsigen Küste nach Muscheln sucht. Von der Spitze aus kann man weit auf das Meer hinausblicken. Behielt sie immer den Horizont im Auge, um nach Eindringlingen Ausschau zu halten? Hatte sie die leiseste Ahnung davon, wie sich ihr Leben verändern würde, wenn sie ankämen?

Es herrscht Ebbe. Ich stolpere auf den Felsen, aber Mutter sagt nichts, sondern bleibt nur stehen und wartet. Auf der anderen Seite des Watts liegt Little Island, eine etwa viertausend Quadratmeter große Wildnis mit Birken und trockenem Gras. Sie zeigt darauf. »Da gehen wir hin. Aber wir können nicht lange bleiben, sonst sitzen wir fest, wenn die Flut kommt.« Unser Weg ist ein Hindernislauf über Steine, die glitschig sind von Seetang. Ich wähle meinen Weg mit Bedacht, und dennoch stolpere und falle ich und schürfe mir an einem Klumpen Seepocken die Hand auf. Meine Füße in den Schuhen sind nass. Mutter wirft einen Blick zu mir zurück. »Steh auf. Wir sind fast da.« Als wir die Insel erreichen, breitet sie auf einer trockenen Stelle am Strand eine Wolldecke aus. Aus ihrem Rucksack nimmt sie ein Sandwich – dicke Scheiben Brot mit Ei –, eine Gurke und zwei Stück Apfelpfannkuchen. Sie gibt mir die Hälfte des Sandwichs. »Schließ deine Augen und spüre die Sonne«, sagt sie, und das tue ich, ich lehne mich auf die Ellbogen gestützt zurück und strecke mein Gesicht in die Sonne. Meine Lider sind warm und gelb. Die Bäume hinter uns rauschen wie frisch gestärkte, steife Röcke. Salzige Luft. »Warum sollte man irgendwo anders sein wollen als hier?«

Nachdem wir gegessen haben, sammeln wir Muscheln, blassgrüne Seeanemonen und violette, glänzende Miesmuscheln. »Schau«, sagt Mutter und zeigt auf einen Krebs, der aus einem Gezeitentümpel auftaucht und sich einen Weg über die Felsen sucht. »An diesem Ort sind sämtliche Arten von Leben versammelt.« Auf ihre spezielle Art versucht sie immer, mir etwas beizubringen.

Auf einer Farm zu leben bedeutet, einen anhaltenden Krieg gegen die Elemente zu führen, sagt Mutter. Wir müssen gegen die unbändige Natur ankämpfen, um uns das Chaos vom Leib zu halten. Draußen arbeiten Farmer mit Maultieren, Kühen und Schweinen im Dreck, aber ihr Haus muss eine Zufluchtsstätte sein. Wenn es das nicht ist, sind wir nicht besser als Tiere.

Mutter ist ständig in Bewegung – fegen, wischen, scheuern, backen, putzen, waschen, Wäsche aufhängen. Morgens backt sie Brot und benutzt dazu Hefe, die sie aus der Hopfenrebe hinter unserem Schuppen herstellt. Wenn ich die Treppe herunterkomme, steht immer ein Topf mit Haferbrei auf der hinteren Herdplatte, mit einer dünnen Haut an der Oberfläche, die ich herausfische und der Katze zu fressen gebe, wenn Mutter nicht herschaut. Manchmal gibt es trockene Haferkekse und gekochte Eier. Baby Sam schläft in seiner Wiege in der Ecke. Wenn das Frühstücksgeschirr abgewaschen ist, fängt Mutter an, ein großes Mittagessen zuzubereiten: Hühnerpastete oder Schmorfleisch oder Fischeintopf. Pellkartoffeln oder Kartoffelbrei, Erbsen oder Karotten, frisch oder aus der Konservendose, je nach Jahreszeit. Was übrig bleibt, kommt als Auflauf oder Eintopf zum Abendessen wieder auf den Tisch.

Mutter singt während der Arbeit. Ihr Lieblingslied, *Red Wing,* handelt von einem Indianermädchen, das sich nach einem tapferen Helden verzehrt, der in den Kampf gezogen ist. Je länger er fort ist, desto mutloser wird sie, und tragischerweise wird der Mann, der ihre große Liebe ist, getötet.

Now, the moon shines tonight on pretty Red Wing
The breeze is sighing, the night bird's crying,
For afar 'neath his star her brave is sleeping,
While Red Wing's weeping her heart away.

Ich verstehe nicht ganz, warum Mutter dieses traurige Lied so mag. Die alten Griechen glaubten, in der Kunst Zeuge von Schmerz zu werden, führe dazu, mit dem eigenen Leben zufriedener zu sein, sagt Mrs Crowley, meine Lehrerin an der Wing School Nummer 4 in Cushing. Als ich das meiner Mutter erzähle, zuckt sie mit den Schultern. »Ich mag einfach die Melodie. Damit geht mir die Hausarbeit leichter von der Hand.«

Sobald ich groß genug bin, um an den Esstisch im Wohnzimmer zu kommen, ist es meine Aufgabe, ihn zu decken. Mutter zeigt mir, wie man das schwere Silberbesteck hinlegt:

»Die Gabel links. L-I-N-K-S. Fünf Buchstaben, genau wie ›Gabel‹. G-A-B-E-L«, sagt sie und legt die Gabel neben den Teller an die richtige Stelle. »Messer und Löffel auf die rechte Seite. Sechs Buchstaben. R-E-C-H-T-S, genau wie bei ›Messer‹ und ›Löffel‹. M-E-S-S-E-R.«

»L-Ö-F-F-E-L«, sage ich.

»Ja.«

»Und Becher. B-E-C-H-E-R. Rechts?«

»Kluges Mädchen!«, ruft Mammey aus der Küche.

Mit sieben Jahren kann ich hauchdünn Kartoffeln schälen, auf allen vieren die Kiefernholzdielen mit Bleichmittel schrubben, mich um die Hopfenreben hinter dem Schuppen kümmern und Hefe herstellen, um Brot zu backen. Mutter zeigt mir, wie man näht und flickt. Mit meinen ungeschickten Fingern habe ich Schwierigkeiten, eine Nadel einzufädeln, aber ich bin zielstrebig und versuche es wieder und wieder, auch wenn ich mir dabei in den Zeigefinger steche und der Faden ausfranst. »Ich habe noch nie so viel Entschlossenheit erlebt«, ruft Mammey aus, aber Mutter sagt erst etwas, wenn ich es geschafft habe, die Nadel einzufädeln: »Christina, du bist ganz schön ausdauernd.«

Mammey ist viel weniger schmutzempfindlich als Mutter. Was ist schon dabei, wenn sich Staub in den Ecken sammelt oder Geschirr im Spülbecken steht? Die Gegenstände, die sie am liebsten hat, sind abgenutzt: der alte Glenwood-Herd, der Schaukelstuhl am Fenster mit seiner Sitzfläche aus halb zerfasertem Bast, die Handsäge mit dem kaputten

Griff in der Küchenecke. Jedes dieser Dinge, sagt sie, hat eine eigene Geschichte.

Mammey fährt mit den Fingern über die Muscheln auf dem Kaminsims im Muschelzimmer wie eine Archäologin, die eine Ruine freilegt und sie durch all ihr Wissen zum Leben erweckt. Die Muscheln, die sie in Alvaros Seemannstruhe gefunden hat, haben hier einen Ehrenplatz, genau wie ihre schwarze, durch viele Reisen in Mitleidenschaft gezogene Bibel. Pastellfarbene Muscheln aller Art liegen auf den Fensterbrettern und auf dem Fußboden an der Wand entlang aufgereiht. Es gibt mit Muscheln besetzte Vasen, Figuren, Bilderrahmen, Valentinskarten, Buchumschläge, Miniaturansichten des Familienwohnsitzes auf Muschelschalen, gemalt von einem lang verstorbenen Verwandten; sogar eine muschelgerahmte Gravur von Präsident Lincoln.

Sie reicht mir ihre Lieblingsmuschel, die sie in der Nähe eines Korallenriffs an einem Strand in Madagaskar gefunden hat. Sie ist überraschend schwer, etwa zwanzig Zentimeter lang, seidig glatt, mit einem braun-weißen Zebramuster oben, das weiter unten in Cremeweiß übergeht. »Man nennt sie Perlboot-Nautilus. ›Nautilos‹ ist das griechische Wort für ›Seefahrer‹.« Sie erzählt mir von einem Gedicht, das davon handelt, dass ein Mann an der Küste eine zerbrochene Muschel wie diese findet. *»Bau dir ein stattlich' Haus, oh meine Seele, solange Frühling, Sommer, Herbst vorüberfliegen!«*, zitiert Mammey und breitet die Arme aus. *»Und lass die Muschel, der du entwachsen, am stürmischen Meer des Lebens liegen.* Es geht um die menschliche Natur, verstehst du? Du kannst lange Zeit in der Muschelschale leben, in der du geboren bist. Aber eines Tages wird sie dir zu klein sein.«

»Und dann?«, frage ich.

»Na ja, dann musst du dir eine größere suchen, in der du wohnen kannst.«

Darüber denke ich einen Augenblick nach. »Was ist, wenn sie zu klein ist und man trotzdem weiter darin wohnen will?«

Sie seufzt. »Meine Güte, Kind, was für eine Frage. Ich denke, wenn man nicht tapfer ist und sich ein neues Zuhause sucht, wird man in einer zerbrochenen Muschel wohnen müssen.«

Mammey zeigt mir, wie man Buchdeckel und Vasen mit kleinen Muscheln besetzt. Man muss sie leicht überlappend anbringen, so dass sie an der Oberfläche eine präzise, glatte Linie bilden. Während wir die Muscheln aufkleben, schwelgt sie in Erinnerungen an die Abenteuerlust und Tapferkeit meines Großvaters, schildert, wie er Piraten überlistete und Tsunamis und Schiffbrüche überlebte. Wieder einmal erzählt sie mir von der Flagge, die sie aus Stofffetzen machte, als sie alle Hoffnung verloren hatten, und von dem wunderbaren Auftauchen dieses Frachtschiffs am fernen Horizont, das ihnen zur Rettung kam.

»Setz dem Mädchen nicht all diese Legenden in den Kopf«, schimpft Mutter, die uns aus der Pantry, dem kleinen Raum zwischen Küche und Esszimmer, zugehört hat.

»Das sind keine Legenden, es ist die Realität. Du weißt das, du hast es selbst erlebt.«

Mutter kommt durch die Tür. »Du erzählst das so, als wäre es glanzvoll gewesen, obwohl du weißt, dass es die meiste Zeit das reine Elend war.«

»Es *war* glanzvoll«, sagt Mammey. »Dieses Mädchen wird niemals irgendwo hingehen. Da soll sie wenigstens wissen, dass sie das Abenteuer im Blut hat.«

Als Mutter hinausgeht und die Tür hinter sich zuschlägt, seufzt Mammey. Sie sagt, sie kann nicht glauben, dass sie ein Kind großgezogen hat, das durch die ganze Welt gereist ist und sich trotzdem damit zufriedengibt, die Welt von zu Hause aus zu betrachten. Sie sagt, dass Mutter eine alte Jungfer geworden wäre, wenn nicht eines Tages Papa aufgetaucht wäre und ihr eine Alternative angeboten hätte.

Ich kenne einen Teil der Geschichte. Ich weiß, dass Mutter das einzige überlebende Kind war und sich an ihr Zuhause klammerte. Nachdem mein Großvater sich von der Seefahrt zur Ruhe gesetzt hatte, entschlossen sich Mammey und er, das Haus zu einer Sommerherberge zu machen. Damit wollten sie nicht nur ihren Lebensunterhalt verdienen, sondern sich auch von ihrem Kummer ablenken. Sie bauten das Dachgeschoss zu einem dritten Stockwerk um, so dass das Haus nun über vier neue Schlafräume verfügte. Sie setzten Werbeanzeigen in alle Zeitungen entlang der Ostküste. Die Nachricht von der entzückenden Herberge mit ihrer Postkartenaussicht sprach sich herum, und viele Besucher strömten nordwärts. In den 1880er Jahren konnte eine ganze Familie für zwölf Dollar pro Woche in Hathorn Point übernachten, inklusive Verpflegung.

Die Herberge machte eine Menge Arbeit, mehr als sie alle es erwartet hatten, und meine Mutter musste mit anpacken. Die Jahre vergingen, und die wenigen geeigneten Junggesellen in Cushing heirateten oder zogen fort. Mit Mitte dreißig hatte sie den Zeitpunkt verpasst, einen Mann kennen zu lernen und sich zu verlieben, dachte sie – alle dachten das. Sie würde weiter in dem Haus leben und sich um ihre Eltern kümmern, bis man sie auf dem Familiengrundstück zwischen Haus und Meer begrub.

»Es gibt da einen ganz alten Begriff«, sagt Mammey, »nämlich: *vertochtern*. Weißt du, was das bedeutet?«

Ich schüttele den Kopf.

»Es bedeutet, dass es in einer Familie keine männlichen Nachkommen gibt, die den Familiennamen weitertragen könnten. Deine Mutter ist die Letzte in der Linie der Hathorns von Cushing. Wenn sie stirbt, stirbt der Name Hathorn mit ihr.«

»Es gibt immer noch Hathorn Point.«

»Ja, das stimmt. Aber dies hier ist nicht mehr Hathorn House, nicht wahr? Es ist jetzt das Olson House. Benannt nach einem schwedischen Matrosen, der sechs Jahre jünger ist als deine Mutter.«

Ich bin verwirrt. »Moment – Papa ist jünger als Mutter?«

»Wusstest du das nicht?« Ich schüttele wieder den Kopf, und Mammey lacht. »Es gibt viel, das du nicht weißt, Kind. Johan Olauson hieß er früher.« Ich forme die fremden Laute mit den Lippen nach: Jo-han Oh-lau-sonn. »Er konnte kaum ein Wort Englisch. Er war Deckarbeiter auf einem Schoner, dessen Kapitän John Maloney war. Das ist der Mann, der mit seiner Frau in diesem kleinen Haus dort unten wohnt. Weißt du, wen ich meine?«

Ich nicke. Der Kapitän ist ein freundlicher Mann mit einem buschigen grauen Schnurrbart und gelben Zähnen, und seine Frau hat ein breites, rotes Gesicht und einen riesigen Busen. Ich habe sein Schiff in der Bucht gesehen, die *Silver Spray*.

»Also, es war im Februar. Achtzehnhundertneunzig – ein schlimmer Winter. Wollte kein Ende nehmen. Sie kamen von New York und waren auf dem Weg nach Thomaston, um Feuerholz und Kohle zu den Kalkbrennereien dort oben zu bringen. Aber als sie die Muscongus Bay erreichten und dort ankerten, brach ein Sturm los. Es wurde so kalt, dass sich über Nacht eine Eisschicht um das Schiff herum bildete. Sie konnten nichts machen, sie saßen fest. Nach ein paar Tagen war das Eis so dick, dass sie das Schiff verlassen und zur Küste laufen konnten. Zu dieser Küste hier. Dein Vater wusste nicht, wohin er gehen sollte, deshalb blieb er bei Maloney und seiner Frau, bis es taute.«

»Wie lang war das?«

»Oh, Monate.«

»Und das Schiff war einfach die ganze Zeit da draußen im Eis?«

»Den ganzen Winter über«, sagt sie. »Man konnte es von diesem Fenster aus sehen.« Sie zeigt mit einem Kopfnicken in Richtung Pantry. Von der anderen Seite der Tür höre ich leises Geschirrklappern. »Nun, da war er also, saß den ganzen Winter in diesem Häuschen da unten in der Nähe der Bucht, mit direktem Blick auf dieses Haus hier oben auf dem Hügel. Er muss sich zu Tode gelangweilt haben. Aber in Schweden hatte er Stricken gelernt. Er hat die blaue Wolldecke gemacht, die im Wohnzimmer liegt, während er bei ihnen wohnte. Hast du das gewusst?«

»Nein.«

»Das tat er, wenn er jeden Abend mit den Maloneys am Herdfeuer saß. Wie auch immer, du weißt, wie die Leute sind: Sie reden, erzählen Geschichten – und oh, diese Maloneys lieben Klatsch und Tratsch. Ohne Zweifel haben sie ihm von diesem Haus erzählt, und dass es in der Familie keine männlichen Nachkommen gab. Und dass, falls Katie heiraten sollte, ihr Ehemann alles erben würde. Ich weiß es natürlich nicht mit Sicherheit, ich kann nur vermuten, was dort gesprochen wurde. Aber er war kaum eine Woche hier, als er sich entschloss, Englisch zu lernen. Er ging in die Stadt und bat Mrs Crowley an der Wing School, ihm Unterricht zu geben.«

»*Meine* Lehrerin, Mrs Crowley?«

»Ja, sie war auch damals schon Lehrerin. Er ging jeden Tag ins Schulhaus zu den Englischstunden. Und noch bevor das Eis geschmolzen war, änderte er seinen Namen in John Olson. Dann machte er sich eines Tages auf den Weg über das Feld hinauf zu diesem Haus und klopfte an die Tür, und deine Mutter öffnete ihm. Und das war's. Ein Jahr später war Kapitän Sam gestorben, und deine Eltern waren ein Ehepaar. Aus Hathorn House wurde Olson House. All das hier« – sie breitet die Arme aus wie ein Dirigent – »gehörte ihm.«

Ich stelle mir meinen Vater vor, wie er in dem gemütlichen Häuschen der Maloneys sitzt und an seiner Decke strickt, während sie ihn mit Geschichten über dieses in der Ferne sichtbare, weiße Haus unterhalten: wie drei Hathorns diesem Zipfel Land ihren Namen gaben und wie einer von ihnen ebendieses Haus baute … Dass die unverheiratete Tochter dort mit ihren Eltern lebt, deren drei Söhne gestorben sind, und dass es keinen Erben gibt, der den Familiennamen weitertragen könnte …

»Glaubst du, dass Papa … in Mutter verliebt war?«, frage ich.

Mammey tätschelt meine Hand. »Ich weiß es nicht, wirklich nicht. Aber du musst wissen, Christina, dass es viele Arten gibt zu lieben und geliebt zu werden. Und was auch immer deinen Vater hierhergeführt hat – das hier ist jetzt sein Leben.«

Nichts wünsche ich mir mehr, als dass Papa stolz auf mich ist, aber dazu hat er wenig Anlass. Zum einen bin ich ein Mädchen. Und, was noch schlimmer ist – denn obwohl mir das noch nie jemand gesagt hat, weiß ich es bereits –, ich bin nicht schön. Wenn mich niemand sieht, betrachte ich manchmal mein Gesicht in dem fleckigen Stück Spiegel, das in der Pantry auf dem Fensterbrett an die Wand gelehnt steht. Kleine graue Augen, das eine etwas größer als das andere, eine lange, spitze Nase, schmale Lippen. »Es war die Schönheit deiner Mutter, die mich angezogen hat«, sagt Papa immer, und obwohl ich nun weiß, dass das nur ein Teil der Geschichte ist, besteht kein Zweifel daran, dass sie schön ist. Hohe Wangenknochen und ein schlanker Hals, schmale Hände und Finger. In ihrer Gegenwart fühle ich mich plump, wie das hässliche Entlein gegenüber dem graziösen Schwan.

Und darüber hinaus ist da meine Krankheit. Wenn andere Leute in der Nähe sind, ist Papa angespannt und nervös, er fürchtet, ich könnte fallen, jemanden anrempeln, ihn in Verlegenheit bringen. Meine fehlende Anmut verstimmt ihn. Ständig redet er von einer Behandlung, er findet, ich hätte die Schienen behalten sollen, es wäre die Schmerzen wert gewesen. Aber er hat keine Ahnung, wie das war. Lieber leide ich mein ganzes Leben lang unter meinen verrenkten Beinen, als noch einmal solche Höllenqualen zu erleben.

Seine Beschämung weckt Trotz in mir. Es kümmert mich nicht, wenn er sich meinetwegen unbehaglich fühlt. Mutter sagt, es wäre besser, ich würde mich weniger eigenwillig und stolz zeigen. Aber mein Stolz ist das Einzige, was ich habe.

Eines Nachmittags, als ich in der Küche bin und Erbsen pule, höre ich meine Eltern in der Diele miteinander sprechen. »Wird sie da alleine bleiben müssen?«, fragt Mutter, ihre Stimme voller Sorge. »Sie ist erst sieben Jahre alt, John.«

»Ich weiß es nicht.«

»Was werden sie mit ihr machen?«

»Das werden wir erst erfahren, wenn man sie untersucht hat«, sagt Papa.

Ein kalter Schauer läuft mir den Rücken herunter.

»Wie sollen wir das bezahlen?«

»Ich verkaufe eine Kuh, wenn es sein muss.«

Ich verlasse die Küche und humple zu ihnen hinaus. »Ich will da nicht hingehen.«

»Du weißt ja noch nicht mal, um was …«, fängt Papa an.

»Dr. Heald hat es schon versucht. Es gibt nichts, was sie machen können.«

Er seufzt. »Ich weiß, dass du Angst hast, Christina, aber du musst tapfer sein.«

»Ich gehe nicht.«

»Es reicht. Das ist nicht deine Entscheidung«, schimpft Mutter. »Du tust, was man dir sagt.«

Am nächsten Morgen, als das erste Licht der Morgendämmerung durch das Fenster dringt, weckt mich ein unsanfter Stoß, ein Rütteln an meiner Schulter. Es dauert einen Moment, bis ich etwas erkennen kann, dann starre ich in die Augen meines Vaters.

»Zieh dich an«, sagt er. »Es ist Zeit.«

Ich spüre die Wärmflasche an meinen Füßen, weich und warm wie der Bauch eines Welpen. »Ich will nicht, Papa.«

»Es ist so vereinbart, das weißt du. Du kommst mit«, sagt er mit fester und ruhiger Stimme.

Es ist kalt und fast noch dunkel, als Papa mich in den Pferdewagen hebt. Er wickelt die blaue Wolldecke, die er gestrickt hat, um mich und dann noch zwei weitere und steckt ein Kissen hinter meinen Rücken. Im Wagen riecht es nach Leder und feuchtem Pferd. Papas Lieblingshengst, Blackie, stampft, wiehert und schüttelt seine lange Mähne, als Papa ihm das Halfter anlegt.

Papa steigt auf den Kutschbock, zündet sich seine Pfeife an und gibt dem Pferd die Zügel, und wir fahren los, auf festgetretenem Schnee den Feldweg entlang, und der Wagen ächzt. Bei jedem Holpern tun mir die Glieder weh, aber schon bald gewöhne ich mich an den Rhythmus, lasse mich von dem monotonen Geräusch einlullen, trapp, trapp, trapp, und schlafe ein. Als ich die Augen wieder aufmache, blicke ich in das helle, gelbe Licht eines kalten Frühlingsmorgens. Der Weg ist schlammig; Schmelzwasser sammelt sich in Pfützen und Rinnsalen, Büschel von kühnen Krokussen sprießen hier und da auf den schlammgesprenkelten Feldern. In den drei Stunden, die wir noch unterwegs sind, sehen wir nur wenige Menschen. Ein streunender Hund taucht aus dem Wald auf und läuft eine Weile neben uns her, dann bleibt er hinter uns zurück. Ab und zu dreht Papa sich um, um nach mir zu sehen. Ich starre ihn aus meinem Nest aus Decken heraus an.

Einmal sagt er, über die Schulter hinweg: »Dieser Arzt ist ein Experte. Dr. Heald hat ihn mir empfohlen. Er sagt, er wird nur ein paar Tests machen.«

»Wie lange werden wir dort bleiben?«

»Ich weiß es nicht.«

»Länger als einen Tag?«

»Ich weiß es nicht.«

»Wird er mich aufschneiden?«

Er sieht mich an. »Ich weiß es nicht. Es hat keinen Sinn, sich darüber den Kopf zu zerbrechen.«

Die Decken an meinem Kinn fühlen sich kratzig an. Mir ist flau im Magen. »Bleibst du bei mir?«

Papa nimmt seine Pfeife aus dem Mund und klopft mit dem Finger darauf. Steckt sie wieder zwischen die Lippen und nimmt einen Zug. Blackie trabt durch den Matsch, und wir schlingern vorwärts.

»Bleibst du?«, frage ich beharrlich.

Er antwortet nicht und blickt nicht noch einmal zu mir zurück.

Man braucht sechs Stunden bis nach Rockland. Wir essen hart gekochte Eier und Rosinenbrot und halten einmal an, um uns im Wald zu erleichtern, und damit das Pferd sich ausruhen kann. Je näher wir unserem Ziel kommen, desto größer wird meine Panik. Als wir da sind, ist Blackies Rücken schaumig von Schweiß. Ich schwitze auch, obwohl es kalt ist. Papa hebt mich aus dem Wagen, bindet das Pferd an und hängt ihm den Futtersack um. Mit einer Hand führt er mich die Straße entlang, in der anderen hält er einen Zettel mit der Adresse des Arztes.

Mir ist schwummrig, und ich zittere vor Angst. »Zwing mich nicht, Papa.«

»Dieser Doktor kann dich vielleicht heilen.«

»Es ist in Ordnung, wie ich bin. Es macht mir nichts aus.«

»Willst du nicht herumrennen und spielen wie andere Kinder?«

»Ich kann herumrennen und spielen.«

»Es wird schlimmer werden.«

»Das ist mir egal.«

»Hör auf, Christina. Deine Mutter und ich wissen, was das Beste für dich ist.«

»Nein, das wisst ihr nicht!«

»Wie kannst du es wagen, so respektlos mit mir zu sprechen?«, zischt er, dann blickt er sich rasch um, schaut, ob irgendjemand uns gehört hat. Ich weiß, wie viel Angst er davor hat, in der Öffentlichkeit aufzufallen.

Aber ich kann nicht anders, ich muss weinen. »Es tut mir leid, Papa. Es tut mir leid. Zwing mich nicht, dorthin zu gehen. Bitte.«

»Wir versuchen, dir zu helfen!«, flüstert er mit unterdrückter Wut. »Wovor hast du solche Angst?«

Mein kindlicher Protest und meine Rebellion waren nur ein zarter Vorbote der Gefühle, die jetzt in mir aufwallen. Wie eine kleine Welle, die den Beginn einer Sturmflut ankündigt. Wovor ich solche Angst habe? Davor, dass ich wie ein Versuchskaninchen behandelt werde, dass wieder an mir herumgeklopft und gezerrt wird, und das vergeblich. Davor, dass der Arzt mich mit Gestellen, Stützbändern und Schienen foltert. Davor, dass es mir nach seinen medizinischen Experimenten schlechter und nicht besser geht. Davor, dass Papa wegfährt und der Arzt mich für immer hierbehält und ich nie wieder nach Hause gehen darf.

Davor, dass Papa noch mehr von mir enttäuscht ist, wenn es nicht funktioniert.

»Ich gehe nicht! Du kannst mich nicht dazu zwingen!«, heule ich, reiße mich von ihm los und renne die Straße hinunter.

»Du bist ein dickköpfiges, stures Mädchen!«, ruft er erbittert hinter mir her.

Ich verstecke mich in einer schmalen Seitengasse hinter einem Fass, das nach Fisch stinkt, kauere mich auf den schmutzigen Boden. Nach kurzer Zeit sind meine Hände rot und taub, und meine Wangen brennen. Ab und zu kommt Papa vorbei und schaut nach mir. Einmal bleibt er auf dem Gehweg stehen und reckt den Hals, um in die Dunkelheit zu spähen, aber dann schnaubt er nur und geht weiter. Nach ungefähr einer Stunde halte ich die bittere Kälte nicht mehr aus und humpele zurück zum Wagen. Papa sitzt auf dem Kutschbock und raucht seine Pfeife, die blaue Wolldecke um die Schultern gelegt.

Er schaut mit grimmigem Gesicht zu mir herunter. »Bist du jetzt bereit, zu dem Arzt zu gehen?«

Ich halte seinem Blick stand. »Nein.«

Mein Vater ist streng, aber er kann es schlecht ertragen, in der Öffentlichkeit Aufsehen zu erregen. Das weiß ich, weil man die Schwachstellen der Menschen, mit denen man zusammenlebt, immer irgendwann ausfindig macht. Er schüttelt den Kopf und zieht an seiner Pfeife. Nach ein paar Minuten dreht er sich plötzlich ohne ein Wort herum und springt vom Wagen. Er hebt mich hinauf, zieht Blackies Gurte fest und steigt wieder auf den Kutschbock. Während der gesamten sechsstündigen Fahrt nach Hause schweigt er. Ich starre auf den Horizont, der so klar vor uns liegt wie mit Kohlestift auf weißes Papier gezeichnet, sehe einen dunklen Schwarm Krähen, die in den stahlgrauen Himmel aufsteigen. Kahle Bäume, die gerade anfangen, Knospen zu treiben. Alles wirkt geisterhaft, wie ausgebleicht, sogar meine Hände sehen aus wie die einer Marmorstatue.

Als wir zu Hause ankommen, nach Einbruch der Dunkelheit, kommt Mutter uns im Flur entgegen, Baby Sam auf ihrer Hüfte. »Was haben sie gesagt?«, fragt sie aufgeregt. »Können sie etwas tun?«

Papa nimmt seinen Hut und den Schal ab. Mutter wendet den Blick von ihm und sieht mich an. Ich starre zu Boden.

»Das Mädchen hat sich geweigert.«

»Was?«

»Sie hat sich geweigert. Ich konnte nichts machen.«

Mutter erstarrt. »Ich verstehe nicht. Du hast sie nicht zum Doktor gebracht?«

»Sie wollte nicht hingehen.«

»Sie wollte nicht hingehen?« Ihre Stimme wird lauter. »*Sie wollte nicht hingehen?* Sie ist ein Kind.«

Papa drängt sich an ihr vorbei und streift gleichzeitig seinen Mantel ab. Sam fängt an zu wimmern. »Es ist ihr Leben, Katie.«

»Ihr Leben«, zischt meine Mutter. »Du bist ihr Vater!«

»Sie hat eine furchtbare Szene gemacht. Ich konnte sie nicht zwingen.«

Plötzlich dreht sie sich zu mir um. »Du dummes Mädchen. Du hast die Zeit deines Vaters verschwendet und deine ganze Zukunft aufs Spiel gesetzt. Findest du das gut?«

Sam fängt an zu weinen. Unglücklich schüttele ich den Kopf.

Mutter reicht Papa das schreiende Baby, und der wiegt es ungeschickt auf seinen Armen. Sie geht vor mir in die Hocke und hebt den Zeigefinger. »Du selbst bist dein schlimmster Feind, junge Dame. Und du bist ein Feigling. Es ist dumm, Angst mit Tapferkeit zu verwechseln.« Ihr warmer Atem schlägt mir ins Gesicht, er riecht nach Hefe. »Du tust mir leid. Aber das war's. Das war unser letzter Versuch, dir zu helfen. Es ist dein Leben, wie dein armer Vater gesagt hat.«

Wenn ich von nun an morgens aufwache, spreize ich meine Finger, um die Starre zu vertreiben, die sich über Nacht darin breitgemacht hat. Ich strecke die Zehen und spüre das Ziehen in meinen Waden und Fußgelenken, die dumpfen Schmerzen in meinen Knien. Der Schmerz in meinen Gliedern ist wie ein hilfloses Haustier, das mich niemals verlassen wird. Aber ich kann mich nicht beklagen. Dieses Recht habe ich verwirkt.

Mein Brief an die Welt

1940

Es dauert nicht lange, dann steht Andy wieder vor der Tür. Ungeschickt zieht er eine Staffelei hinter sich her, den Zeichenblock unter dem Arm, den Pinsel zwischen den Zähnen. »Würde es dir etwas ausmachen, wenn ich meine Staffelei irgendwo hier aufstelle?«, fragt er, während er seine Sachen im Flur abstellt.

»Du meinst … im Haus?«

Er zeigt mit einem Kopfnicken auf die Treppe. »Ich dachte an das obere Stockwerk. Wenn du damit einverstanden bist.«

Ich bin ein bisschen schockiert über seine Unverfrorenheit. Wer taucht schon unangekündigt auf der Türschwelle einer eigentlich Fremden auf und fragt praktisch danach, einziehen zu dürfen?

»Na ja, ich …«

»Ich verspreche, dass ich leise bin. Du wirst mich kaum bemerken.«

Seit Jahren ist niemand mehr oben gewesen. Es gibt dort jede Menge freie Schlafzimmer. Und wenn ich ehrlich bin, stört mich seine Gesellschaft nicht.

Ich nicke.

»Also gut«, sagt er mit einem Grinsen und hebt seine Sachen auf. »Ich werde versuchen, den Hexen aus dem Weg zu gehen.«

Laut poltert er die Stufen hinauf in den zweiten Stock. Er stellt seine Staffelei im südöstlichen Schlafzimmer auf, in dem, das ich früher bewohnt habe. Von dort kann er aus dem Fenster sehen, wie die Dampfer in Port Clyde ablegen und in Richtung Monhegan auf das offene Meer hinausfahren.

Durch die Zimmerdecke höre ich ihn murmeln und mit dem Fuß auf den Boden klopfen. Und summen.

Stunden später kommt er mit farbverschmierten Händen wieder die Treppe hinunter. Sein Mundwinkel ist violett verfärbt, weil er einen Pinsel hineingesteckt hat. »Die Hexen und ich kommen ganz gut miteinander zurecht«, sagt er.

Betsy geht bei uns ein und aus. Genau wie wir hütet sie sich, Andy bei der Arbeit zu unterbrechen. Aber im Gegensatz zu uns fällt es ihr schwer stillzusitzen. Sie holt sich einen Lappen und einen Eimer Wasser und putzt die staubigen Fenster, und sie hilft mir, die nasse Wäsche durch die Wringmaschine zu treiben und dann auf die Leine zu hängen. In einer meiner alten Schürzen kniet sie im Gemüsegarten und sät Salat aus.

An lauen Abenden, wenn Andy mit der Arbeit fertig ist, taucht Betsy mit einem Picknickkorb auf, und wir essen unten beim Wäldchen, wo Papa vor langer Zeit eine Feuerstelle angelegt und als Sitzbänke Bretter auf Baumstümpfe geschraubt hat. Al und ich sehen zu, wie Andy und Betsy Treibholz und Zweige sammeln, um in dem Steinkreis ein Feuer zu machen. Von unserem Lagerfeuer aus sehen die Felder, die zwischen uns und dem Haus liegen, wie Sand aus.

An einem verregneten Morgen steht Betsy vor der Tür, den Autoschlüssel in der Hand, und sagt: »Nun, Madame, heute ist dein Tag. Wo soll es hingehen?«

Ich bin nicht sicher, ob ich überhaupt einen Tag für mich haben will, vor allem nicht, wenn das bedeutet, dass ich mich fein machen muss. Ich blicke an meinem alten Schürzenkleid herunter, auf die Socken, die bis zu den Fußgelenken heruntergerutscht sind, und sage: »Wie wäre es mit einer Tasse Tee?«

»Das wäre wunderbar. Wenn wir zurück sind. Ich möchte dich zu einem Abenteuer mitnehmen, Christina.« Sie geht hinüber zum Herd, nimmt den blauen Teekessel und schaut hinein. »Aha. Das habe ich mir gedacht. Dieses alte Ding ist kurz davor durchzurosten. Lass uns einen neuen besorgen.«

»Er tropft nicht einmal, Betsy. Er funktioniert noch einwandfrei.«

Sie lacht. »Das ganze Haus könnte um dich herum zusammenfallen, und du würdest immer noch sagen, es ist einwandfrei.« Sie zeigt auf meine Schuhe. »Schau mal, wie abgelaufen diese Absätze sind. Und hast du die Mottenlöcher in Als Mütze gesehen? Komm schon, meine Liebe. Ich bringe dich zu Senter Crane, dem Warenhaus in Rockland. Dort gibt es alles. Und keine Sorge, ich bezahle.«

Vermutlich habe ich den Rost am Teekessel irgendwie wahrgenommen, und auch die heruntergelaufenen Absätze meiner Schuhe und die Löcher in Als Mütze. Diese Dinge kümmern mich nicht. Ich fühle mich wohl mit ihnen, wie ein Vogel, der sich in seinem Nest aus Abfällen wohlfühlt. Aber ich weiß, dass Betsy es gut meint. Und, um ehrlich zu sein, sie scheint eine Aufgabe zu brauchen. »In Ordnung«, gebe ich nach. »Ich komme mit.«

Im Nieselregen helfen Betsy und Al mir zum Kombi und sorgen dafür, dass ich darin bequem sitze, und dann machen wir uns auf den Weg nach Rockland, eine halbe Stunde entfernt. Beim ersten Stoppschild streckt Betsy die Hand zu mir herüber und tätschelt mir das Knie. »Siehst du? Macht das nicht Spaß?«

»Es macht dir Freude, oder, Bets?«

»Ich mag es, beschäftigt zu sein«, sagt sie. »Und mich nützlich zu machen. Meiner Meinung nach sind das ziemlich grundlegende menschliche Bedürfnisse – findest du nicht?«

Darüber muss ich einen Augenblick nachdenken. Finde ich das? »Nun, früher habe ich auch so gedacht. Heute bin ich mir nicht mehr so sicher.«

»Müßiggang …«, sagt sie.

»… ist aller Laster Anfang. Denkst du so?«

Sie lacht. »Meine puritanischen Vorfahren haben bestimmt so gedacht.«

»Meine auch. Aber vielleicht lagen sie falsch.« Ich schaue durch die Windschutzscheibe auf die dicken Regentropfen, die auf dem Glas landen, nur um von den Scheibenwischern sofort weggefegt zu werden.

Betsy sieht mich von der Seite an und öffnet den Mund, als wolle sie etwas sagen. Dann aber senkt sie leicht den Kopf und blickt wieder nach vorne auf die Straße.

Eines Tages beim Mittagessen – wir sitzen auf einer Decke im Gras und teilen uns einen Topf Erbsensuppe mit Speck – erzählt Betsy Al und mir, dass Andys Vater sie nicht akzeptiert. Er war gegen ihre Verbindung, hat Andy gewarnt, die Ehe würde ihn ablenken, und Babys erst recht. Aber das sei ihr egal, sagt sie. Sie findet N.C. arrogant, tyrannisch, überheblich. Sie sagt, seine Farben seien zu grell und seine

Figuren oberflächlich, nur für den Markt gemacht. »Reklametafeln für Grießpudding und Coca-Cola«, sagt sie geringschätzig.

Während sie spricht, beobachte ich Andys Miene. Er sieht sie mit einem amüsierten Gesichtsausdruck an. Er nickt nicht, aber er protestiert auch nicht.

Betsy erklärt uns, dass Andy sich von seinem Vater abheben muss. Dass er sich selbst ernster nehmen, sich mehr anstrengen soll. Etwas riskieren. Sie findet, er sollte sich auf kräftige Farben beschränken, die Komposition seiner Bilder vereinfachen, seinen Stil präzisieren. »Du kannst das«, sagt sie zu ihm und legt ihre Hand auf seine Schulter. »Du weißt gar nicht, was alles in dir steckt.«

»Oh, bitte, Betsy. Ich bin nur ein Hobbykünstler. Ich will Arzt werden«, sagt Andy.

Sie sieht Al und mich an und verdreht die Augen. »Er hatte gerade eine Einzelausstellung in Boston, und er hat einen Preis bekommen. Ich weiß nicht, warum er denkt, dass er einmal irgendetwas anderes sein wird als ein Maler.«

»Ich mag das Medizinstudium.«

»Das ist nicht deine Leidenschaft, Andy.«

»Du bist meine Leidenschaft.« Er schlingt die Arme um ihre Taille, und sie lacht und schüttelt ihn ab.

»Geh und rühr deine Temperafarben an«, sagt sie.

Meistens rudert Andy morgens in einem kleinen Boot von Port Clyde eine halbe Meile zu uns herüber. Auf dem Weg zum Haus schwenkt er einen Werkzeugkoffer voller Farben und Pinsel, schlüpft kurz in den Hühnerstall und kommt mit einem halben Dutzend Eier wieder zum Vorschein, die er vorsichtig auf einer Hand balanciert wie Jonglierbälle. Er kommt durch den Seiteneingang herein und plaudert ein wenig mit Al und mir, bevor er nach oben geht.

Andys Blick wird von jedem kaputten oder abgenutzten Arbeitsgerät, Behälter oder Werkzeug angezogen, Gegenständen, die früher täglich benutzt wurden und jetzt wie Relikte nur noch dazu dienen, auf eine Lebensweise hinzuweisen, die längst vergangen ist. Durch seine Perspektive sehe ich vertraute Dinge mit anderen Augen. Die blassrosa Tapete mit den winzigen Blümchen. Die roten Geranien, die in ihren blauen Blumentöpfen am Fenster stehen. Das Treppengeländer aus Mahagoni, das Schiffsbarometer, das in der Eingangsdiele hängt, der Steinguttopf, der in der Pantry im Regal steht, und die blaue Tür mit den Kratzspuren, die ein Hund hinterlassen hat, der schon lange nicht mehr lebt.

Manchmal nimmt Andy seinen Zeichenblock und den Werkzeugkoffer mit in den Schuppen, die Scheune oder auf die Felder. Vom Küchenfenster aus sehe ich ihn über das Grundstück streifen, sehe, wie er leicht hinkend über die Wiese läuft, um sich die Inschriften der Grabsteine auf dem Friedhof genauer anzusehen, oder wie er unten am Kiesstrand sitzt und auf die schaumigen Wellen starrt. Wenn er ins Haus zurückkommt, biete ich ihm frisch gebackenes Sauerteigbrot an, Schinken, Schellfischsuppe, Apfelpfannkuchen. Er setzt sich auf die Stufen der Eingangstreppe mit einer Schale in der Hand, und ich sitze auf meinem Stuhl, und wir erzählen uns gegenseitig von unserem Leben.

Er ist das jüngste von fünf Kindern, berichtet er, mit drei Schwestern, die ihn anhimmeln. Wegen einer leichten Fehlstellung seines rechten Beins und eines Hüftfehlers konnte er als Kind nicht richtig gehen und keinen Sport machen; *wahrscheinlich hast du mein Hinken bemerkt?* Er war häufig krank. Sein Vater war sein einziger Lehrer. Ließ ihn nicht zur Schule gehen, sondern unterrichtete ihn in seinem Atelier. Brachte ihm alles über Kunstgeschichte bei, zeigte ihm, wie man Farben mischte und wie man eine Leinwand aufzog. »Ich war nie wie die anderen Kinder. Passte nicht dazu. War ein Sonderling, ein Außenseiter.«

Kein Wunder, dass wir uns verstehen, denke ich.

»Betsy hat mir viel von dir und Al erzählt«, fährt Andy fort. »Dass Al für die halbe Nachbarschaft Holz hackt. Und dass du Kleider für die Damen in der Stadt nähst, sogar Quilts.« Er zeigt auf die kleinen Blümchen auf meinem Ärmel. »Hast du die selbst gestickt?«

»Ja. Es sind Vergissmeinnicht«, füge ich noch hinzu, weil man das nicht so leicht erkennen kann.

»Ist es nicht interessant, zu was der menschliche Geist fähig ist?«, sinniert er, während er seine Hand ausstreckt und die Finger dehnt. »Wie der Körper sich anpassen kann, wenn der Verstand es ablehnt, sich zu beugen. Diese komplizierten Stickereien auf den Kopfkissen, die du uns geschenkt hast, und die hier auf dieser Bluse … Man kann kaum glauben, dass deine Finger dazu in der Lage sind, aber sie sind es, weil du sie mit deinem Willen dazu bringst.« Er stellt seine leere Schale auf den Küchentresen und nimmt sich noch ein Stück Apfelpfannkuchen. »Du bist wie ich. Du gibst nicht auf. Das bewundere ich.«

Auf all seinen Skizzen stellt Andy das Haus in den Mittelpunkt. Als Silhouette gegen den Himmel, mit einem Klecks für den Rauch, der aus einem Schornstein aufsteigt. Von einer Regenrinne aus betrachtet, von der Bucht her oder aus den Augen einer Möwe in der Luft. Einsam auf dem Hügel oder von Bäumen umgeben. So groß wie ein Schloss oder so klein wie ein Puppenhaus. Mit oder ohne Nebengebäude. Aber es gibt Konstanten: Feld, Haus, Horizont, Himmel.

Feld, Haus, Horizont, Himmel.

»Warum malst du immer dieses Haus?«, frage ich ihn eines Tages, als wir in der Küche sitzen.

»Oh, ich weiß es nicht«, sagt er und rutscht auf der Treppenstufe hin und her. Er starrt einen Moment ins Leere, während er mit den Fingern auf den Boden trommelt. »Ich versuche … irgendetwas einzufangen. Die Atmosphäre dieses Ortes, eigentlich nicht den Ort selber. D.H. Lawrence – er war Schriftsteller, aber auch Maler – hat einmal geschrieben: ›Mit dem Ohr am Kern der Dinge kann man den Aufruhr hören, der uns hervorbringt und zerstört.‹ Das ist es, was ich will: nah an den Kern der Dinge herankommen. So nah wie möglich. Das bedeutet, dass man auf ein Objekt immer wieder zurückkommen muss. Und jedes Mal gräbt man sich ein bisschen tiefer hinein.« Er lacht und fährt sich mit einer Hand durch die Haare. »Das klingt verrückt, oder?«

»Ich denke nur, es könnte irgendwann langweilig werden.«

»Ich weiß, das würde man annehmen.« Er schüttelt den Kopf. »Man sagt, ich sei ein Realist, aber in Wahrheit sind meine Bilder nie ganz … real. Ich lasse aus, was ich nicht mag, und setze mich selbst an diese Stelle.«

»Wie meinst du das, dich selbst?«

»Das ist mein kleines Geheimnis, Christina«, sagt er. »Ich male immer mich selbst.«

Oben in dem Raum, wo Andy seine Staffelei aufgestellt hat, steht ein Bett mit einem verrosteten, quietschenden

Rahmen – mein altes Bett. Wenn Al am Nachmittag seine Pflichten erfüllt hat, geht er oft hinauf und sieht Andy eine Weile beim Malen zu, bevor er darin ein Nickerchen macht.

Eines Tages, als Andy an der Treppe stehen bleibt, um mit mir und Al zu plaudern, bevor er hinaufgeht, erwähnt er leichthin, dass er es nicht mag, wenn man ihn beobachtet. Er will allein arbeiten.

»Dann komme ich also nicht mehr hoch«, sagt Al.

»Oh nein, das meine ich nicht«, sagt Andy. »Ich mag es, wenn du da bist.«

»Aber er sieht dir zu«, sage ich. »Wir beide tun das.«

Andy schüttelt den Kopf und lacht. »Bei euch beiden ist das etwas anderes.«

»Er ist er selbst, wenn er mit euch zusammen ist«, sagt Betsy, als ich ihr von diesem Gespräch berichte. »Weil ihr, du und Al, nichts von ihm verlangt. Ihr lasst ihn machen, was er möchte.«

»Das ist für uns die reinste Unterhaltung«, sage ich. »Hier passiert nicht viel, weißt du.«

Und das stimmt. Lange Zeit war dieses Haus voll bis unters Dach. Jeden Morgen weckte mich eine Kakophonie von Geräuschen, die von allen Seiten zu mir drangen: Papas dröhnende Stimme, die Jungen, die die Treppe hinauf- und hinunterpolterten, Mammey, die sie ermahnte, langsamer zu gehen, Hundegebell und ein krähender Hahn. Dann ist es so still geworden. Aber jetzt wache ich morgens auf und denke: *Andy kommt heute,* und das verändert den Tag, noch bevor er überhaupt da ist.

1900–1912

An Winternachmittagen, wenn die Sonne um halb vier untergeht und der Wind durch die Ritzen pfeift, scharen wir uns in Decken gehüllt um den Holzofen und trinken im gedämpften Licht der Walfischtranlampe warme Milch und Tee. Papa zeigt Al, Sam und mir die Seemannsknoten, die er als Matrose gelernt hat. Den Überhandknoten, den Webeleinstek, den doppelten Schotstek, den Ankerstich, die Lassoschlinge. Er gibt uns hölzerne Stricknadeln und versucht, uns das Stricken beizubringen (obwohl die Jungen spotten und sich weigern). Er zeigt uns, wie man aus Holz Pfeifen und kleine Boote schnitzt. Wir reihen sie auf dem Kaminsims auf, und wenn das Wetter wärmer wird, nehmen wir sie mit zur Bucht, um zu sehen, welches am besten schwimmt. Ich sehe meinen großen, grobschlächtigen Vater, wie er seinen blonden, struppigen Schopf über das winzige Boot beugt und auf Schwedisch vor sich hin murmelt, während er das kleine Fahrzeug über die kabbelige Wasseroberfläche treibt. Mammey hat mir erzählt, dass Papas Bruder Berndt ein paar Monate vor meiner Geburt aus Göteborg hierher gesegelt ist, um den Winter hier zu verbringen, und dass die beiden eine Wiege für mich bauten, die sie weiß anstrichen. Berndt ist der einzige Olauson, der uns je besucht hat.

Unten in einem Regal im Muschelzimmer, hinter einer

besonders großen Muschel, entdecke ich eine Holzkiste mit einer bunten Sammlung von Gegenständen: ein Kamm aus Walfischknochen, eine Zahnbürste aus Pferdehaar, ein bunt lackierter Zinnsoldat aus einer längst vergessenen Spielzeugsammlung, ein paar Steine und Mineralien.

»Wem gehört das alles?«, frage ich Mammey.

»Deinem Vater.«

»Was sind das für Sachen?«

»Das musst du ihn selber fragen.«

Also bringe ich Papa die Kiste, als er am Nachmittag vom Melken kommt. »Mammey sagt, das ist deine.«

Papa zuckt mit den Schultern. »Das ist nichts Besonderes. Ich weiß nicht, warum ich das Zeug aufgehoben habe. Nur ein paar Kleinigkeiten, die ich aus Schweden mitgebracht habe.«

Ich wiege ein schwarzes Stück Kohle in der Hand und frage: »Warum hast du das behalten?«

Er greift danach. Streicht mit den Fingern über die tiefschwarzen, glänzenden Flächen. »Anthrazit«, sagt er. »Das ist beinahe reiner Kohlenstoff. Entstanden vor Jahrmillionen aus zersetzten Pflanzen- und Tierresten. Ich hatte einmal einen Lehrer, der mir viel über Steine und Mineralien beigebracht hat.«

»In deinem Dorf in Schweden?«

Er nickt. »Gällinge.«

»Gällinge«, wiederhole ich. Das Wort klingt fremd. *Gäl-lin-ge.* »Dann hast du es also zur Erinnerung an deine Heimat aufbewahrt?«

Er atmet scharf aus. »Vielleicht.«

»Vermisst du sie?«

»Eigentlich nicht. Ich glaube, ich vermisse nur ein paar Dinge.«

»Zum Beispiel …?«

»Oh, ich weiß nicht. Ein Brot namens *svartbröd*. Mit Lachs und saurer Sahne. Und einen Fladen aus gebratenen Kartoffeln, den man *raggmunk* nennt und den meine Schwester immer machte. Vielleicht Preiselbeeren …«

»Aber was ist … mit deiner Schwester? Und mit deiner Mutter?«

Und jetzt erzählt er mir von der verwahrlosten Flachdachhütte in dem Dorf Gällinge, deren zwei Zimmer sich seine zehnköpfige Familie mit einer Kuh teilte, die ihre einzige Absicherung gegen das Verhungern war. Sein Vater, ein Trinker, der entweder grübelte oder tobte, terrorisierte ihn und seine sieben jüngeren Geschwister und arbeitete als Tagelöhner auf einer Torffarm, wenn er verzweifelt genug war. Er erzählt von seinem ständigen nagenden Hunger. Mehr als einmal, sagt er, sei er nur knapp dem Gefängnis entgangen, entkam der Polizei, die ihn lange durch holprige Straßen jagte, weil er eine Scheibe Speck oder einen Krug Sirup gestohlen hatte.

Schon in frühem Alter war ihm klar, dass es in Gällinge keine Zukunft für ihn gab; keine Arbeit, jedenfalls keine, für die er qualifiziert gewesen wäre, nicht einmal in der Großstadt Göteborg, die sechzig Meilen entfernt lag. Trotz seiner guten Auffassungsgabe passte er in der Schule kaum auf und konnte nur einfachste Texte lesen. Er erlernte keinen Beruf, brachte sich aber selbst das Stricken bei, so dass er seiner Mutter helfen konnte, die mit der Herstellung von Schals, Handschuhen und Mützen ein wenig Geld verdiente. Aber das war kein Job für einen Mann, sagt er.

Als er dann von dem Handelsschiff hörte, das nach New York fuhr, stand er mitten in der Nacht auf und war im Göteborger Hafen als Erster am Kai.

Der Kapitän lachte ihn aus. *Fünfzehn Jahre alt? Zu klein, um deine Mama zu verlassen.*

Aber Papa war entschlossen. *Sie wird mich nicht vermissen,* erklärte er ihm. *Ein Maul weniger zu stopfen und ein bisschen mehr Kleingeld für die anderen. Die kranken Babys.* Das kleinste, sein Bruder Sven, war mit noch nicht einmal einem Jahr einen Monat zuvor verhungert.

Und so stach er mit dem Kapitän und seiner kleinen Mannschaft in See, segelte quer über den Ozean und um die ganze Welt. Monate wurden zu Jahren, und die Vergangenheit rückte in immer weitere Ferne. Er schickte seiner Mutter Geld und sprach wie alle Matrosen darüber, nach Hause zurückzukehren, aber je länger er von Gällinge fort war, desto weniger vermisste er es. Er vermisste es nicht, ständig über seine Brüder und Schwestern zu stolpern, von der Kuh ganz zu schweigen. Und die schäbige Hütte mit dem Toiletteneimer in der Ecke und den widerlichen Gestank ungewaschener Menschen. Auch wenn die engen, feuchtkalten Räume eines Schiffsbauchs keine große Verbesserung darstellten, konnte er wenigstens aus ihren Tiefen auf das Deck hinaufsteigen und in den weiten Himmel aufblicken, zu den Sternen und einem dottergelben Mond.

Es ist erstaunlich, dass Papa so viel über Landwirtschaft weiß, wenn man bedenkt, dass er in einer armseligen Hütte aufgewachsen ist und seine Jugendzeit auf See verbracht hat. Mutter sagt, dass er einfach schnell lernt, egal, was es ist. Er hat die Herberge wieder in ein Einfamilienhaus zurückverwandelt und hält Kühe, Hühner und Schafe, damit wir Milch, Fleisch, Wolle und Eier haben. Auf dem steinigen Boden baut er im jährlichen Wechsel Mais, Erbsen und Kartoffeln an, und er hat einen Hofladen eingerichtet, um unsere Erzeugnisse zu verkaufen. Seine Kunden kommen aus Port Clyde, St George oder Pleasant Point, beladen ihre Boote mit Obst und Gemüse und rudern dann wieder zurück nach Hause.

Nachdem er entdeckt hat, dass Seetang auf den Feldern den Boden im Sommer feucht hält und vor Unkraut schützt, holt er Al, Sam und mich, damit wir ihn aufsammeln und auf der Erde verteilen. Es braucht zwei von uns, die Hände in dicken Handschuhen, um bei Ebbe eine schwere Schubkarre hinunter zum Wasser zu schieben. Wir reißen den Tang von den Felsbrocken, mitsamt Seepocken, Krebsen und Schnecken, und beladen die Schubkarre mit den schwammartigen, grünen Fäden, die an den Enden Blasen bilden, und flachen, breiten Streifen, die geriffelt sind wie Pastetenränder. Die Handschuhe sind steif und unhandlich; ohne sie ist es einfacher zu greifen, deshalb ziehen wir sie aus und waschen unsere Hände immer wieder im Meerwasser, um den Schleim abzuspülen. Schließlich schieben wir die Schubkarre den Berg hinauf zu dem frisch geharkten Feld, wo wir große Mengen kalten Seetangs packen, mit den Fingern zerpflücken und zwischen den Ackerfurchen verteilen. »Schiebt ihn zur Seite!«, ruft Papa von dort, wo er gerade mit seiner Harke arbeitet. »Sonst erstickt ihr die Pflanzen!«

Papa überlegt sich immer wieder Projekte, mit denen er Geld verdienen kann. Seine Schafherde wächst, und obwohl er die Wolle an Leute aus der Gegend verkauft, entschließt er sich in einer Saison, den Großteil davon in

Kisten zu packen und die Wolle in einem anderen Bundesstaat kardieren, spinnen und färben zu lassen und dann zu einem höheren Preis zu verkaufen. Im darauf folgenden Sommer baut er in der Bucht zwischen Bird Point und Hathorn Point mit einem Nachbarn zusammen ein Fischwehr. Jetzt, im Winter, hat er beschlossen, Süßwassereis zusammenzutragen, das man einfach und billig über die nahe gelegenen Seestraßen auf Dampfschiffen nach Boston und noch weiter transportieren kann. Er will es in dem Eishaus lagern, das Kapitän Sam gebaut hat und das seit Jahrzehnten leer steht.

Wie jedes andere Anbauprodukt ist auch Eis empfindlich und unberechenbar; Sonnenschein oder ein plötzlicher Sturm können es ruinieren. Bis das Eis in Boston entgegengenommen wird, gibt es keine Garantie, dass Papa sein Geld bekommt. Er wartet bis Februar, wenn das Eis auf dem Vinal's Pond fünfunddreißig bis vierzig Zentimeter dick ist, und bietet anderen Farmern Geld dafür an, dass sie ihm helfen, den Schnee mit Pferden und Pflügen wegzuräumen. An kalten Tagen vor der Morgendämmerung benutzen sie ein Arbeitspferd, das die Schneescharre zieht – eine Konstruktion aus Brettern, die auf einer Ebene miteinander verbunden sind, insgesamt ungefähr zwei Meter breit –, und einen etwa einen Meter breiten Schneepflug, mit dem der schwerere, vereiste Schnee an der Oberfläche entfernt wird. Mehrere Männer durchsägen das Eis mit Handsägen, die mit langen Stangengriffen versehen sind. Sie werfen Mäntel, Schals und Mützen ab, wenn ihnen warm wird. Es ist harte Arbeit, aber diese Männer sind harte Arbeit gewohnt.

Wenn eine Eisscholle gelöst ist und auf dem matschigen Wasser schwimmt, nehmen die Männer Flößerhaken, lange Stangen mit Zacken an den Enden, um das Eis dahin zu treiben, wo sie es haben wollen. Danach beginnt die mühsame Arbeit, die Eisplatten zu zerschneiden und sie auf die Pritschenwagen zu laden, die dann von Pferden zum Eishaus hinter der Scheune gezogen werden. Dort werden die Blöcke gestapelt und in Sägemehl eingelagert. Manche werden beiseitegenommen, um sie an Leute aus der Umgebung zu verkaufen, der Rest muss warten, bis in der Bucht ein Frachtschiff nach Massachusetts für den Transport bereit ist.

Am Morgen der Eisernte ziehe ich mich im Dunkeln an, nachdem Papa das Haus verlassen hat, mit mehreren Lagen von Pullovern und Hosen über meiner langen Unterwäsche, und schlüpfe in zwei Paar Socken. In der Eingangsdiele treffe ich Al, und wir gehen hinaus in den Nebel, Atemwolken vor unseren Mündern. Wir gehen in Richtung Vinal's Pond, um den Pferden zuzusehen, die, vor Pflüge gespannt, auf dem dicken Eis hin und her marschieren und dabei immer tiefere Furchen graben. Schneeflocken fallen sanft vom Himmel, wie Mehl durch ein Sieb, und häufen sich zu Schneewehen auf dem Boden. In der Ferne sehen wir Papa, wie er Blackie mit dem Pflug führt. Er erblickt uns auch. »Bleibt weg vom Eis!«, ruft er. Als Al und ich die Uferkante erreichen, bleiben wir stehen und sehen den Männern bei der Arbeit zu. Blackie tänzelt lebhaft und wirft den Kopf zurück. Er ist ein nervöses Pferd; ich habe schon Stunden damit verbracht, bei ihm auf der Koppel zu stehen und mir zu überlegen, wie ich ihn beruhigen könnte. Er trägt die Schlinge, die ich ihm vor ein paar Tagen um den Hals gebunden habe, um ihn unter Kontrolle zu halten, wenn er scheut.

Einer der Männer hat seinen Flößerhaken an einem Eisblock zerbrochen, und davon sind alle abgelenkt, geben ihm Ratschläge, während ich sehe, dass Blackie langsam an die Kante der Eisschicht rutscht. Plötzlich ertönt ein schrilles Wiehern. In panischer Angst rollt Blackie die Augen, als er in das eiskalte Wasser taucht, er schlägt aus und tobt. Der Pflug an der Eiskante gerät ins Wanken. Ohne nachzudenken, renne ich zu Papa über das Eis.

»Verdammt, bleib weg!«, schreit Papa.

»Greif nach der Schlinge«, rufe ich und zeige auf meinen eigenen Hals. »Schnür ihm die Luft ab!«

Papa macht einigen der Männer ein Zeichen, und sie haken einander unter, stehen Schulter an Schulter, in der Mitte Papa und ein paar, die ihn am Gürtel festhalten. Er lehnt sich weit nach vorne und beugt sich über den Kopf des Pferdes, packt das Seil und zieht fest daran. Einen Augenblick später wird Blackie ruhiger. Papa schafft es, ihn an seinem Halfter auf das Eis zu ziehen, zuerst die Vorderbeine, dann den Bauch und schließlich seine kräftigen, breiten Flanken. Einen Moment lang steht das Pferd da wie eingefroren, Vorder- und Hinterbeine gespreizt wie bei einer Statue. Dann senkt es den Kopf und schüttelt seine Mähne, dass es spritzt.

Am Abend bei Tisch erzählt Papa Mammey und Mutter, dass ich das störrischste und sturste seiner Kinder bin und dass er mir nur deshalb nicht den Hals dafür umdreht, dass ich auf das Eis gerannt bin, weil ich Blackie das Leben gerettet habe. Ein ertrunkenes Pferd, das wissen wir alle, hätte einen großen Verlust bedeutet.

»Ich frage mich, woher sie das hat«, sagt Mutter.

Ein- oder zweimal im Monat kommen die Farmer abends zu uns nach Hause, um am Esstisch Whiskey zu trinken und Karten zu spielen. Papa ist anders als die anderen, mit seiner ruhigen Art und seinem schwedischen Akzent, aber die Tatsache, dass sie alle Farmer und Fischer sind, ist als Gemeinsamkeit genug. Wenn Mutter und Mammey zu Bett gegangen sind, sitzen Al und ich auf der Treppe, wo sie uns nicht sehen können, und lauschen ihren Geschichten.

Je mehr Richard Wooten trinkt, desto mehr redet er. »Es gibt einen Schatz in diesem Mystery-Tunnel, bei Gott, ich weiß es. Und eines Tages werde ich ihn in die Finger kriegen, das schwöre ich.«

Al und ich sind fasziniert von der Geschichte des Mystery-Tunnels. Einer hiesigen Legende zufolge haben frühe Siedler einen sechzig Meter langen Tunnel in einen Felsen in der Nähe von Bird Point gegraben, um sich darin vor Piraten und Abenaki-Indianern zu verstecken.

»Ich war schon so nah dran. *So* nah dran«, sagt Richard. Er dämpft die Stimme, und ich muss mich weit vorbeugen, um ihn zu verstehen. »Stockdunkel. Nicht ein einziger Stern am Himmel. Ich schleiche mich mit einer Laterne da runter. Grabe eine Ewigkeit lang, es müssen Stunden gewesen sein.«

»Wie oft hast du diese Geschichte schon erzählt, hundert Mal?«, spottet jemand.

Richard beachtet ihn nicht. »Und dann sehe ich ihn: den funkelnden Schatz.«

»Das tust du nicht.«

»Doch, mit eigenen Augen! Und dann …«

Die Männer murmeln und lachen. »Ach, komm schon!« »Das denkt er sich jetzt nur aus.«

»Spuck's aus, Richard«, sagt Papa.

»Er verschwindet. Einfach so.« Ich höre, wie er mit den Fingern schnipst. »Ich hatte gerade die Hand danach ausgestreckt. Er war da, und dann war er weg.«

»Pech gehabt!«, ruft einer. Und dann: »Auf den Schatz!«

»Auf den Schatz!«

Am nächsten Abend schlüpfen Al und ich mit einem Kerzenstummel aus dem Haus und machen uns auf den Weg zum Bird Point. Der Eingang des Tunnels ist dunkel und geheimnisvoll; unsere flackernde Kerze geht immer wieder aus. Es ist unheimlich still, während wir in den Tunnel kriechen. Nach ungefähr fünfzehn Metern versperren heruntergestürzte Felsbrocken den Weg. Ich verspüre ein seltsames Gefühl der Erleichterung – wahrscheinlich hätten wir es nicht gewagt weiterzugehen. Hätten wir den vergrabenen Schatz gefunden? Oder wären wir in den Tiefen des Tunnels verschwunden und niemals gefunden worden?

Al und ich stürzen uns in Abenteuer, wo wir nur können. Ein paar Wochen später weckt er mich mitten in der Nacht, einen Finger an den Lippen, und flüstert: »Komm mit.« Ich ziehe ein Schürzenkleid über mein Nachthemd, schlüpfe mit dicken Socken in meine alten Lederschuhe und verlasse den behaglichen Kokon meines Betts. Sobald wir draußen sind, sehe ich einen orange leuchtenden Ball etwa hundert Meter draußen im Hafen, der sich auf der Wasseroberfläche spiegelt. Erst jetzt erkenne ich, was das ist: ein brennendes Schiff.

»Brennt schon seit Stunden«, sagt Al. »Ein Kalkfrachter. Bestimmt auf dem Weg nach Thomaston.«

»Sollen wir Papa wecken?«

»Nee.«

»Vielleicht könnte er helfen.«

»Vor einer Weile ist ein kleines Boot mit ein paar Männern an Land gekommen. Gibt nichts, was man jetzt noch tun könnte.«

Länger als eine Stunde sitzen wir im Gras. Der Frachter lodert in der Dunkelheit, seine Zerstörung ein Akt der Schönheit. Ich blicke zu Al, dessen Gesicht vom Feuerschein erleuchtet ist. Ich denke an sein Lieblingsbuch, *Die Schatzinsel,* das von einem Jungen handelt, der wegläuft und auf einem Schiff anheuert, weil er einen vergrabenen Schatz sucht. Mrs Crowley, der auffiel, wie oft Al das Buch aus ihrem Regal nahm und durchblätterte, hat es ihm am Ende des Schuljahrs geschenkt. »Für unseren seefahrenden Alvaro«, hat sie mit ihrer ordentlichen Schrift auf die Innenseite des Umschlags geschrieben. »Mögest du dich auf viele Abenteuerfahrten begeben.«

Noch Monate später kann man bei Ebbe das Gerippe des Kalkfrachters sehen. Papa und Al rudern zu dem Wrack hinaus, um die Eichenbohlen vom Schiffsrumpf zu entfernen. Nachdem sie sie gestapelt und mit Gewichten beschwert haben, um sie gerade zu biegen, benutzen sie sie, um den Boden des Eishauses zu erneuern.

An jedem Wochentag wandern Al und ich zusammen nach Cushing zur Wing School Nummer 4, anderthalb Meilen entfernt. Durch meinen schlingernden Gang brauche ich lange, um dorthin zu kommen. Ich versuche, mich auf meine Schritte zu konzentrieren, aber ich stolpere so oft, dass meine Knie und Ellbogen immer aufgeschürft und voller blauer Flecke sind, trotz der Baumwollpolster. Meine Fußkanten sind hart und schwielig.

Al beklagt sich die ganze Zeit. »Oh Gott, sogar die Kühe sind schneller als du. Ich könnte schon längst angekommen sein und schon wieder zurück.«

»Dann geh doch vor«, sage ich, aber das tut er nie.

Es hilft, wenn ich meinen Körper vorwärtsschwinge und die Arme zu Hilfe nehme, um die Balance zu halten, aber das funktioniert nicht immer. Wenn ich hinfalle, seufzt Al und sagt: »Mach schon, jetzt kommen wir wirklich zu spät.« Aber wenn er mich hochzieht, tut er es mit aller Kraft.

Manchmal gehen wir mit zwei Nachbarsmädchen, Anne und Mary Connors, aber nur wenn ihre Mutter darauf besteht. Wenn ich stolpere und hinter ihnen zurückbleibe, schnalzen sie ungeduldig mit der Zunge und stampfen mit den Füßen. »Oh Gott, schon wieder?«, murmelt Mary, und die beiden tuscheln miteinander, so dass Al und ich sie nicht verstehen können.

In der Schule warte ich, bis die Garderobe leer ist, bevor ich meine Kniepolster und Armbinden abnehme und in meine Brotdose stopfe. Die anderen Kinder können gemein sein. Leslie Brown stellt mir ein Bein, als ich durch den Mittelgang gehe, um ein Buch zu holen, und ich stoße an Gertrude Gibbons' Tisch. »Pass auf, Trampel«, zischt Gertrude.

Ich könnte dem so einiges entgegensetzen. Kaum einer von uns an der Wing School Nummer 4 hat ein Bilderbuchleben. Die Mutter von Gertrude Gibbons ist mit einem Arbeiter der Papierfabrik von Augusta nach Portland durchgebrannt und nie zurückgekehrt. Leslies Stiefvater schlägt ihn mit einem Gürtel. Die Connors-Mädchen haben keinen Vater; er ist nicht fortgegangen, es hat ihn nie gegeben. Die Stadt ist klein, und wir wissen mehr voneinander, als es den meisten von uns lieb ist.

An einem Nachmittag sitzen Al und ich mit unseren Brotdosen draußen auf dem Schulhof im Schatten einer Ulme, als Leslie und ein anderer Junge anfangen, um uns herumzuschleichen und mich zu verspotten. »Was ist mit dir los? Du bist nicht normal, weißt du das?«

Al bekommt rote Ohren, aber er bleibt ruhig. Er ist klein und schmächtig, hätte gegen diese harten Jungs mit Kautabak in den Backentaschen keine Chance. Ich will ohnehin nicht, dass er mich verteidigt, denn ich bin über ein Jahr älter als er.

Ein Mädchen aus meiner Klasse, Sadie Hamm, schlendert herbei. Sie ist ein dünnes, zähes Mädchen mit braunen Augen, robust wie ein Sonnenblumenstängel und mit einem runden Gesicht, das von krausen Haaren umrahmt wird wie von Blüten. Sie stemmt die Hände in die Hüften, reckt das Kinn und baut sich vor den Jungen auf. »Das reicht.«

»Sadie Bacon«, sagt Leslie spöttisch. »So heißt du doch, oder?«

»Ich glaube nicht, dass du ein Namensspiel mit mir spielen willst, Leslie Brown.« Sie wendet sich Al und mir zu und sagt: »Kann ich mich zu euch setzen?«

Al scheint darüber nicht besonders glücklich zu sein, aber ich klopfe neben mir auf das Gras.

Sadie teilt ihr Sandwich mit mir, Butterbrot mit dünnen Scheiben Braten. Sie erzählt uns, dass sie mit ihren beiden älteren Schwestern in einer Wohnung über dem Drogerieladen wohnt, in dem eine ihrer Schwestern arbeitet. Ihre Eltern erwähnt sie nicht, und ich frage auch nicht nach.

»Was dagegen, wenn ich mich morgen wieder zu euch setze?«, fragt sie.

Al durchbohrt mich mit seinem Blick. Ich beachte ihn nicht. »Natürlich nicht«, sage ich.

So lange ist Al mein einziger Begleiter gewesen. Er ist mir so vertraut wie die Wände in unserer Küche oder der Weg zu unserer Scheune. Ich denke, dass es schön wäre, eine Freundin zu haben.

An Land ist Al zaghaft und ungeschickt. Er redet wenig. In einer Gruppe von Menschen benimmt er sich, als wünsche er sich weit fort, egal, wohin. Er weiß nicht, wohin mit seinen Händen, die wie übergroße Fäustlinge an ihm herabhängen. Aber draußen auf dem Meer, wenn wir an eine von Papas blauweißen Bojen heranfahren, die auf dem Wasser tanzen, ist er zielgerichtet und selbstbewusst. Ein kurzer Ruck am Seil, und schon weiß er, wie viele Tiere in der Hummerfalle dort unten in der Tiefe sind.

Al wollte schon immer Hummerfischer werden. Im Sommer, als er acht wird, entscheidet Papa, dass er alt genug ist, um es zu lernen. An ein paar Nachmittagen in der Woche nimmt er Al in einem alten Ruderboot mit hinaus, und manchmal komme ich mit. Wir rudern so weit, dass unser weißes Haus auf dem Hügel nur noch ein Punkt ist. Es macht mich nervös, mit dem kleinen Boot auf dem offenen Meer zu sein – schon an Land fällt es mir schwer, das Gleichgewicht zu halten. Das Wasser um uns herum ist tief und dunkel. Die Planken sind uneben, und Salzwasser sammelt sich zwischen den Spanten, umgibt meine nackten Füße und macht den Saum meines Kleides nass. Ich seufze unruhig, bin darauf erpicht, bald wieder zurückzufahren. Aber Al ist in seinem Element.

Papa gibt jedem von uns eine Handleine. Es ist eine einfache, mit Leinöl behandelte Baumwollschnur, die um ein Stück Holz gewickelt ist, das Papa mit dem Schnitzmesser bearbeitet hat, damit die Schnur besser darauf läuft. Am Ende der Handleine befinden sich ein großer Haken und ein Bleigewicht, damit er sinkt. Unser Vater zeigt uns, wie man den Haken mit einem Köder versieht, kleine Stückchen Fisch, die er in einem Eimer aufbewahrt, mit einem Brett zugedeckt. Wir lassen unsere Leinen langsam herunter, und dann warten wir. Ich fange nichts, aber Als Leine ist magisch. Liegt es an der Art, wie er seinen Köder befestigt? Oder wie er die Leine bewegt, damit die Fische glauben, der Köder sei etwas Lebendiges? Oder ist es etwas anderes, vielleicht Als gelassene Gewissheit, dass die Fische schon anbeißen werden? Ein halbes Dutzend Male spannt sich die Leine kaum merklich zwischen seinem Daumen und Zeigefinger, und er reagiert darauf, indem er kräftig zieht, um den Fisch an den Haken zu bekommen, und dann befördert er einen zappelnden Dorsch oder Schellfisch aus der Tiefe nach oben, zieht ihn über das Seitendeck in unser Boot hinein.

Mit der Geschicklichkeit eines Chirurgen entfernt er den Fisch vom Haken und wickelt die Leine auf. Er besteht darauf, den ganzen Weg zurück alleine zu rudern. Als wir den Bootssteg erreicht haben, hebt er seine Hände, die rau und gerötet sind, und grinst. Er ist stolz auf seine Schwielen.

Ein paar Jahre später hat Al Papas altes Ruderboot restauriert und gelernt, seine eigenen Fallen zu bauen und auszustatten. Er fertigt die Bögen und Schwellen dafür aus Holzresten, knüpft Schnüre für das Netz und benutzt Steine als Gewichte, um die Fallen zu versenken. Die Fallen, die er baut, sind besser als die von Papa, prahlt er, und er hat recht: Sie quellen über von Hummern. Er baut eine Fischerhütte hinter der Scheune, um Hummerfallen und Ködereimer, Dichtungsmaterial und Bojen, Fischernetze und Nägel darin zu verstauen. Es dauert nicht lange, bis sich die blauweißen Bojen in seiner Obhut befinden und er über Cushing hinaus bis nach Port Clyde seine Hummer verkauft.

Al kann es kaum abwarten, endlich mit der Schule fertig zu sein. Er sagt, dass er die Tage zählt und nur darauf wartet, endlich jeden Moment seines Lebens auf seinem geliebten Boot verbringen zu können.

Mrs Crowley hat einmal gesagt – es ist das Schönste, was jemals ein Mensch zu mir gesagt hat –, dass ich eine der klügsten Schülerinnen bin, die sie jemals unterrichtet hat. Lange vor den anderen bin ich mit dem Lesen oder mit meinen Rechenübungen fertig. Sie gibt mir immer zusätzliche Aufgaben zu lösen und weitere Bücher zu lesen. Ich freue mich über das Kompliment, aber wenn ich rennen und spielen könnte wie die anderen Kinder, wäre ich vielleicht genauso ungeduldig und unkonzentriert wie sie. Tatsache ist, dass ich die unberechenbaren Schmerzen in meinen Armen und Beinen weniger wahrnehme, wenn ich in ein Buch vertieft bin.

In der Schule behandeln wir die Hexenprozesse von Salem. Mrs Crowley erzählt uns, dass zwischen 1692 und 1693 zweihundertfünfzig Frauen der Hexerei bezichtigt wurden, hundertfünfzig wurden eingesperrt, neunzehn gehängt. Sie konnten anhand sogenannter »Geisterbeweise« verurteilt werden – der Behauptung eines Anklägers, sie seien als Geist erschienen – oder weil sie ein »Hexenmal« kennzeichnete, ein Muttermal oder eine Warze. Tratsch, Hörensagen und Gerüchte wurden als Beweise akzeptiert. Der Oberste Richter, John Hathorne, war berüchtigt für seine Skrupellosigkeit. Er war kein unparteiischer Richter, sondern eher ein Ankläger.

»Er ist mit uns verwandt, weißt du«, sagt Mammey, als ich ihr nach der Schule von dieser Stunde erzähle. Wir sitzen zu zweit vor dem Glenwood-Herd in der Küche und stopfen Socken. »Erinnerst du dich an diese drei Hathorn-Männer, die Salem mitten im Winter verlassen haben? Das war fünfzig Jahre nach den Prozessen. Sie sind vor der Schande davongelaufen.«

Mammey zieht die nächste Socke aus dem Haufen und erzählt mir von Bridget Bishop, einer Gastwirtin, die beschuldigt wurde, Eier gestohlen und sich in eine Katze verwandelt zu haben. Bridget war eine Exzentrikerin, deren farbenfrohe Kleidung – vor allem ein rotes, spitzenverziertes Mieder – für ein Zeichen des Teufels gehalten wurde. Als zwei geständige Hexen bezeugten, dass sie Mitglied ihres Zirkels sei, wurde sie gefangen genommen und in eine feuchtkalte Zelle geworfen, wo sie nur Brühe und vertrocknete Wurzeln zu essen bekam. Unter solchen Bedingungen dauerte es nur ein paar Tage, sagt Mammey, bis eine unbescholtene Frau einem verzweifelten Tier in der Falle glich.

Im Gerichtssaal fragte John Hathorne sie vor einer johlenden Menge: »Woher weißt du, dass du keine Hexe bist?«

Sie antwortete: »Ich weiß nichts davon.«

Richter Hathorne verengte die Augen zu Schlitzen. Er hob den Zeigefinger, und als er ihn auf sie richtete, wich sie zurück wie getroffen. »Siehst du wohl«, sagte er, »nun bist du der Lüge überführt.« Er schlug mit der flachen Hand auf den Tisch – Mammey fährt mit ihrer Hand durch die Luft, um es zu demonstrieren – und die Ankläger und Zuschauer tobten.

Bridget Bishop wusste, dass es vorbei war, sagt Mammey. Sie würde wie all die anderen zum Tode verurteilt werden, würde so lange am Galgen baumeln, bis sich jemand erbarmte und ihre Leiche abschnitt, wahrscheinlich mitten in der Nacht. Wie viele der Verurteilten war sie eine Einzelgängerin mittleren Alters, und ihr Haus und ihr Grundstück waren bereits beschlagnahmt worden. Wer hätte sie unterstützen können? Niemand.

Irgendwann setzte der Gouverneur von Massachusetts den Prozessen ein Ende. Einer nach dem anderen leisteten die Richter des Obersten Gerichts Widerruf und verliehen ihrem Bedauern und ihrer Reue über die übereilten Urteile Ausdruck. Nur John Hathorne blieb still. Er hat nie auch nur das geringste Schuldbewusstsein gezeigt. Selbst noch nach seinem Tod, fünfundzwanzig Jahre später – er verstarb friedlich, in angenehmem Wohlstand –, behielt er seinen Ruf von kaltblütiger Grausamkeit.

Mammey erzählt mir von dem Fluch, mit dem Bridget Bishop Hathornes Nachkommen belegt hat. Nun, genau genommen war es kein Fluch, sondern eine Warnung, eine Abrechnung. »Diese Frau ist zu bewundern«, sagt sie. »Sie hat das Einzige getan, was in ihrer Macht stand: ihm Angst vor Gott einzuflößen. Oder überhaupt Angst. Aber ich glaube daran. Ich glaube, deine Ahnen haben die Hexen aus Salem mitgebracht. Ihre Geister spuken hier herum.«

»Du meine Güte.« Meine Mutter im Nebenzimmer seufzt laut. Sie findet, dass ihre Mutter mir haarsträubende

Ideen in den Kopf setzt. Und sie findet, ich sollte mich weniger auf Mammeys Geschichten und mehr auf meine Handarbeit konzentrieren.

Als ich Papa nach dem Fluch frage, sagt er, darüber wisse er nichts, er wisse nur, dass die Hathorns ein notorisch eigensinniger Haufen seien. Ein grimmiger, wilder Clan schottischer Iren, die im siebzehnten Jahrhundert aus Nordirland nach New England auswanderten. Sie erlangten schnell den Ruf, gegenüber ihren erklärten Feinden sadistisch zu sein. »Schlugen sich mit den Quäkern, legten die Indianer aufs Kreuz und verkauften sie als Sklaven – solche Sachen«, sagt er.

»Woher weißt du das alles?«, frage ich.

»Ich habe mal mit deinem Großvater ein paar Glas Whiskey getrunken«, sagt er, »vor langer Zeit.«

Im Frühling meines zehnten Lebensjahrs ist Mutter schwanger. Meistens kümmern nun Mammey und ich uns um die Mahlzeiten, die jetzt, am Ende eines langen Winters, zum Großteil aus altem, eingelagertem Wurzelgemüse, getrocknetem Fisch und geräuchertem Fleisch, Eintopf und Fischsuppe bestehen. Auf dem Wasser ist es so kalt und böig, dass Papa und Al nicht mehr in ihrem Ruderboot hinausfahren können. Sam hat einen bellenden Husten und starken Schnupfen. Die Erde ist matschig; wenn ich auf dem Schulweg hinfalle, bin ich für den Rest des Tages nass und schlammbeschmiert. Niemand von uns hat irgendeinen Anlass zur Freude.

Eines Tages sehe ich auf dem Heimweg von der Schule Papa in seinem Wagen auf dem Weg vor mir und neben ihm eine vertraute, elefantenhafte Gestalt mit einer blauen Haube, und ich weiß, dass Miss Freeley kommt, um Mutters Baby auf die Welt zu bringen. Wieder zu Hause, sitzen meine Brüder und ich mit Papa in der Küche. Regen trommelt schwer auf das Dach und an die Fenster, und wir alle spüren die Feuchtigkeit bis in die Knochen. Ich ziehe meine Socken aus und hänge sie an den Ofen. Sogar der Rauch des Holzfeuers im Glenwood-Herd ist feucht.

Die Geburt verläuft ohne Zwischenfälle. Mutter ist inzwischen daran gewöhnt. Aber als Fred auf der Welt ist, verändert sie sich. Es dauert lange, bis sie aufsteht, wenn er sie braucht. Dann reicht sie ihn Mammey und geht am helllichten Tag wieder ins Bett. Wenn Fred Hunger hat und nach ihrer Milch schreit, dreht sie sich nur auf die andere Seite, und Mammey muss Kuhmilch mit Wasser und ein klein wenig Zucker verrühren. Sie wärmt einen Stein im Ofen, wickelt ihn in ein Tuch und legt ihn in Freds Wiege, wenn er schlafen soll, aber das ist kein Ersatz für seine Mama, sagt sie.

Al und ich beeilen uns auf dem Heimweg von der Schule, damit wir Fred aus seinem Bettchen nehmen und auf dem Schoß wiegen können, oder um ihn in der Zinkwanne zu baden. (Davor riecht er säuerlich und dumpf, als hätte man ihn aus einem Erdloch gezogen. Danach riecht er wie ein junger Welpe.) Wir alle überlegen uns, wie wir Mutter aufheitern können. Mammey backt ihren Lieblingskuchen, Rührkuchen mit Zitronat. Papa baut eine Kommode mit vier Schubladen für ihre Bettwäsche. Weil Blau Mutters Lieblingsfarbe ist, beschließe ich, ein paar Gegenstände im Haus in einem freundlichen Blau zu streichen.

Al schüttelt den Kopf, als ich ihm von meinem Plan erzähle. »Einen Stuhl anzustreichen wird nicht helfen.«

»Ich weiß«, sage ich, aber eigentlich hoffe ich doch, dass es hilft.

Ich bitte Mammey um Erlaubnis, weil ich weiß, dass Papa nichts davon halten würde. »Großartig«, sagt sie und gibt mir Geld für Farbe.

Im Gemischtwarenladen A. S. Fales & Söhne kaufe ich nach der Schule einen Eimer mit dem kräftigsten Blau, das es gibt, zwei Pferdehaarpinsel, eine Blechschale und eine Flasche Terpentin. Weil ich es nicht schaffe, die Sachen den ganzen Weg nach Hause zu tragen, verstecke ich alles im Wald. Am nächsten Tag, als ich an der Stelle nachsehe, wo ich die Sachen gelassen habe, sind sie nicht mehr da. Ich befürchte, dass jemand sie gestohlen hat, aber als ich zu Hause ankomme, liegen sie alle im Schuppen. »Ich finde immer noch, dass es eine dumme Idee ist«, sagt Al, »aber ich kann dich nicht die ganze Arbeit alleine machen lassen.«

Die feuchte Farbe ist so blau wie die blauste Feder eines Hüttensängers und so glänzend wie die Oberfläche eines Sees. Mit alten Lappen säubern Al und ich die Schuppentüren, das Untergestell und die Räder des Wagens, den Schlitten, die Heuraufe und die Geranientöpfe. Als wir erst einmal mit dem Anstreichen angefangen haben, ist es schwer, wieder aufzuhören. Wir gehen noch einmal zu Fales, um noch mehr Material zu besorgen, dann streichen wir auch noch die Eingangs- und die Hintertür sowie die Seitenwände des Wagens.

Als wir Mutter überredet haben, die Treppe herunterzukommen, um sich unser Werk anzusehen, umarmt sie Al und mich.

Langsam wird alles besser. Als es wärmer wird, nehmen Mutter und ich unsere Ausflüge bei Ebbe zu Little Island wieder auf, aber jetzt kommen auch meine Brüder mit. Al rennt vor uns her über die Wiese, Sam sammelt Seesterne in einem Gezeitentümpel. Wir streifen über den Kiesstrand, um Muscheln zu suchen, und machen unter einer alten Fichte eine Picknickpause. Mutter nimmt Baby Fred aus seinem Tragetuch und legt ihn am Strand auf den Rücken, wo er kräht und gluckst. Ich setze mich auf einen Felsen und beobachte sie. Es scheint ihr besser zu gehen, denke ich. Aber ab und zu sehe ich sie mit ausdruckslosem Gesicht ins Leere starren, und das beunruhigt mich.

Als Mrs Crowley in ihrer ordentlichen Schrift ein Gedicht von Emily Dickinson an die Tafel schreibt, wird in der Klasse gemurrt.

»Hat das ein sechsjähriges Kind geschrieben?«

»Was sind das für Gedankenstriche? Ist das richtig?«

»Mein Großvater hat mir erzählt, dass sie nur eine wunderliche alte Dame war. Eine alte Jungfer«, sagt Gertrude Gibbons, die Besserwisserin der Klasse.

»Emily Dickinson führte tatsächlich ein zurückgezogenes Leben«, erklärt Mrs Crowley und streicht sich eine Strähne ihres grauen Haars hinter das Ohr. »Ein Mann hat ihr das Herz gebrochen, und sie wurde zu einer Art Einsiedlerin. Sie trug immer nur weiße Kleidung. Niemand ahnte auch nur, dass sie eine Dichterin war, man bewunderte sie nur für ihren schönen Garten. Sie saß stundenlang an ihrem kleinen Schreibtisch, aber eigentlich wusste niemand, was sie da tat. Nach ihrem Tod hat man eine Mappe mit Gedichten in ihrer Schublade entdeckt. Seiten über Seiten in ihrer akkuraten Schrift, mit sehr merkwürdigen Schreibweisen, wie ihr sehen könnt. Aberhunderte von Gedichten.«

Als ich das Gedicht von der Tafel in mein Heft abschreibe, forme ich die Worte unhörbar mit den Lippen:

Niemand bin ich! Und du?
Ein Niemand – noch dazu?
Dann sind wir zwei im Land!
Still! Gleich wird man bekannt!

»Was soll das denn heißen«, sagt Leslie Brown.

»Was denkt ihr, was es bedeutet?«, fragt Mrs Crowley und hält die Kreide in die Luft.

»Weiß nicht. Vielleicht fühlt sie, dass ihr Leben keinen Sinn hat?«

»Das ist eine mögliche Interpretation. Christina, was denkst du?«

»Ich glaube, sie spürt, dass sie anders ist als die meisten Leute«, sage ich. »Aber auch wenn die anderen sie seltsam finden, weiß sie, dass sie nicht die Einzige sein kann.«

Mrs Crowley lächelt. Nach einem kurzen Zögern sagt sie: »Eine verwandte Seele.«

Nach dem Unterricht frage ich sie, ob ich noch mehr Gedichte von dieser Dichterin lesen kann, deren Namen ich noch nie zuvor gehört hatte. Sie nimmt ein kleines Buch mit blauem Einband aus ihrem Pult und zeigt mir, dass Emily Dickinson oft die »Vagantenstrophe« benutzt, Reime mit abwechselnd acht und sechs Silben, eine Form, die für Kirchenlieder typisch ist. Sie erklärt mir, dass Dickinson die meisten ihrer Gedichte in unreinen Reimen verfasst hat, das heißt, dass die Laute der Reimwörter nur ähnlich, aber nicht identisch sind. Und sie hat eine rhetorische Figur namens Synekdoche benutzt, die bedeutet, dass ein Teil für etwas Ganzes steht – »zum Beispiel hier, in diesem Gedicht«, sagt Mrs Crowley, zeigt auf eine Seite und rezitiert laut: »›Die Augen ringsum – leergeweint.‹ Was meinst du, was bedeutet das?«

»Hmm …« Ich überfliege die ersten Zeilen des Gedichts:

Ich hörte eine Fliege summen –
Als ich starb – der Raum
War still wie wenn vor seinem Wüten
Noch Atem holt – ein Sturm –

»Die Leute stehen um ein Bett herum und trauern um die Person, die gestorben ist?«

Mrs Crowley nickt. Sie gibt mir das Buch. »Wenn du möchtest, kannst du es übers Wochenende mit nach Hause nehmen.«

Auf den Stufen vor unserer Eingangstür sitzend blättere ich durch die Seiten und lese hier und da:

Dies ist mein Brief an eine Welt
Die niemals schrieb an Mich –
Was schlicht mir die Natur berichtet –
Sanft, würdig, herrscherlich

Die Gedichte sind sonderbar und verdreht, und ich bin nicht sicher, ob ich ihre Bedeutung verstehe. Ich stelle mir Emily Dickinson vor, wie sie in einem weißen Kleid am Schreibtisch sitzt, den Kopf über ihre Feder gebeugt, und eine holprige Stelle durchstreicht. »Es macht nichts, wenn ihr nicht alles genau versteht«, hat Mrs Crowley im Unterricht gesagt. »Es kommt darauf an, dass ein Gedicht in euch nachklingt.«

Wie es wohl gewesen ist, diese Gedanken zu Papier zu bringen? Wie Glühwürmchen einzufangen, denke ich.

Mutter, die sieht, wie ich auf dem Treppenabsatz sitze

und lese, stellt einen Wäschekorb mit trockenen Bettlaken auf meine Knie. »Keine Zeit zum Bummeln«, zischt sie.

Gegen Ende der achten Klasse – das letzte Jahr an der Wing School Nummer 4, und das letzte Jahr jeglicher Art von Schulausbildung für die meisten von uns – nimmt mich Mrs Crowley während der Mittagspause beiseite. »Christina, ich kann das hier nicht bis in alle Ewigkeit machen. Hättest du Interesse daran, noch ein paar Jahre länger zu bleiben, um dich dafür zu qualifizieren, einmal die Schule zu übernehmen? Ich glaube, du könntest eine erstklassige Lehrerin werden.«

Ihre Worte lassen mich vor Stolz glühen. Aber als ich Mutter und Papa später beim Abendessen von diesem Gespräch berichte, sehe ich, wie sie einander einen Blick zuwerfen. »Wir müssen darüber sprechen«, sagt Papa und schickt mich nach draußen auf die Treppe.

Als er mich wieder hereinruft, starrt Mutter auf ihren Teller. Papa sagt: »Es tut mir leid, Christina, aber du hast eine längere Schulausbildung gehabt als jeder andere von uns. Deine Mutter hat zu viel zu tun. Wir brauchen hier deine Hilfe.«

Mir wird flau im Magen. Ich gebe mir Mühe, den schrillen Klang in meiner Stimme zu unterdrücken, als ich sage: »Aber Papa, ich könnte doch nur vormittags zur Schule gehen. Oder immer dann zu Hause bleiben, wenn ich hier gebraucht werde.«

»Glaub mir, du wirst auf der Farm mehr lernen, als du jemals aus einem Buch erfahren kannst.«

»Aber ich gehe gern zur Schule. Ich mag das, was ich dort lerne.«

»Durch Schulweisheit wird die Hausarbeit nicht erledigt.«

Am nächsten Tag lege ich Mammey meinen Fall dar. Danach höre ich, wie sie im Wohnzimmer leise mit Papa spricht. »Lasst sie noch ein paar Jahre zur Schule gehen«, sagt sie. »Was soll es schaden? Lehrerin ist ein guter Beruf. Und sehen wir doch den Tatsachen ins Auge: Für sie gibt es nicht viele andere Möglichkeiten.«

»Katie geht es nicht gut, das weißt du. Christina wird hier gebraucht. *Du* brauchst sie hier.«

»Wir kommen schon zurecht«, sagt Mammey. »Wenn sie das jetzt nicht macht, muss sie vielleicht für den Rest ihres Lebens auf dieser Farm bleiben.«

»Ist das so schlimm? Das ist das Leben, für das ich mich entschieden habe.«

»Aber das ist es ja, John. Du hast die Welt gesehen, und dann hast du dieses Leben gewählt. Sie aber ist nie weiter gekommen als bis nach Rockland.«

»Und erinnerst du dich, mit welchem Erfolg? Sie konnte nicht schnell genug nach Hause zurück.«

»Sie war klein und verängstigt.«

»Die große, weite Welt ist nichts für sie.«

»Um Himmels willen, wir reden nicht über die große, weite Welt, sondern über eine kleine Stadt anderthalb Meilen von hier entfernt.«

»Mein Entschluss steht fest, Tryphena.«

Mrs Crowley am nächsten Tag in der Pause zu erzählen, dass ich nicht weiter zur Schule gehen darf, ist eine der schwierigsten Aufgaben, die ich je hatte. Sie bleibt einen Moment still. Dann sagt sie: »Es wird schon werden, Christina. Ohne Zweifel werden sich andere Möglichkeiten ergeben.« Sie sieht traurig aus. Ich bin es auch. Nie zuvor hat sie mich berührt, aber jetzt legt sie ihre zarte Hand auf meine. »Christina, ich möchte dir sagen, dass du … ungewöhnlich bist. Und irgendwie …« Ihre Stimme verebbt. »Dein Verstand – deine Wissbegierde – werden dir Trost spenden.«

Am letzten Schultag bin ich so voller Selbstmitleid, dass ich kaum sprechen kann. Auf dem Weg nach draußen bleibe ich bei Mrs Crowleys Globus stehen, den sie aus dem Sears-&-Roebuck-Katalog bestellt hat, und drehe ihn mit dem Finger. Das Meer ist blaugrün, darin zerklüftete, grüne und braune Flecken, die die Kontinente darstellen. Ich streiche mit dem Finger über Taiwan, Tasmanien, Texas. Diese weit entfernten Orte sind für mich ungefähr so real wie der Schatz, der im Mystery-Tunnel vergraben ist, was bedeutet: Ich kann kaum glauben, dass sie wirklich existieren.

Nachdem ich die Schule verlassen habe, erstreckt sich die Zeit vor mir wie ein langer, gerader Weg, dem ich meilenweit mit dem Blick folgen kann. Mein Alltag wird so regelmäßig wie der Wechsel von Ebbe und Flut. Ich stehe vor Sonnenaufgang auf, um einen Armvoll Feuerholz aus dem Schuppen zu holen, lege es in die Kiste neben dem Glenwood-Herd in der Küche und gehe zurück, um eine zweite Ladung zu holen. Dann öffne ich die schwere, schwarze Ofentür, benutze den Schürhaken, um in der Asche zu wühlen und die noch schwach glühenden Kohlenstücke zu finden. Lege ein paar Scheite darauf und locke mit Holzspänen ein paar Flammen hervor. Dann schließe ich die Tür und presse meine steifgefrorenen Hände dagegen, um sie zu wärmen. Schließlich hole ich meine Brüder aus dem Bett, damit sie die Hühner und die Schweine füttern, die Pferde und das Maultier. Auf dem ganzen Weg die Treppe hinunter streiten sie sich halblaut darüber, wer das Futter verteilt, wer den Stall ausmistet und wer die Eier einsammelt. Während die Jungen im Stall sind, bereite ich einen Topf mit Haferbrei, Korinthen und Rosinen als Frühstück für sie vor. Dann mache ich ihnen Sandwiches zum Mittagessen, aus dicken Scheiben Sauerteigbrot mit Butter und Melasse, und wickle sie in Wachspapier. Schließlich hänge ich mir einen Henkelkorb über den Arm und klettere die wackelige Holzleiter hinunter in den Keller, um Gemüse und Äpfel zu holen.

Al vergisst ein Buch, Sam sein Mittagessen, Fred seine Mütze. Als sie endlich zur Tür hinaus sind, spüle ich in dem langen, gusseisernen Spülbecken in der Pantry ihr Geschirr. Dann bereite ich das Brotbacken vor, indem ich etwas von dem Sauerteig abnehme, den ich in der Pantry aufbewahre, und auf einem Holzbrett mit Mehl bestäube. Ich mache die Betten, leere die Nachttöpfe, humpele in den Garten, um Kürbis für eine Pastete zu holen. Nach der Schule helfen Sam und Fred Papa im Stall und auf den Feldern, und Al fährt mit seinem Boot hinaus. Am späten Nachmittag, wenn die Jungen mit ihrer Arbeit fertig sind, arbeiten sie an ihrem Fischwehr zwischen Little Island und Pleasant Point. Vor dem Abendessen müssen sie daran erinnert werden, ihre Stiefel auszuziehen, sich zu waschen und zu Tisch zu kommen.

Es gibt so viele Dinge, an die ich denken muss. Geht der Brotteig richtig auf, wenn ich eine andere Sorte Mehl benutze? Wie viele Portionen ergibt ein mageres Hühnchen? Wie viel Geld wird die Wolle von acht Schafen einbringen, wenn ich die Ausgaben mit einrechne? Ich weiß, wie ich die Hennen dazu bringe, mehr Eier zu legen: Ich gebe ihnen zusätzlich Salz, halte die Fenster des Hühnerstalls sauber, damit Licht hereinfällt, und mische Hummerschalen in ihr Futter. Unsere gesunden Hennen produzieren mehr, als die Familie braucht, deshalb fangen Al und ich an, die Eier zu verkaufen. Jeden Monat verbringe ich mehrere Stunden damit, Beutel aus Mulltuch zu nähen, um sie zu verpacken.

Trotz meiner verwachsenen Hände werde ich eine ganz passable Näherin. Nachmittags stopfe und flicke ich die abgetragenen Hosen, Hemden und Socken der Jungen und bringe alte Kleider mit neuen Kragen oder Ärmelbündchen wieder auf Vordermann. Nach kurzer Zeit nähe ich alle meine Röcke, Blusen und Kleider auf Mutters alter Singer mit Fußantrieb, die im Esszimmer steht, selbst. Sie hat ein hübsches Lilienmuster in Rot, Grün und Gold und eine abgerundete Form wie ein gebeugter Arm. Mithilfe von Mutters Schnittmusterbuch lerne ich, einen Rock aus drei Stoffbahnen zu schneidern und dann einen aus fünf. Knopflöcher sind am schwersten; meine ungeschickten Finger brauchen Ewigkeiten dafür.

Mutter findet Röcke mit Taschen unelegant. Sie zeigt mir, wie man eine geheime Tasche so in das Futter näht, dass man sie nicht sehen kann. »Eine Dame greift nicht vor den Augen anderer in ihre Tasche«, sagt sie.

Ich finde ihre Förmlichkeit ein wenig dumm. Wir sind hier unter uns, und die Jungen kümmert es nicht, sie bemerken es nicht einmal.

Da wir kein Leitungswasser haben, sammeln wir das Regen- und Schmelzwasser aus Dachrinnen und Regenrohren in einem großen Wassertank im Keller und befördern es mithilfe einer Handpumpe in der Pantry nach oben. Al gelingt es, einen Trichter an der Dachrinne zu befestigen, um noch mehr Wasser aufzufangen, das über einen Schlauch in den Tank geleitet wird. Wenn uns das Wasser im Keller ausgeht, lege ich unserem Maultier Dandy einen Packsattel auf, an dem ich zwei leere Fässer befestige, und schnappe mir einen der Jungen, damit er mir hilft. Dann führe ich das Maultier eine halbe Meile zu einer Quelle, um die Fässer zu füllen. Für die wöchentliche Wäsche brauche ich mindestens einen ganzen Tag, manchmal auch zwei. Ich mache Wasser auf dem Herd heiß und gieße es aus dem großen, schwarzen Topf in eine große Stahlwanne, dann schrubbe ich die Wäsche auf einem geriffelten Waschbrett und treibe sie durch die Wringmaschine, bevor ich immer noch tropfende Laken, Hemden und Unterwäsche zum Trocknen aufhänge. Wegen meiner Schwierigkeiten, das Gleichgewicht zu halten, ist es nicht einfach, die Kleidungsstücke draußen an der Leine zu befestigen, aber ich finde heraus, dass ich das Seil an einem Ende von der Stange lösen kann, und so befestige ich die Wäsche daran, während es auf dem Boden liegt. Danach hebe ich es hoch, und die feuchten Kleidungsstücke hängen daran herunter wie Anhänger an einem Bettelarmband. Wenn draußen zu viel Schnee liegt, hänge ich die Wäsche im Schuppen auf. Dann bleibt sie tagelang feucht, und noch bis zum Frühling hängt der Geruch von Schimmel in der Luft.

Ich stelle Seife her, wenn wir welche brauchen, indem ich Wasser mit Lauge mische und Öl hinzugebe. Dann gieße ich die Mischung in Formen und lasse sie ein paar Tage trocknen, bevor ich sie auf Wachspapier stürze und in der Pantry einen Monat lang aushärten lasse. Ich schrubbe die Fußböden mit Bleichmittel und spüle sie mit Wasser ab, bis meine Knie und Fingerknöchel rot sind und mein Kleid voller weißer Flecken ist. So wackelig, wie ich auf den Beinen bin, sind selbst diese einfachen Aufgaben voller Gefahren für mich. Meine Arme und Beine sind narbenbedeckt und entstellt vom Kontakt mit kochendem Wasser, ätzender Bleiche und giftiger Lauge.

Wenn ich mich über diese leichten Verletzungen beklage oder darüber, dass zu viel von mir verlangt wird, sagt Al: »Wir haben ein Dach über dem Kopf. Das hat nicht jeder.« Es hilft, sich das in Erinnerung zu rufen, denke ich. Aber es fällt mir schwer, die Traurigkeit darüber abzuschütteln, dass ich nicht mehr zur Schule gehen darf.

Nur Mammey versteht mich. »Du hast meine Neugier geerbt, Kind«, sagt sie, »Gott sei's geklagt.«

Mit der Zeit finde ich Wege, es erträglich zu machen. Ich rette drei unerwünschte Katzenbabys und suche mir aus dem Wurf des Cockerspaniels eines Nachbarn einen kümmerlichen Welpen aus, den ich Topsy nenne. Ich bestelle Blumensamen und lege einen Blumengarten an wie Emily Dickinson, mit Kapuzinerkresse und Stiefmütterchen, Narzissen und Ringelblumen. Als meine Blumen blühen, locken sie gelb-schwarze Monarchfalter an, Kohlweißlinge, petrolblaue Schwalbenschwänze.

Ich finde ein Gedicht, das ich in mein Notizheft geschrieben habe:

Zwei Falter gingen mittags aus
Und walzten auf 'ner Farm
Erspähten das Umkreisen dort
Und fuhren mit bei ihm –
Verloren sich und fanden sich
In Sonnenwirbeln dann …

Ich stelle mir vor, wie diese beiden Schmetterlinge vor ihrer großen Reise noch einmal in meinem Garten landen. Träume, dass mir eines Tages Flügel wachsen und ich ihnen folgen kann, dass ich hinter ihnen herflattere über das Feld und das Meer.

Ich versuche, nicht darüber nachzudenken, was ich tun würde, wenn ich nicht an die Farm gebunden wäre. Anne und Mary Connors gehen beide weiter zur Schule, wie ich gehört habe. Anne möchte Krankenschwester werden und Mary Lehrerin. Man munkelt, dass sie Mrs Crowleys Nachfolgerin werden soll. Wenn ich in Cushing Besorgungen mache und eine von ihnen aus der Ferne sehe, im Eisenwarenladen oder beim Postamt, dann gehe ich auf die andere Straßenseite.

Als ich noch ein Kind war, flüsterte Mammey mir manchmal zu: »Du bist wie ich, Christina. Eines Tages wirst du ferne Länder erkunden.« Aber nun redet sie nicht mehr so. Jetzt möchte sie nur, dass ich aus dem Haus gehe. Anders als meine Eltern, die über solche Dinge nicht sprechen, versucht sie immer, mich zu überreden, »unter Leute zu gehen«, wie sie es nennt. »Um Himmels willen, du musst mit Gleichaltrigen zusammen sein!«, sagt sie. »Gibt es nicht irgendeine Veranstaltung, wo du hingehen könntest, ein Picknick vielleicht?«

Al interessiert sich nicht für die Tanzabende, die freitags in der Acorn Grange Hall in Cushing stattfinden, deshalb gehe ich mit meiner Freundin Sadie Hamm dorthin. Zusammen mit einigen anderen Mädchen gehen wir untergehakt im Halbdunkel den holprigen Pfad entlang. Immer wenn ich hinter den anderen zurückbleibe, was oft passiert, weil ich auf dem unebenen Boden stolpere, durchbricht auch Sadie die Kette und kommt zu mir. Sie tut so, als wolle sie plaudern, aber in Wirklichkeit stützt sie mich.

Sadie trägt Kleider mit spitzenbesetzten Ärmeln und Perlenknöpfen, gebrauchte Stücke von ihren Schwestern, wie sie sagt, aber trotzdem moderner als alles, was ich besitze. Ich trage marineblaue Röcke und Blusen aus weißem Musselin mit Knöpfen. Lange, dunkle Röcke sind gnädig; unter ihren Falten fallen meine missgestalteten Beine weniger auf. Auf dem Weg zum Tanz singt Sadie alberne Lieder und macht sich zum Narren, vollführt in ihrem Kleid Radschläge. Sie trägt rosafarbenen Lippenstift und Puder, Dinge, die ihre Schwestern ihr in kleinen Döschen aus dem Drogeriegeschäft mitbringen. Ich beneide sie um ihr freies, unbeschwertes Lachen, die Art, wie sie ohne Angst zu stolpern den Weg entlanghüpft. Ich wünschte, ich würde mich trauen, in der Grange Hall mit den Jungen zu sprechen und auf die Tanzfläche zu gehen, anstatt nur am Rand zu stehen und mich im Takt der Musik zu wiegen.

Später, als ich wieder zu Hause bin und im Bett liege, beschwöre ich ganze Gespräche herauf, die ich mit einem Jungen namens Robert Allan hätte führen können, dessen braune Augen und gewellte braune Haare mir so gut gefallen haben, dass ich es kaum ertragen konnte, ihn direkt anzusehen, nicht einmal von der anderen Seite des Saales.

Und dann setzt in meiner Vorstellung die Musik ein. »Darf ich um diesen Tanz bitten, Christina?«, fragt Robert.

»Aber ja«, sage ich.

Er streckt seine Hand aus, und als ich sie ergreife, zieht er mich eng an sich, und ich spüre seine warme Brust an meiner. Durch den Stoff meiner Bluse spüre ich an meinem

Rücken seine andere Hand, die mich sanft und bestimmt führt, während er seinen linken Fuß vorschiebt und ich mit meinem rechten zurückweiche: zwei langsame Schritte, drei schnelle, Pause. Vorwärts, vorwärts, seitwärts …

Die Musik noch im Kopf, gleite ich langsam in den Schlaf, bewege noch die Zehen im Takt. *Zwei langsame Schritte, drei schnelle, Pause. Zwei langsame, drei schnelle, Pause.*

Mit achtzig scheint Mammey mehr denn je auf den aquamarinblauen Ozeanen ihrer Vergangenheit dahinzutreiben. Dort ist der Sand weiß und fein wie Zucker, und in der Luft liegt der Duft von Tropenblumen. Ihre Augenlider flattern, wenn sie in ihre Träume gleitet und wieder daraus auftaucht, und sie versinkt immer tiefer in sich selbst. Nie ist ihr warm genug, egal, wie viele Federbetten und Wolldecken ich über ihr auftürme. Ich mache einen Stein im Ofen heiß, ihr alter Trick, und schiebe ihn unter die Decken ans Fußende ihres Betts.

Eines Tages bringe ich ihr eine Meeresschnecke aus dem Muschelzimmer. Ihr Inneres ist tiefrosa und glänzend. Mammey umfasst die harte Schale und erzählt mir, wie sie die Muschel bei einer Expedition zum Kap Hoorn mit Kapitän Sam an einem einsamen Strand gefunden hat. Sand unter ihren Fußsohlen und grüne Palmwedel über ihren Köpfen, die ihnen Schatten spenden. Mittagsschlaf im Freien und gegrillter Fisch und Gemüse zum Abendessen.

»Nächstes Mal nehme ich dich mit«, sagt sie leise.

»Das wäre schön«, sage ich.

Mammeys Haare sind dünn und gelblich, ihre Haut ist fleckig und durchscheinend wie das Ei einer Wiesenlerche, und ihr Blick ist suchend, ohne Ziel. Ihre Knochen sind so zerbrechlich wie die eines Vogels. Mutter geht jeden Tag in ihr Zimmer und schwirrt dort etwa eine halbe Stunde lang herum, macht sich an den Bettdecken zu schaffen und nimmt schmutzige Laken mit. »Es tut mir weh, sie anzusehen«, sagt sie zu mir. Auf Mammeys Bettkante sitzend, den Blick zur Zimmerdecke gerichtet, singt Mutter eins ihrer Lieblingslieder, einen alten Gospelsong, den sie als Kind in der Kirche gelernt hat:

Will there be any stars in my crown
When at evening the sun goeth down
When I wake with the blest in those
Mansions of rest
Will there be any stars in my crown?

Ich frage mich, was mit der »Sternenkrone« in diesem Lied gemeint ist. Welche Bedeutung haben diese Sterne, die man in einer Krone sammelt, wenn am Abend die Sonne untergeht? Sie müssen der Beweis dafür sein, dass man besonders wertvoll ist, weil man ein bisschen heller leuchtet als alle anderen. Aber ist das genug, wenn man nach dem Tod in den Himmel kommt? Hat man damit auch wirklich alles erreicht, was möglich war? Der Text des Gospelsongs scheint im Widerspruch zu Mutters Persönlichkeit zu stehen, zu ihren niedrig gesteckten Zielen, ihrem geringen Interesse an allem, was über das Nächstliegende hinausgeht. Vielleicht glaubt sie, dass ihre Art zu leben der Gipfel der Rechtschaffenheit ist. Oder vielleicht – wie sie es schon einmal gesagt hat – mag sie einfach nur die Melodie.

Mein Vater kommt ab und zu die Treppe herauf und drückt sich im Flur herum. Meine Brüder schlüpfen herein und schnell wieder hinaus, sprachlos im Angesicht solch tiefgreifenden Verfalls. Aber ich kann es ihnen eigentlich nicht verdenken. Mammey hat meine Brüder immer nur »diese Jungs« genannt und ist ihnen aus dem Weg gegangen, während sie mich immer zu sich holte. »Mammey, ich bin hier«, murmele ich, streichle ihren Arm und halte ihre Hand an meine Wange. Ihr Atem riecht wie der Schlamm eines flachen Tümpels.

Als sie schließlich stirbt, hat sie tagelang nichts gegessen und kaum getrunken, und ihre Haut spannt sich über den eingefallenen Wangen, ihr Atem geht rasselnd und mühsam. Ich denke an dieses Gedicht: *Die Augen ringsum – leergeweint …*

Der Tag, an dem wir sie begraben, ist trüb: ein farbloser Himmel, graue, kahle Bäume, alter, schmutziger Schnee. Der Winter, denke ich, muss sich selbst satthaben. Pfarrer Cohen von der Baptistenkirche in Cushing spricht in seiner Rede an Mammeys Grab auf dem Familienfriedhof davon, dass sie ihre lieben Verstorbenen wiedersehen wird. Aber während ich zusehe, wie ihr Kiefernholzsarg sich langsam herabsenkt, versuche ich mir die Wiederbegegnung einer zerbrechlichen Achtzigjährigen mit ihrem um Jahrzehnte jüngeren Ehemann und ihren drei Söhnen vorzustellen. Ich bleibe mit dem Gefühl zurück, dass die Orte, die wir uns vorstellen, um Trost zu finden, nur wenig zu tun haben mit dem, der unserer sterblichen Hülle tatsächlich bestimmt ist.

Warten

1942 – 1943

Als der Krieg sich zuspitzt, sehen wir Frachtschiffe weit draußen auf dem Meer. Soldaten durchkämmen unser Grundstück in grünen Jeeps, patrouillieren die Küste entlang und suchen mit Ferngläsern den Horizont ab.

Al ist amüsiert. »Was denken die, was hier passieren soll?«

Als einer der Soldaten bei uns an die Tür klopft und mich fragt, ob mir irgendwelche »verdächtigen Aktivitäten« aufgefallen sind, frage ich ihn, was um Himmels willen er damit meint.

»Man hört von feindlichen Schiffen in der Gegend«, sagt er düster. »Das Küstengebiet von Cushing ist für unsicher erklärt worden.«

Ich denke an die schurkischen Piraten in *Die Schatzinsel* und an ihre verräterische Flagge mit dem Totenschädel. Unser Feind – falls er irgendwo lauert – kündigt sich wahrscheinlich nicht so offen an.

»Na ja, ich habe da draußen in letzter Zeit eine Menge Aktivität bemerkt. Mehr als gewöhnlich. Aber ich weiß nicht, ob das Freund oder Feind war.«

»Halten Sie einfach die Augen offen, Ma'am.«

Schon bald ist Cushing ständigen Verdunkelungen und Rationierungen ausgesetzt. »Das ist schlimmer als die Depression«, ruft Lora, Freds Frau. »Ich habe kaum genug Benzin, um meine Besorgungen zu erledigen.«

»Hüttenkäse ist ein erbärmlicher Ersatz für Hackfleisch. Ich kann Sam beim besten Willen nicht dazu bringen, ihn zu essen«, sagt Mary, meine andere Schwägerin.

Nichts von alldem betrifft Al und mich besonders. Im Postamt hängt ein Plakat an der Wand, das die Bürger zum *Aufbrauchen! Auftragen! Reparieren!* aufruft, aber das haben wir ohnehin schon immer getan. Wir haben noch nie Elektrizität gehabt, daher sind die Verdunkelungen nichts Neues für uns. (Wir haben sie jede Nacht, wenn wir die Öllampen ausmachen.) Und auch wenn wir Milch, Mehl und Butter inzwischen bei Fales in Cushing kaufen, kommt doch das meiste, was wir essen, von unseren Feldern, aus dem Obstgarten oder dem Hühnerstall. Wir lagern immer noch Gemüse und Äpfel im Keller und verderbliche Lebensmittel in einer Eiskiste unter den Bodendielen in der Pantry. Al erledigt das Schlachten. Ich wasche die Wäsche, wringe sie aus und hänge sie zum Trocknen in den Wind, wie ich es immer getan habe.

Es ist ein kühler Septembertag, als sich mein Neffe John, der älteste Sohn von Sam und Mary, in meiner Küche auf einen Stuhl setzt. Der schlaksige, sanftmütige Junge mit dem schiefen Grinsen ist mein Lieblingsneffe, seit er vor zwanzig Jahren in diesem Haus geboren wurde.

»Ich muss dir was sagen, Tante Christina.« Er nimmt meine Hand. »Gestern habe ich mir eine Fahrt nach Portland organisiert und mich dort freiwillig für die Marine gemeldet.«

»Oh.« Ich fühle mich wie geschlagen. »Musst du das tun? Wirst du nicht auf der Farm gebraucht?«

»Ich wusste, dass ich früher oder später einberufen werde. Hätte ich länger gewartet, hätte mich die Armee zur

Infanterie gesteckt. Lieber mache ich es zu meinen eigenen Bedingungen.«

»Was sagen deine Eltern dazu?«

»Sie wussten, dass es nur eine Frage der Zeit war.«

Ich schweige einen Moment, um die Nachricht zu verdauen. »Wann gehst du fort?«

»In einer Woche.«

»Eine Woche!«

Er drückt meine Hand. »Wenn man erst einmal unterschrieben hat, ist man schon so gut wie weg.«

Zum ersten Mal fühlt sich der Krieg real an. Ich lege meine andere Hand auf seine. »Versprich mir, dass du schreibst.«

»Du weißt, dass ich das tue.«

Seinem Versprechen getreu kommt ungefähr alle zehn Tage eine Postkarte oder ein blauer Luftpostbrief beim Postamt in Cushing an. Nach sechs langen Wochen Grundausbildung in Newport, Rhode Island, wird er auf die USS *Nelson* berufen, einen Zerstörer, der Flugzeugträger begleitet und nach feindlichen Schiffen und U-Booten Ausschau hält. Von nun an sind die Briefmarken größer und bunter: Hawaii, Casablanca, Dakar, Frankreich …

Unsere seefahrenden Vorfahren! Mammey wäre entzückt.

Sam und Mary stellen einen Fahnenmast in ihrem Garten auf und hissen so, dass jeder es gut sehen kann, eine brandneue amerikanische Flagge. Sie sind stolz auf John, weil er seinem Land dient. Mary koordiniert Altmetallsammlungen, damit Kupfer und Messing zu Artilleriegranaten verarbeitet werden kann, und organisiert Zusammenkünfte mit anderen Soldatenmüttern und -ehefrauen, um Socken und

Schals zu stricken und an die Truppen zu schicken. »Unser Junge wird als Mann zurückkommen«, sagt Sam.

Ich schließe mich Marys Strickzirkel an und gehe durch Haus und Scheune und sammle Gegenstände aus Metall, um sie den Kriegsanstrengungen zukommen zu lassen. Aber nun, da John in Übersee ist, schlafe ich unruhig. Alles, was ich mir für ihn wünsche, ist, dass er wieder nach Hause kommt.

Ich habe einmal gelesen, dass der Akt des Beobachtens das Wesen des betrachteten Gegenstands verändert. Für Al und mich trifft das genau zu. Wir nehmen die Schönheit dieses alten Hauses mit seinen vertrauten Winkeln stärker wahr, wenn Andy hier ist. Wir zollen der Aussicht über die gelben Felder bis zum Wasser hinunter mehr Anerkennung, dem immer gleichen und sich doch ständig verändernden Bild, den schwarzen Krähen auf dem Scheunendach, dem Falken, der über dem Haus kreist. Ein Mehlsack, ein verbeulter Eimer, ein Seil, das an einem Dachsparren hängt: Diese gewöhnlichen Gegenstände und Utensilien verwandeln sich durch Andys Pinsel in etwas Zeitloses und Jenseitiges.

Als ich eines Morgens am Küchenfester sitze, fällt mir auf, dass die Gartenwicken, die ich gepflanzt habe, an ihrem sonnigen Fleckchen neben der Hintertür unerwartet schön blühen. Ich nehme ein Küchenmesser aus der Schublade und einen Weidenkorb vom Küchentresen und gehe zu den Ranken, um die zarten Blüten abzuschneiden – cremeweiß, rosa und lachsfarben –, und lasse sie in den Korb fallen. In der Pantry hole ich Mutters kleine, staubbedeckte Kristallvasen von einem hohen Regalbrett und wasche sie im Spülbecken, dann stecke ich die kleinen Zweige hinein. Ich stelle die Vasen überall im Erdgeschoss auf: auf dem Küchentresen, auf dem Kaminsims im Muschelzimmer, auf einem Fensterbrett im Esszimmer, sogar im Toilettenhäuschen. Die letzte Vase stelle ich auf die unterste Treppenstufe, damit Andy sie mit nach oben nehmen kann.

Als er ein paar Stunden später auftaucht und in den Flur tritt, halte ich den Atem an.

»Was ist das?«, ruft er aus. »Wie herrlich!« Während er die Treppe hinaufstapft, ruft er: »Das wird ein guter Tag, Christina, wirklich ein sehr guter Tag!«

An einem heißen Nachmittag höre ich Andy die Treppe hinunter- und zur Haustür hinausgehen. Vom Küchenfenster aus sehe ich, wie er barfuß im Gras hin und her läuft. Die Hände in die Seiten gestemmt starrt er aufs Meer hinaus. Dann geht er langsam zum Haus zurück und taucht plötzlich in der Küche auf.

»Ich kann es einfach nicht sehen«, sagt er und reibt sich den Nacken.

»Was?«

Er lässt sich schwer auf einen Stuhl fallen.

»Limonade?«, biete ich ihm an.

»Gern.«

Ich stehe auf und taste mich an der Wand entlang zu der schmalen Pantry, dabei muss ich mich zusätzlich am Tisch und an Andys Stuhl abstützen. Normalerweise wäre mir das unangenehm, aber Andy ist so in seine Gedanken versunken, dass er es noch nicht einmal bemerkt.

Betsy – im siebten Monat schwanger und grantig bei der Hitze – hat einen Krug frischgepresste Limonade auf den

Tresen gestellt, bevor sie nach Hause gefahren ist, um einen Mittagsschlaf zu halten. Als ich ihn mit beiden Händen hochhebe, um Andy ein Glas einzuschenken, verschütte ich etwas von dem Getränk über meinen Arm. Verärgert über mich selbst tupfe ich ihn mit einem feuchten Spüllappen ab, dann trage ich das Glas vorsichtig hinüber.

»Danke.« Geistesabwesend leckt er sich die Handkante ab, die von dem Glas klebrig geworden ist. Als ich mich wieder auf meinen Stuhl setze, sagt er: »Weißt du, ich habe ganze Tage da oben verbracht, einfach nur mit … träumen. Ich habe das Gefühl, so viel Zeit verschwendet zu haben. Aber anscheinend geht das bei mir nicht anders.« Er nimmt einen großen Schluck Limonade und stellt das leere Glas auf den Boden. »Oh Gott, ich weiß es nicht.«

Ich bin keine Künstlerin, aber ich glaube, dass ich verstehe, was er meint. »Manche Dinge brauchen einfach ihre Zeit. Du kannst die Hennen nicht drängen, Eier zu legen, wenn sie noch nicht bereit sind.« Er nickt, und ich fühle mich ermutigt. »Manchmal möchte ich, dass der Brotteig schneller aufgeht, aber wenn ich versuche, ihn dazu zu bringen, ruiniere ich ihn.«

Er grinst und sagt: »Das stimmt.«

Ich habe ein warmes Gefühl im Bauch.

»Du hast eine Künstlerseele, Christina.«

»Na ja, ich habe keine Ahnung von alldem.«

»Wir haben mehr gemeinsam, als du glaubst«, sagt er.

Später denke ich darüber nach, was wir gemeinsam haben und was nicht. Unseren Eigensinn und unsere körperlichen Gebrechen. Die Einschränkungen, die wir in unserer Kindheit erlebt haben. Sein Vater ließ ihn nicht zur Schule gehen; in dieser Hinsicht besteht eine Ähnlichkeit. Aber

N.C. hat ihm das Malen beigebracht, während Papa mir beigebracht hat, mich um den Haushalt zu kümmern, und zwischen diesen beiden Dingen liegt ein himmelweiter Unterschied.

Manche von Andys Skizzen sind hastig hingeworfene Umrisszeichnungen, nur ein Plan des zukünftigen Bildes – die Andeutung einer Figur, Grasbüschel hier und da, Striche, die Haus und Scheune erahnen lassen. Andere sind detailliert und präzise schraffiert – man erkennt jede Haarsträhne oder Stofffalte, die Maserung der Tür zur Pantry. Seine Aquarelle zeigen satte Grün- und Brauntöne, der Himmel ist kaum mehr als das Weiß des Papiers. Al auf dem Feld mit Schirmmütze und Pfeife beim Blaubeerenernten, auf den Stufen vor der Haustür sitzend, beim Heumachen. Unsere Falbenstute Tessie, von der Seite. Andy skizziert den zerkratzten Holztisch, die weiße Teekanne, eine Eierwaage, Mehlsäcke in der Scheune, Maissaatgut, das in einem Zimmer im dritten Stock zum Trocknen hängt. All diese Gegenstände sehen auf seiner Leinwand genauso aus – und doch anders. Sie schimmern wie poliert.

Sein Vater malt in Öl, erzählt Andy mir. Er aber bevorzugt Eitempera, sagt er, die Technik der europäischen Meister im späten Mittelalter und der Renaissance, wie Giotto und Botticelli. Die Farben trocknen schnell und wirken gedeckt. Ich sehe ihm zu, wenn er Eier aufschlägt, das Gelbe vom Weißen trennt und den runden Dottersack vorsichtig zwischen seinen Handflächen hin- und herrollt, um das restliche Eiweiß zu entfernen. Er sticht den Dotter mit der Messerspitze an, gibt die orangefarbene Flüssigkeit in einen Becher mit destilliertem Wasser und rührt mit dem Finger um. Dann fügt er ein trockenes Farbpigmentpulver hinzu, um eine Paste herzustellen.

Er taucht einen kleinen Pinsel in die Temperafarbe, drückt etwas Flüssigkeit heraus und presst dann die Borsten fest auf das Papier, um einen trockenen, gezackten Pinselstrich zu bekommen. Er trägt die Farbe auf einer blassen Grundierung oder einer Bleistift- und Tintenzeichnung auf, malt auf Masonitplatten, die mit Gesso grundiert werden; das ist eine sämige Mischung aus Hasenleim und Kreide. Obwohl er schnell arbeitet, sind seine Pinselstriche mühevoll mit äußerster Genauigkeit ausgeführt, jeder einzelne. Schräge, gestrichelte Grashalme, eine dichte, dunkle Reihe von Pflanzen. Das Rot ist, wenn es noch feucht ist, so kräftig wie Indianerpinsel, das Braun wie Tonerde, das Blau wie die Bucht an einem Sommernachmittag, das Grün wie ein Stechpalmenblatt. Wenn diese strahlenden Farben trocknen, verblassen sie, und es bleibt ein geisterhafter Schimmer zurück. »Das Einzige, was mir wichtig ist, ist die Intensität. Ich möchte Gefühle in die Gegenstände hineinmalen«, sagt er.

Mit der Zeit werden Andys Bilder schroffer, weniger farbig, düster. Es dominieren Weiß und Braun, Grau und Schwarz. »Zur Hölle«, murmelt Andy und legt den Kopf schief, während er sein gerade vollendetes Aquarell betrachtet: die schattenhafte Gestalt von Al, der mit der Schirmmütze auf dem Kopf über das Feld geht, das weiße Haus und die graue Scheune, die sich im Hintergrund deutlich gegen den Horizont abheben. »So ist es besser. Betsy hatte recht.«

Wenn er nicht oben ist und malt, weicht Andy mir nicht von der Seite. Unsere Gewohnheiten und Routinen faszinieren ihn. Legen die Hühner gut, wie backt man ein perfektes Brot, ohne Mengen abzumessen, wie hält man die Schnecken von den Dahlien fern? Welche Art Bäume fällt Al für das Brennholz, was für Segel benutzen hier die Hummerfischer auf ihren Booten? Wie schöpft ihr das Wasser aus der Quelle? Warum sind so viele Dinge in diesem Haus im selben Blauton gestrichen? Warum steht unter den Dachsparren im Schuppen ein altes, vergessenes Ruderboot? Warum lehnt da diese lange Leiter an der Hauswand?

»Wir haben kein Telefon«, erklärt Al auf seine lakonische Art, »und die nächste Feuerwache ist meilenweit entfernt. Wenn das Dach brennt …«

»Hab's kapiert«, sagt Andy.

So etwas ist leicht zu beantworten. Aber mit der Zeit werden Andys Fragen persönlicher. Warum leben Al und ich alleine hier, mit all den leeren Räumen? Wie war es früher, wenn das Haus im Frühling voller Menschen war?

Anfangs bin ich vorsichtig. »Es hat sich einfach so ergeben«, antworte ich und: »Damals war unser Leben geschäftiger.«

Andy gibt sich nicht mit Ausflüchten zufrieden. *Warum* hat es sich so ergeben? Wolltet ihr, du und Al, jemals irgendwo anders leben?

Es fällt mir schwer, meine Gedanken preiszugeben. Es ist so lange her, dass jemand sich dafür interessiert hat.

Er gibt nicht auf. »Ich will es wissen.«

Und so werde ich nach und nach offener. Ich erzähle ihm von der Fahrt nach Rockland, als ich mich weigerte, in die Arztpraxis zu gehen. Von dem Schatz im Mystery-Tunnel, der einfach verschwand. Von den Hexen, den Seefahrern, dem Schiff, das im Eis festsaß …

Warum hat dir die Schule gefehlt?

Warum hattest du solche Angst vor Ärzten?

Er ist so treuherzig wie ein Hund und so neugierig wie eine Katze.

Wer bist du, Christina Olson?

Eines Nachmittags findet Andy im Muschelzimmer Papas hölzerne Erinnerungskiste und öffnet sie. Er streicht über die glatten Zinken des Walfischkamms. Nimmt den kleinen Zinnsoldaten heraus und schiebt mit dem Zeigefinger seinen Arm hoch. »Wem gehört das?«

»Meinem Vater. Diese Kiste ist das Einzige von ihm, was ich nach seinem Tod behalten habe.«

»Ich habe früher Zinnsoldaten gesammelt«, sagt er nachdenklich. »Als ich ein kleiner Junge war, baute ich ein ganzes Schlachtfeld auf. Ich habe immer noch einige auf dem Fensterbrett in meinem Zimmer in Pennsylvania.«

Er legt den Soldaten zurück in die Kiste und fährt dann mit dem Finger über das schwarze Stück Anthrazit. »Was glaubst du, warum hat er das aufgehoben?«

»Er mochte Steine und Mineralien, hat er gesagt.«

»Das ist Anthrazit, oder?«

Ich nicke.

»Die glamouröse Schwester der Kohle«, sagt er. »Während des Bürgerkriegs – hat dein Vater dir das erzählt? – haben die Blockadebrecher der Konföderierten Anthrazit als Treibstoff für ihre Dampfschiffe benutzt, um nicht aufzufallen. Es brennt sauber. Ohne Rauch.«

»Davon habe ich noch nie gehört«, sage ich. Aber ich denke: wie passend. Papa war auch immer darauf bedacht, nicht aufzufallen.

»Sie nannten diese Schiffe Geisterschiffe. Eine beängstigende Vorstellung, oder? Diese unheilvollen Schiffe, die aus dem Nichts auftauchten.« Er legt den Anthrazit zurück in die Kiste und schließt den Deckel. »Ist er jemals zurück nach Schweden gefahren?«

»Nein. Aber ich bin nach seiner Mutter benannt worden. Anna Christina Olauson.«

»Kanntest du sie?«

Ich schüttele den Kopf. »Es ist merkwürdig, findest du nicht – einem Kind den Namen eines Menschen zu geben, den man verlassen hat und nie wiedersehen wird?«

»So merkwürdig nicht«, sagt er. »Es gibt da diesen großartigen Satz in *Das Haus mit den sieben Giebeln:* ›All ihr Fortkommen verdankt die Welt Not leidenden Männern.‹ Dein Vater hat bestimmt gespürt, dass er seinen eigenen Weg gehen musste, auch wenn das bedeutete, die Verbindung zu seiner Familie abzubrechen. Es ist mutig, der Verlockung des Altvertrauten zu widerstehen. Nach den eigenen Bedürfnissen zu leben. Damit kämpfe ich jeden Tag.«

Ein paar Monate nachdem Andy und Betsy für den Winter nach Chadds Ford zurückgekehrt sind, bekomme ich einen Brief von Betsy. Im September hat sie ein kränkliches Kind zur Welt gebracht, Nicholas, das viel besondere Pflege gebraucht hat, jetzt aber wohlauf zu sein scheint. Im November hat Andy einen Einberufungsbefehl bekommen. Als er zu seiner ärztlichen Untersuchung antrat, hat man nur einen Blick auf die Fehlstellung seines rechten Beins und auf seine Senkfüße geworfen und ihn auf der Stelle abgelehnt. »Er hat das Gefühl, eine Gnadenfrist erhalten zu haben, und ist entschlossen, sie so gut wie möglich zu nutzen«, schreibt sie.

Eine Gnade der besonderen Art, denke ich. Obwohl ich selbst kein Kind habe, weiß ich nur zu gut, wie kräftezehrend das Familienleben sein kann. Ich frage mich, ob Andy sich jetzt als Vater noch mehr zwischen der Verlockung des Altvertrauten und der Kreativität, die ihn antreibt, hin- und hergerissen fühlt.

1913–1914

An einem warmen Junimorgen bin ich früh im Hühnerstall und sammele Eier ein, als ich Stimmen höre, die über das Feld näher kommen. Wir erwarten keinen Besuch. Ich richte mich auf, lege die warmen Eier in meine Schürzentasche und lausche.

Ramona Carle – ich würde ihr raues Lachen überall heraushören. Ramona und ihre Geschwister Alvah und Eloise sind Sommergäste aus Massachusetts, ihre Familie hat vor ein paar Jahren das Seavey-Haus weiter unten an der Straße gekauft. Alvah ist der Älteste, Eloise ist in meinem Alter, Ramona ein paar Jahre jünger. Sie bleiben vom Memorial Day bis zum Labor Day in Cushing. Aber im Gegensatz zu manchen anderen Fremden (mit ihrer gelangweilten Trägheit und ihrem unbesonnenen Erlebnishunger) tun die Carles ihr Bestes, um sich den Einheimischen anzupassen. Ich freue mich immer darauf, sie zu treffen. Bei unserem alljährlichen *Clambake,* dem traditionellen Strandfest mit Muschelessen zum Vierten Juli am Hathorn Point, organisieren sie Eierwettläufe, überzeugen alle davon, Kettenfangen oder Verstecken zu spielen, und bringen Feuerwerkskörper mit, die sie anzünden, wenn es dunkel geworden ist.

Ramona mag ich am liebsten. Sie ist ein freundliches, impulsives Mädchen, schlank und lebhaft, hat schokoladenbraune Haare und große, glänzende Rehaugen. Einmal, als ich mit ihr in der Stadt war, hat eine alte Dame zu ihr gesagt, sie sei süß wie ein Püppchen. (Zu mir hat noch nie jemand auch nur annähernd etwas in der Art gesagt.)

Mit den erbeuteten Eiern und einem breiten, erwartungsvollen Lächeln tauche ich aus dem Hühnerstall auf und stoße beinahe mit einem Mann zusammen, den ich noch nie zuvor gesehen habe. »Oh – hallo!«, sage ich.

»Hallo!« Er ist ungefähr in meinem Alter – ich bin gerade zwanzig geworden – und etwa fünfzehn Zentimeter größer als ich, und er hat hellbraune Haare, die ihm in die großen, weit auseinanderstehenden blauen Augen fallen. Er trägt leichte Leinenhosen und ein weiches, weißes Hemd mit hochgekrempelten Ärmeln.

Plötzlich befangen fahre ich mir durch die noch vom Schlaf zerzausten Haare. Ich schaue auf meine fleckige Schürze, in der ich heute Morgen Brot gebacken habe, und auf meine Holzschuhe, die ich immer anziehe, wenn der Boden schlammig ist.

»Walton Hall«, sagt er und streckt mir die Hand entgegen.

»Christina Olson.« Seine Hand ist überraschend weich. Dies ist ein Mann, der noch nie ein Feld gepflügt hat.

»Walton ist zu Besuch aus Malden gekommen«, sagt Ramona. »Er und Eloise waren zusammen auf der Highschool. Ende dieses Sommers geht er nach Harvard.«

»Gib es zu, du bist schockiert«, sagt Walton mit einem leichten Augenzwinkern. »›Bestimmt genauso langweilig, wie er aussieht.‹«

»Nur weil du nach Harvard gehst, heißt das nicht, dass du langweilig bist«, sage ich.

Er lächelt, und ich kann sehen, dass seine Vorderzähne leicht übereinanderstehen. Er hebt ein unsichtbares Glas, tut, als wolle er einen Toast aussprechen. »Da ist was dran.«

»Genug jetzt«, sagt Ramona. »Walton, ich muss dich daran erinnern, dass eine ganze Familie auf das Frühstück wartet.«

»Ach ja«, sagt er. »Wir sind gekommen, um ein paar Eier zu kaufen.«

»Gut«, sage ich. »Wie viele?«

»Zwei Dutzend, oder, Ramona?«

Sie nickt.

»Okay, das macht fünfzig Cent für die Eier und einen Penny für den Beutel.«

»Meine Güte, eine knallharte Geschäftsfrau!«

Ramona verdreht die Augen. »Du hättest fünfzig Cent pro Ei verlangen können, Christina. Er hat keine Ahnung.«

Eins nach dem anderen lässt er die Eier in den Beutel gleiten, zählt bis vierundzwanzig und macht dabei Scherze wie: »Das hier nehme ich nicht, es ist nicht oval genug«, und »Sie müssen alle genau die gleiche Größe haben.« Er steht ziemlich dicht neben mir, und sein Atem riecht nach Karamellbonbons. Ramona spricht über das Wetter, davon, was für einen trüben Winter wir hatten und wie sie die Tage gezählt hat bis Juni, und was für ein schöner Tag heute ist – oder meinst du, das Wetter könnte noch umschlagen? Wird das Meer ruhig genug sein, um später noch segeln zu gehen? Sie fragt sich, was ihre Mutter mit all den Eiern machen wird, falls das Frühstück schon vorbei ist, wenn sie endlich zurückkommen: vielleicht einen Auflauf? Oder ein Omelette? Eine Zitronenbaiser-Torte?

»Komm mit«, sagt er.

Wir beide, Ramona und ich, blicken auf.

»Wohin?«, frage ich verwirrt.

»Komm heute Nachmittag mit uns zum Segeln, Christina«, sagt er. »Der Wind wird perfekt sein.«

»Das hättest du sagen können, als ich mir Gedanken über das Wetter gemacht habe«, murmelt Ramona.

Normalerweise nehme ich mir keine Nachmittage frei, vor allem nicht, um mit fremden, jungen Männern segeln zu gehen, die ich gerade erst kennen gelernt habe. »Danke, aber – ich kann nicht. Ich muss noch Brot backen. Und der Haushalt …«

»Oh, um Himmels willen, komm mit«, sagt Ramona. »Wir müssen Walton irgendwie unterhalten. Und bring deinen Bruder Sam mit. Er ist so lustig. Ich brauche jemanden in meinem Alter, mit dem ich flirten kann.«

»Es tut mir leid, aber ich glaube, das geht nicht.«

»Meine Güte, du bist eine harte Nuss. Ich unterschreib dir einen Schulbefreiungsschein.«

»Schulbefreiungsschein?«

Ramona, die meine Verwirrung bemerkt, lacht. »So etwas gibt es nicht an einer Schule mit nur einer einzigen Klasse, Walton.«

»Ich kann nicht«, sage ich.

Er schüttelt den Kopf und zuckt mit den Schultern. »Na gut. Dann ein andermal.«

»Vielleicht.«

»Das bedeutet, ja«, erklärt ihm Ramona mit der Zuversicht eines Mädchens, das es gewohnt ist, seinen Willen durchzusetzen. Sie lächelt mir zu. »Wir versuchen es wieder. Bald.«

Als ich aus der Helligkeit des Gartens ins Haus zurückkehre, lehne ich mich in der dämmrigen Eingangsdiele an die Wand, schwer atmend. Was war *das?*

»Habe ich da Stimmen gehört?«, ruft Mutter aus der Küche.

Ich fahre mir mit den Händen über das Gesicht, streiche meine Bluse glatt. Hole tief Luft.

»War jemand hier?«, fragt sie, als ich hereinkomme und meine Schürze abbinde.

»Oh«, sage ich, um einen beiläufigen Ton bemüht, »nur Ramona, die Eier kaufen wollte.«

»Ich hätte schwören können, dass ich eine Männerstimme gehört habe.«

»Nur ein Freund der Familie Carle.«

»Aha. Also, der Teig kann jetzt durchgeknetet werden.«

»Ich kümmere mich drum«, sage ich.

Während der nächsten Wochen kommen Ramona und Walton, manchmal in Begleitung von Eloise und Alvah, etwa jeden zweiten Tag vorbei, um Eier, Milch oder ein Brathähnchen zu holen, und bei jedem Besuch bleiben sie etwas länger. Sie bringen einen Picknickkorb und eine alte Decke mit, und wir setzen uns ins Gras und trinken Tee in der Sonne. Inzwischen warte ich schon darauf, sie am späten Vormittag oder frühen Nachmittag über das Feld herüberschlendern zu sehen. Meine Brüder mit ihrer sanftmütigen Art scheuen vor ihnen zurück wie Rehe vor den Sommergästen, aber nach und nach können die Carles und Walton sie für sich gewinnen. Wenn Al und Sam mit ihrer Arbeit fertig sind, kommen sie oft zu uns auf die Wiese.

Eines Morgens, als nur Walton, Ramona und ich da sind, sagt Ramona: »Wir entführen dich, Christina. Es ist der perfekte Tag zum Segeln.«

»Aber …«

»Kein Aber. Die Farm kommt ohne dich zurecht. Alvah wartet schon. Los geht's.«

Während wir den Pfad zur Küste hinuntergehen, spüre ich Waltons Blicke in meinem Rücken. Ich bin mir meiner unsicheren Schritte bewusst und konzentriere mich voll auf meine Bewegungen. Ramona vor uns plappert in einem fort – »Die Sonne scheint so hell! Himmel, das hätte ich nicht gedacht, und wir haben nicht genug Sonnenhüte! Vielleicht hat Mutter einen oder zwei auf dem Boot gelassen« –, anscheinend merkt sie nicht, dass Walton und ich mit keiner Silbe antworten. Und dann passiert das, was ich am meisten fürchte: Ich stolpere über eine Wurzel. Meine Beine knicken ein; ich merke, wie ich den Halt verliere.

Bevor ich irgendetwas sagen kann, spüre ich einen Arm unter meinem. Leise, so dass Ramona es nicht hören kann, sagt Walton: »Was für ein weiter Weg das ist.«

Gerade noch ängstlich und beschämt, werde ich auf einmal sonderbar ruhig. »Danke«, flüstere ich.

Noch nie bin ich einem jungen Mann so nah gewesen, der nicht mit mir verwandt ist. Mit geschärften Sinnen registriere ich im klaren Morgenlicht alles: blasse Narzissen, die die Köpfe hängen lassen, Papageientaucher, die wie Mäuse fiepen, über unseren Köpfen, schwarz mit hellroten Krallen. Die Bäume in der Ferne; Rottannen, Fichten, Wacholdersträucher und schlanke Kiefern, die das Feld einrahmen. Ich schmecke Meersalz auf meinen Lippen. Aber vor allem bin ich mir des warmen, lebendigen Dufts dieses jungen Mannes bewusst, dessen Arm schwer auf meinem liegt: Schweiß vielleicht, und der Moschusduft seiner Haare, ein Hauch von Aftershave. Der Karamellgeruch seines Atems.

»Ich hoffe, du findest mich nicht unverschämt, aber wusstest du, dass die blauen Blumen auf deinem Kleid genau zu der Farbe deiner Augen passen?«, murmelt er.

»Nein, das wusste ich nicht«, bringe ich als Antwort heraus.

Das Boot der Carles ist eine einmastige Schaluppe mit einem Fockmast vorne und einem großen, weißen Segel. Sie haben ein hölzernes Beiboot an der Küste in der Nähe von Kissing Cove, die Paddel im Inneren verstaut, um zu dem Segelboot hinauszurudern. Als wir den Strand erreichen, winkt uns Alvah vom Deck der Schaluppe aus zu, ungefähr hundert Meter weit draußen in der Bucht. Wir ziehen das Beiboot ins Wasser. Walton besteht darauf, die Ruder zu nehmen, und wir fahren in Schlangenlinien in Richtung Segelboot. Ich beiße mir auf die Unterlippe, um nicht zu lachen: Seine Ruderschläge sind unregelmäßig und ungeschickt, ganz anders als die rhythmischen Bewegungen, die ich von Al kenne. Als wir bei der Schaluppe ankommen, macht Ramona das kleine Bötchen an einer Boje fest, und Walton ergreift die Hand, die Alvah ihm entgegenstreckt, und springt aufs Deck, so dass die beiden dann uns an Bord helfen können.

»Sehr galant von dir, aber unnötig«, sagt Ramona und schlägt Waltons Hand weg. Aber ich protestiere nicht, ich brauche jede Hilfe, die ich bekommen kann.

Einmal an Bord, fühle ich mich wohler. Es ist ein milder Morgen mit sanftem Wind, und ich weiß, wie man segelt, habe es mit Alvaro auf seinem kleinen Skiff gelernt. Alvah hisst das Großsegel, das so heftig im Wind flattert wie ein Laken auf der Wäscheleine, und ich ziehe kräftig am Tau, bis es aufhört. Er wendet das Boot nach steuerbord, weg vom

Wind, und vermindert so die Schräglage, um uns in eine bequemere Segelposition zu bringen, wenn wir gleich auf das offene Meer hinausfahren. Ich muss Walton warnen, damit er sich duckt und nicht den Baum an den Kopf bekommt.

Er wirkt überrascht und ein bisschen beeindruckt, weil ich mich offensichtlich auskenne. »So viele verborgene Talente!«

Es ist ein Wunder, dass ich Alvah überhaupt eine Hilfe bin, wenn man bedenkt, wie sehr mich der Anblick von Waltons Nacken und der leicht sonnenverbrannten Haut oberhalb seines Kragens ablenkt. Die von der Sonne geröteten Ohrläppchen. Das Aufblitzen seiner graublauen Augen.

Alvah, ein leidenschaftlicher Segler, wie es nur Jungen sein können, die mit ihren Vätern und Großvätern auf Booten groß geworden sind, ist glücklich damit, die Hauptarbeit zu tun, und als wir draußen auf dem Ozean sind, haben wir unsere Routine gefunden. Ramona öffnet einen Picknickkorb und schneidet Brot und Käse in Scheiben, reicht hart gekochte Eier und Salz herum und eine Feldflasche mit Wasser.

Im Lauf des Gesprächs erfahre ich dies und jenes über Waltons Elternhaus. Seine Mutter ist von den Regeln der gesellschaftlichen Etikette besessen, sein Vater ein Banker, der mehrmals pro Woche in einem kleinen Apartment in Boston übernachtet – »immer, wenn es bei der Arbeit spät wird. Jedenfalls erzählt er uns das«, sagt Walton. Ich bin nicht sicher, was er damit andeuten will, und fürchte, dass es unhöflich wäre nachzufragen; ich möchte weder unwissend erscheinen noch allzu neugierig. Die Verhältnisse, in denen Walton aufgewachsen ist, kann ich mir genauso schwer vorstellen wie ein Leben auf dem Mond. Ich habe Wohnräume wie in einem Roman von Jane Austen vor Augen, ein Herrenhaus aus rotem Backstein, die Wände im Esszimmer geschmückt mit goldgerahmten Gemälden von Vorfahren mit Harvard-Bildung.

Er erzählt mir, dass er als Kind eine Rückgratverkrümmung, eine Skoliose, hatte, und dass er mit zwölf einen langen, heißen Sommer lang nach einer Operation ein Gipskorsett tragen musste. Während andere Jungen auf Bäume kletterten und Bälle durch die Gegend kickten, lag er im Bett und las Abenteuergeschichten wie *Der Schweizerische Robinson* und *Fischerjungs*. Er sagt es nicht direkt, versucht aber deutlich zu machen, dass er versteht, wie es mir geht.

Die Stunden vergehen, und es wird kälter. Erst als ich die Gänsehaut auf meinen Armen bemerke, fällt mir auf, dass ich meinen Pullover vergessen habe. Ohne ein Wort zu sagen, zieht Walton seine Jacke aus und legt sie mir über die Schultern. »Oh«, sage ich überrascht.

»Ich hoffe, das war nicht voreilig von mir. Ich hatte den Eindruck, dass dir kalt ist.«

»Ja. Danke. Ich habe es nur … nicht erwartet.« Tatsächlich kann ich mich nicht daran erinnern, wann das letzte Mal irgendjemand ein körperliches Unwohlsein bei mir bemerkt und etwas dagegen unternommen hätte. Wenn man auf einer Farm lebt, gibt es fast immer irgendetwas, das einem nicht behagt. Es ist zu kalt, zu warm, man ist schmutzig, hundemüde oder angeschlagen, hat sich an einem Werkzeug oder einem heißen Ofenrost verletzt – jeder ist immer viel zu beschäftigt, um sich allzu viele Sorgen um jemand anderen zu machen.

»Du bist wirklich ein ziemlich selbstständiges Mädchen, stimmt's?«

»Wahrscheinlich schon.«

»Jemanden wie Christina hast du noch nie getroffen, Walton«, sagt Ramona. »Sie ist nicht wie diese dummen Mädchen in Malden, die nicht wissen, wie man ein Feuer anzündet oder einen Fisch ausnimmt.«

»Ist sie eine Suffragette, wie Miss Pankhurst?«, fragt er in scherzhaftem Ton.

Ich fühle mich furchtbar unwissend; ich weiß weder, was eine Suffragette ist, noch habe ich je von Miss Pankhurst gehört. Ich denke an all die Jahre, die Walton in der Schule verbracht hat, während ich gekocht, gewaschen und geputzt habe. »Eine Suffragette?«

»Du weißt schon, diese Frauen, die für ihr Wahlrecht in den Hungerstreik treten«, sagt Ramona. »Die denken – Gott bewahre –, sie könnten alles tun, was Männer machen.«

»Denkst du das auch?«, fragt mich Walton.

»Nun, ich weiß nicht«, sage ich. »Wollen wir einen Wettbewerb veranstalten, um es herauszufinden? Wir könnten Holz hacken oder ein Abflussrohr reparieren. Oder vielleicht ein Huhn schlachten?«

»Vorsicht«, sagt er lachend. »Miss Pankhurst wurde für solche Reden wegen Hochverrats zu drei Jahren Gefängnis verurteilt.«

Beinahe bin ich sicher, dass da ein Funke zwischen uns ist, ein Flackern. Ich werfe einen Blick zu Ramona. Sie hebt die Augenbrauen und lächelt mir zu, und da weiß ich, dass sie es auch spürt.

Eines Tages taucht Walton mit dem Fahrrad allein bei uns auf. Er trägt ein Sakko mit Nadelstreifen und einen Strohhut, nicht gerade die Art Hut, die man in dieser Gegend normalerweise trägt. (Sakkos mit Nadelstreifen übrigens auch nicht.) Neben meinen Brüdern sieht er ein bisschen lächerlich aus, wie ein Pfau zwischen lauter Truthähnen.

Er hält seinen Hut in den Händen und knetet die Krempe mit seinen langen Fingern. »Ich bin hier, um dir einen Gefallen zu tun und dir ein paar Eier abzunehmen. Kannst du es glauben, dass man mich mit dieser verantwortungsvollen Aufgabe betraut hat?« Und dann sagt er in verschwörerischem Ton: »In Wirklichkeit haben sie keine Ahnung, dass ich hier bin.«

»Ich hole meinen Mantel«, sage ich.

»Ich glaube nicht, dass du einen brauchst. Es ist eigentlich nicht ...«

Aber ich habe schon die Tür zugemacht.

Ich stehe im dunklen Flur, und mein Herz rast. Ich weiß nicht, wie ich mich verhalten soll. Vielleicht sollte ich ihm sagen, ich werde im Haus ge...

Es klopft an der Tür. »Bist du da? Ist es in Ordnung, wenn ich reinkomme?«

Ich strecke mich nach den Garderobenhaken und ziehe das nächstbeste Kleidungsstück herunter, Sams schwere Wolljacke.

»Christina?«, dringt Mutters Stimme von oben zu mir herunter.

»Ich gehe in den Hühnerstall Eier holen, Mutter.« Ich öffne die Tür und lächle Walton an. Er lächelt zurück. Während ich in die Jacke schlüpfe, trete ich hinaus. »Zwei Dutzend, ja? Du kannst mitkommen, wenn du willst.«

»Karamell?« Er hält mir ein bernsteinfarbenes Bonbon hin.

»Äh, gerne.«

Er wickelt es aus, bevor er es mir gibt. »Süßes für die Süße.«

»Danke«, sage ich und werde rot.

Er macht mir ein Zeichen, dass ich vorangehen soll. »Schönes Anwesen«, sagt er, während wir in Richtung Hühnerstall laufen. »War früher ein Gasthof, sagt Ramona.«

Das Karamellbonbon schmilzt in meinem Mund. Ich drehe es mit der Zunge. »Meine Großeltern nahmen in der Sommerzeit Gäste in diesem Haus auf. Sie nannten es *Umbrella Roof Inn,* den ›Schirmdach‹-Gasthof.«

Er wirft einen Blick zum Dach hinauf. »Schirmdach?«

»Du hast recht«, sage ich und muss ein wenig lachen. »Es sieht überhaupt nicht wie ein Schirm aus.«

»Ich vermute, dass es den Regen abhält.«

»Sollten das nicht alle Dächer tun?«

Jetzt muss er auch lachen. »Sag mir Bescheid, wenn du die Antwort darauf gefunden hast.«

Walton hat recht; die kratzige Jacke meines Bruders ist zu warm. Nachdem ich die Eier eingesammelt habe, ziehe ich die Jacke aus, und Walton schlägt vor, dass wir uns ins Gras setzen.

»Also, was ist deine Lieblingsfarbe?«, fragt er.

»Meinst du das ernst?«

»Warum nicht?« Das Karamellbonbon klackert an seinen Zähnen.

»Okay.« Das hat mich noch nie jemand gefragt. Ich muss darüber nachdenken. Die Farbe eines Ferkelohrs, die des Sommerhimmels in der Dämmerung, der Rosen, die Al so gern mag … »Hmm. Rosa.«

»Lieblingstier.«

»Mein Spaniel, Topsy.«

»Lieblingsessen.«

»Ich bin berühmt für meine Apfelpfannkuchen.«

»Backst du mal welche für mich?«

Ich nicke.

»Ich nehme dich beim Wort. Lieblingsdichter.«

Das ist eine einfache Frage. »Emily Dickinson.«

»Ah«, sagt er. »›Der Morgenglanz, wann kommt er wohl? Ich öffne jede Tür.‹«

»›Kommt er gefiedert, Vögeln gleich …‹«

»Sehr gut!«, sagt er, offensichtlich erstaunt, dass ich es kenne. »›In Wogen, wie das Meer.‹«

»Meine Lehrerin hat mir eine Sammlung ihrer Gedichte geschenkt, als ich mit der Schule fertig war. Das ist eins meiner liebsten.«

Er schüttelt den Kopf. »Ich habe den letzten Teil nie verstanden.«

»Na ja …« Ich zögere ein wenig, ihm meine Interpretation anzubieten. Was, wenn er anderer Meinung ist? »Ich glaube … Ich glaube, es bedeutet, dass man für alle Möglichkeiten offen sein soll. Was auch immer das Leben bringen mag.«

Er nickt. »Ah, das ergibt einen Sinn. Und – bist du es?«

»Was?«

»Für alle Möglichkeiten offen?«

»Ich weiß nicht. Ich hoffe es. Und du?«

»Ich versuche es. Es ist nicht einfach.«

Er erklärt mir, dass er seinem Vater zuliebe nach Harvard geht, obwohl ihm selbst der kleinere Campus von Bowdoin lieber gewesen wäre. »Aber Harvard schlägt man auch nicht aus, oder?«

»Warum nicht?«

»Stimmt, warum nicht«, sagt er.

»Er mag dich«, sagt Ramona, und ihre Augen funkeln. »Fragt mich ständig nach dir aus: Seit wann ich dich schon kenne, ob du einen Freund hast, ob dein Vater sehr streng ist. Er will wissen, was *du* denkst.«

»Was ich denke?«

»Über ihn, Dummchen. Was du *über ihn* denkst.«

Es kommt mir vor wie eine Fangfrage, als müsste ich in einer Sprache antworten, die ich nicht spreche. »Ich mag ihn. Ich mag viele Leute«, sage ich vorsichtig.

Ramona rümpft die Nase. »Das tust du nicht. Du magst kaum jemanden.«

»Ich kenne kaum jemanden.«

»Stimmt«, sagt sie. »Aber sei nicht so feige. Bekommst du Herzklopfen, wenn du an ihn denkst?«

»Ramona, also ehrlich.«

»Tu nicht so entrüstet. Antworte einfach auf die Frage.«

»Oh, ich weiß nicht. Vielleicht ein bisschen.«

»Vielleicht ein bisschen. Das ist ein Ja.«

Im weiteren Verlauf des Sommers eilt sie zwischen Walton und mir hin und her wie eine Brieftaube, überbringt hier ein paar Neuigkeiten, dort ein paar Eindrücke, ein wenig Tratsch. Für diese Aufgabe eignet sie sich perfekt – sie ist eins dieser Mädchen, die kaum Gelegenheit haben, von ihrer grenzenlosen Energie und Intelligenz Gebrauch zu machen, wie ein Hund mit einer Besitzerin, die ans Haus gefesselt ist.

Zuerst ist Mutter steif und ein bisschen kühl Walton gegenüber, aber nach und nach nimmt er sie für sich ein. Ich beobachte, wie er auf sein Benehmen achtet, ihr immer den Vortritt lässt, sie selbstverständlich stets mit Ma'am anspricht. Er überredet sie zu Picknicks und Segelausflügen. »Nun, der Junge hat exzellente Manieren«, gibt sie nach einem langen Nachmittagspicknick an der Küste zu. »Er muss auf eine teure Schule gegangen sein.«

Eines Morgens überrascht mich Mutter, indem sie mit einem Ballen Kaliko, einem Päckchen Knöpfe und einem neuen Butterick-Schnittmuster aus der Stadt kommt. Sie gibt es mir und sagt beiläufig: »Ich dachte, du könntest einmal einen neuen Stil ausprobieren.« Ich schaue mir das Bild auf dem Umschlag an: ein Kleid mit einem Rock aus sieben Stoffbahnen und einem taillierten Mieder mit kleinen Perlmuttknöpfen. Der Kaliko ist hübsch, Blumen mit grünen Blättern auf braunem Grund. Sobald ich meine Pflichten erfüllt habe, mache ich mich an die Arbeit, schneide alle Teile des Schnittmusters aus, hefte die Puzzleteile aus feinem Papier auf den Stoff, umfahre die Umrisse mit einem Stückchen Kalk und schneide sie an der Linie entlang aus. Als die Sonne untergeht, arbeite ich in dem gelblichen Licht einer Öllampe und einiger Kerzen weiter.

Bis spät in die Nacht sitze ich über Mutters Singer gebeugt, schiebe den Stoff unter der Nadel hindurch, während ich das Pedal trete. Auf dem Weg in ihr Schlafzimmer bleibt Mutter im Flur stehen. Sie kommt zu mir und stellt sich hinter mich, dann beugt sie sich herunter und fährt mit dem Finger über den Saum, streicht ihn hinter der Nadel glatt.

Am nächsten Tag ziehe ich das Kleid an, und es schmiegt sich eng an meine Hüften. In der Pantry nehme ich den kleinen, fleckigen Spiegel in die Hand, drehe ihn hin und her, um den bestmöglichen Effekt zu erzielen, aber ich kann nur einzelne Teile erkennen. »Gut geworden« ist alles, was Mutter dazu sagt, als sie in die Küche kommt, um mir mit dem Mittagessen zu helfen. Aber ich merke, dass sie sich freut.

Später am Vormittag steht Walton mit einem Strauß Tulpen und Narzissen vor der Tür. Er nimmt seinen Strohhut ab und verbeugt sich leicht vor Mutter, die gerade Mehl auf den Tisch siebt. »Guten Tag, Mrs Olson.«

Sie nickt. »Guten Tag, Walton.«

Er gibt mir den Blumenstrauß. »Was für ein Kleid!«

»Mutter hat mir den Stoff und das Schnittmuster gekauft.« Ich hebe den Rock an und drehe mich, damit er all die Stoffbahnen sehen kann.

»Sehr geschmackvoll, Mrs Olson. Es ist wunderschön. Aber Moment, Christina – du hast das selbst genäht?«

»Ja, gestern Abend.«

Er nimmt einen Stoffzipfel des weiten Rocks in die Hand und reibt ihn zwischen den Fingern, berührt einen der Perlmuttknöpfe an meinem Ärmel. »Ich bin überwältigt von dir.«

Meine Mutter hinter mir sagt: »Christina kann beinahe alles, was sie sich in den Kopf setzt.« Dieses seltene Lob überrascht mich – normalerweise ist sie damit so zurückhaltend. Aber dann fällt mir ein, dass meine Mutter in diesem Haus von einem Fremden an der Tür entdeckt wurde. Sie weiß, dass es möglich ist.

Eines Tages, als Walton mich besucht, erzähle ich ihm von dem Mystery-Tunnel, und dass er für mich ein rätselhafter und magischer Ort ist, der Geheimnisse birgt, die vielleicht nie gelüftet werden. »Manche Leute glauben, dass darin ein Schatz vergraben ist«, sage ich.

»Zeig ihn mir«, erwidert er.

Ich weiß, dass meine Eltern nicht gutheißen würden, dass wir alleine dort hingehen, daher schmieden wir einen geheimen Plan: Wir werden warten, bis Mutter sich ausruht und Papa mit den Jungen zum Fischwehr gegangen ist, dann wird niemand auf die Idee kommen, ich könnte nicht da sein, wo ich an Mittwochvormittagen immer bin: hinter dem Haus beim Wäscheauswringen und -aufhängen. Walton wird leise zu Fuß hierherkommen, und wenn irgendjemand in der Nähe ist, lassen wir den Plan fallen.

Nach dem Frühstück, bevor sie zum Fischwehr aufbrechen, helfen mir meine Brüder, die Wannen mit Wasser zu füllen. Würde es irgendjemanden interessieren, könnte er feststellen, dass mein Kleid gestärkt ist, dass ich Bänder in meinen sorgfältig geflochtenen Haaren trage und dass mein Gesicht nicht vor Anstrengung gerötet ist, sondern weil ich mir in die Wangen gekniffen habe, wie Ramona es mir beigebracht hat.

Als alle gegangen sind, kommt Walton in den Garten hinter dem Haus. Schweigend nimmt er mir die schweren, nassen Wäschestücke ab und fängt an, sie durch die Wringmaschine zu schieben, während er mit der anderen Hand die Kurbel dreht. Bei der Wäscheleine nimmt er die feuchten Stücke aus dem Korb, schüttelt sie glatt und reicht sie mir eins nach dem anderen, damit ich sie an der Leine befestigen kann. Als der Korb leer ist, hebt er das Seil hoch und knotet es an die Stangen.

Wie aufregend es ist – das wird mir plötzlich bewusst –, zusammen Familie zu spielen.

Hinter den feuchten, flatternden Wäschestücken zieht Walton mich sanft an sich. Er schaut mir in die Augen, hebt meine Hand an seine Lippen und küsst sie, dann umfasst er mich enger, beugt sich herunter und küsst mich auf den Mund. Seine Lippen sind kühl und glatt, und ich kann seinen Herzschlag spüren. Er riecht nach Karamell und Gewürzen. Es ist eine so neue und berauschende Erfahrung, dass ich kaum atmen kann.

Als ich den Korb ins Haus trage, schlüpfe ich aus meiner Schürze und streiche mir vor dem angeschlagenen Spiegel in der Pantry die Haare glatt. Wer mir aus dem Spiegel entgegenblickt, ist ein Mädchen mit schmalem Gesicht, einer zu großen Nase und lebhaften, wenn auch unterschiedlich großen, grauen Augen. Ihre Gesichtszüge sind vielleicht etwas grob, aber ihre Haut ist rosig, und ihre Augen strahlen. Ich denke an den Mann, der draußen auf mich wartet. Sein Haar, das ist mir aufgefallen, fängt schon an dünner zu werden. Seine Brust ist leicht eingesunken und sein Rücken unnatürlich steif von jenem Sommer, in dem er das Gipskorsett tragen musste. Wenn er aufgeregt ist, lispelt er ein wenig. Es ist nicht unvorstellbar – oder? –, dass dieser nicht ganz perfekte Mann mich lieben könnte.

Im Schatten von Haus und Scheune gehen wir schweigend hintereinander her zu den Bäumen hinter dem Feld. So wie die Schatten zu dieser Tageszeit fallen, können wir nicht gesehen werden, wenn man uns nicht gerade sucht. Walton streckt den Arm aus, streift meine Fingerspitzen, dann umfasst er meine Hand. Mehrere Male, während wir durch das Dickicht eine steile Böschung herabsteigen, müssen wir uns loslassen, aber er findet meine Fingerspitzen immer wieder, so wie man beim Stricken eine verlorene Masche wiederaufnimmt. Als wir wieder auf ebenem Boden sind, aber durch den Bergrücken vor Blicken geschützt, ziehe ich spielerisch an seiner Hand, und er zieht an meiner, so dass ich stolpernd zum Stehen komme. Er steht hinter mir und zieht mich an sich, ich spüre seinen Atem in meinem Nacken.

»Im Himmel könnte es nicht schöner sein«, murmelt er.

Ich weiß nicht, ob er die glatte Wasserfläche meint, die sich vor uns erstreckt, die wogenden Felder hinter uns, die Felsen, die mit dunklem Seetang bewachsen sind – oder mich. Es spielt auch keine Rolle. Dieser Ort ist ebenso sehr ein Teil von mir wie mein Haar, meine Nase oder meine Augen.

Wir sind jetzt kurz vor dem Eingang des Tunnels. Die Hände an meiner Taille, dreht Walton mich herum und lehnt seine Stirn gegen meine.

»Ich habe den Schatz schon entdeckt«, sagt er. »Die ganze Zeit warst du hier und hast darauf gewartet, dass man dich findet.«

Waltons Aufmerksamkeit ist wie eine Sonne, die hoch am Himmel steht, so blendend hell, dass alles andere verblasst. Die Stimmen meiner Eltern und meiner Brüder, das Gackern der Hühner und das Bellen des Hundes, das Trommeln des Regens auf dem Dach – diese Geräusche blubbern wie ein Eintopfgericht im hintersten Winkel meines Gehirns vor sich hin. Ich nehme sie kaum wahr, bis meine Mutter oder einer der Brüder an meinem Arm rüttelt und in scharfem Ton sagt: »Hast du gehört, was ich gesagt habe?«

Kennen andere Menschen diesen Zustand auch? Meine Eltern? Was für eine merkwürdige Vorstellung – dass ganz normale Leute mit einem gewöhnlichen Alltagsleben einmal dieses beflügelnde, schwindelerregende Gefühl erlebt haben. Ihre Augen verraten nichts davon.

Mammey hat immer erzählt, dass die Eingeborenen auf den Inseln, die sie bereiste, noch nie Schnee gesehen hatten und deshalb kein Wort dafür kannten. Genauso fühle ich mich. Ich habe keine Sprache dafür, kann es nicht einordnen.

Meine Freundin Sadie sagt: »Bald bist du weg. Du wirst nach Boston ziehen, und wir werden dich nie wiedersehen.«

»Vielleicht kann ich ihn davon überzeugen, hier zu leben.«

»Und was soll er hier machen? Er scheint mir nicht der Typ für eine Farm zu sein.«

»Er will Journalist werden, sagt er. Schreiben kann er überall.«

»Über was soll er hier schreiben? Über den Milchpreis?«

Aber was weiß schon Sadie. Walton scheint von unserer Lebensweise fasziniert zu sein. »Das ist so anders als die Art, wie ich aufgewachsen bin«, sagt er. »Dein Wissen ist real. Es ist praktisch. Meines ist nur in meinem Kopf. Ich habe keine Ahnung, wie man einem Kalb auf die Welt hilft oder wie man den Rahm von der Milch schöpft. Im Segeln bin ich ein hoffnungsloser Fall, und darin, ein Pferd anzuschirren, ebenso. Gibt es nichts, was du nicht kannst?«

»Du bist derjenige, der alles lernen und werden kann, was er will«, erinnere ich ihn.

»Was ich will«, sagt er, »ist mit dir zusammen sein.«

Ich habe das Gefühl, als ob sich mein Leben in zwei verschiedenen Geschwindigkeiten abspielt. Ein Teil geht seinen gewohnten Gang, mit seinem vorhersehbaren Rhythmus und all den vertrauten Menschen, die dazugehören. Der andere stürzt vorwärts, ein einziger Wirbel von Farben, Geräuschen und Empfindungen. Mir wird klar, dass ich während der letzten zwanzig Jahre die Ereignisse eines jeden Tages stumpfsinnig durchlebt habe wie ein Tier. Auf eine andere Art von Leben habe ich nie zu hoffen gewagt; ich wusste noch nicht einmal genug, um es mir auch nur zu wünschen.

Ich bin entschlossen, mit Walton mitzuhalten. Deshalb bitte ich meine Brüder, mir Zeitungen mitzubringen, wenn sie in die Stadt fahren, um Besorgungen zu machen. Ich brauche genug Wissen, um über Politik und die aktuellen

Ereignisse zu diskutieren – die Flut in Dayton, Ohio, die irische Unabhängigkeit, die Einkommenssteuer und die Suffragetten, die in Washington demonstrieren; Woodrow Wilsons Ansichten über die Rassentrennung und die Ermordung des Königs Georg I. von Griechenland. In der Bibliothek von Cushing suche ich nach Romanen von Autoren, die Walton erwähnt hat, Willa Cather und D.H. Lawrence und Edith Wharton, und ich lese sie alle wie durch einen Filter, indem ich an ihn denke: »Und sie fürchtete sich davor, daß dieser Junge, der immerhin etwas von einem Scott'schen Helden an sich hatte«, schreibt D.H. Lawrence in *Söhne und Liebhaber,* »der malen und Französisch sprechen konnte, der wußte, was Algebra bedeutete und alle Tage mit dem Zuge nach Nottingham fuhr, sie einfach nur für das Schweinemädchen halten möchte und nicht imstande wäre, die Prinzessin darunter zu erkennen.«

Ich habe Angst, dass ich das Schweinemädchen bin, aber er behandelt mich wie eine Prinzessin. Papa erlaubt mir eines Nachmittags, Blackie und den Wagen zu nehmen, und ich mache mit Walton eine lange Fahrt von Broad Cove – mit seinen Ausblicken auf die äußeren Inseln – zu den malerischen Geschäften in East Friendship und der ursprünglichen Ulmer Church im Zentrum von Rockland. Zum Schluss sitzen wir auf einem Hügel mit Blick auf die Bucht Kissing Cove im Gras, essen Sandwiches mit Ei und hausgemachte Essiggurken und trinken Limonade aus einem Einweckglas. Als der Nachmittag in den Abend übergeht, sehen wir die Sonne im Meer versinken und einen feinen, blassen Mond über dem Horizont auftauchen. »Die Sterne sind so nah«, sagt er und zeigt auf den Himmel, der sich jetzt dunkel über uns ausdehnt. »Als könnte man einfach die

Hand ausstrecken und einen nehmen.« Er tut so, als würde er nach einem Stern greifen und ihn mir reichen. »Wenn ich in Cambridge bin und du in Cushing, dann werde ich zu den Sternen hochblicken und an dich denken. Dann habe ich nicht mehr das Gefühl, dass du so weit weg bist.«

Die letzte Augustwoche ist regnerisch, der Himmel wolkenverhangen, und die plötzlich auftretende Kälte kündigt so abrupt das Ende des Sommers an wie der Gastgeber eines Dinners, der plötzlich aufsteht, um das Ende der Party zu verkünden.

Als Walton kommt, um sich zu verabschieden, habe ich einen solchen Kloß im Hals, dass ich kaum sprechen kann. Mir war nicht bewusst, wie abhängig ich inzwischen davon bin, ihn zu sehen. »Ich verspreche, dass ich schreibe«, sagt er, und ich verspreche es auch, aber er hat in Harvard noch keine Adresse, deshalb werde ich warten müssen, bis er als Erster schreibt.

Auf Nachricht von ihm zu warten ist eine Qual. Jeden Tag trotte ich mittags zur Post.

»Um drei Uhr fahre ich mit dem Wagen in die Stadt, wie immer«, sagt Al. »Die Post kann ich auch abholen.«

»Ich mag die frische Luft«, behaupte ich.

Die Postangestellte, die dünne, eifrige und akkurate Bertha Dorset, sieht mich neugierig an. Bald kenne ich ihre Routine: Die Briefmarken legt sie zusammengerollt in eine aufgeräumte Schublade, und die Münzverpackungsmaschine staubt sie immer mit einer Gänsefeder ab. Zweimal täglich – so steht es auf einer Checkliste, die hinter ihr an der Wand hängt – wischt sie den Boden. Jeden Abend bei Sonnenuntergang holt sie die Flagge vor dem Postamt ein, nimmt sie von der Stange und legt sie ordentlich zusammengefaltet in einen Karton.

Wenn ich komme, holt sie mir die Briefe aus unserem Postfach, meistens Rechnungen und Reklame. »Das ist alles für heute«, sagt sie immer.

Ich nicke und bemühe mich um ein Lächeln.

Es fühlt sich an, als säße ich in einer Gefängniszelle und wartete auf meine Freilassung. Vor lauter Anstrengung, immer auf den Mann mit den Schlüsseln zu lauschen, bin ich nervös und angespannt. Eines Tages, als ich nach dem Abendessen den Tisch abräume, diskutieren meine Brüder darüber, ob sie das Fischwehr abbauen sollen; wenn sie zu lange warten, könnte es von Eistürmen zerstört werden, aber andererseits ist der Sardinenfang so gut, dass es ein Jammer wäre, ihn zu früh abzubrechen. Ich habe das Gefühl, gleich aus der Haut zu fahren, und ich fauche die Jungen an, selbst überrascht von meiner eigenen Gemeinheit: »Müsst ihr so laut schreien, ihr Bauerntölpel! Räumt eure Teller auf! Könnt ihr euch nicht benehmen?« Ihre überraschten und verletzten Blicke verschaffen mir keine große Genugtuung.

Und dann, eines Tages, als ich schon längst nicht mehr daran glaube, dass jemals Post für mich kommt, schiebt Bertha einen Stapel Briefe über den Tresen, und da ist er: ein dicker, weißer Umschlag mit einer roten Zwei-Cent-George-Washington-Marke, an mich adressiert. *Christina Olson.*

»Nun sieh mal einer an. Hoffentlich gute Neuigkeiten«, sagt sie.

Ich kann kaum warten, bis ich das Postamt verlassen habe, um den Umschlag zu öffnen. Ich setze mich auf einen umgestürzten Baumstamm direkt an der Straße und falte das dicke Papier auf.

»Liebste Christina …«

Ich lese hastig, überspringe Zeilen und blättere durch die Seiten (zwei, drei, vier) bis zum Ende – »Dein« – *mein!* – »Walton.« Mein Blick bleibt an einzelnen Sätzen hängen: »Sommer, den ich nie vergessen werde«, »die Art, wie Du Deine Hand über die Augen hältst, wenn Dich die Sonne blendet, der flache Kragen Deiner Matrosenbluse, die blauschwarze Schleife in Deinem Haar«, und schließlich: »Alle Wege führen für mich zurück nach Cushing.«

Ich überfliege die Zeilen, springe vor und zurück wie eine Biene, die ein Loch im Fliegengitter sucht, um zu entkommen. Er kann nicht aufhören, an den Sommer in Maine zu denken. Die Woche, die er in Malden verbracht hat, war heiß und anstrengend; in Harvard ist es einsam nach all den Segelturns und Picknicks und endlosen Abenteuern. Er vermisst das alles: die Schaluppe, die in der Bucht Kissing Cove liegt, Sandwiches aus frisch gebackenem Brot mit Ei, Ramonas alberne Witze, *Clambakes* unten bei Little Island, rosa- und orangefarbene Sonnenuntergänge. Aber am meisten, so schreibt er, vermisst er mich.

Das Licht ist anders, als ich nach Haus gehe, weicher und warm auf meinem Gesicht. Ich hebe das Kinn und schließe die Augen, während ich in der linken Spurrille des Weges einen Fuß vor den anderen setze. So kann ich mit geschlossenen Augen gehen, weil ich den Heimweg auswendig kenne.

Jede Woche, mindestens alle zehn Tage, ist ein dicker Brief im weißen Umschlag mit einer Zwei-Cent-Briefmarke in der Post. Er schreibt aus der Bibliothek, aus dem Speisesaal, von dem kleinen Holztisch in seinem Zimmer im Studentenwohnheim, im Licht der Gaslampe, nachdem sein

Rugby spielender, Gin saufender Mitbewohner ins Bett gegangen ist. Jeder Umschlag steckt voller Wörter, die meine worthungrige Seele füttern, und bietet mir Zugang zu einer anderen Welt, in der Studenten in holzvertäfelten Hörsälen herumlungern, um mit Professoren zu reden, wo ganze Tage in einer Bibliothek verbracht werden können und wo man sich über nichts anderes Gedanken machen muss als darüber, was man schreibt und wie man es schreibt. Ich stelle mir mich selbst an diesem Ort vor: wie ich über den Campus schlendere und zu den dick verglasten Fenstern hinaufschaue, die in der Abendsonne glänzen, wie ich im Harvard Square mit Freunden zum Abendessen in teure Restaurants gehe, in denen die Kellner Smoking tragen und missbilligend auf die ungekämmten Studenten blicken, die das nicht kümmert.

Als sich ein ganzer Stapel Briefe angesammelt hat, bewahre ich ihn unter meinem Bett auf, zusammengebunden mit einem blassrosa Band. In einem schreibt er: »Jede Nacht schaue ich zum Herbstviereck im Südosten hinauf, beinahe direkt über mir, und gebe den Sternen neue Namen: Broad Cove, Four Courners, East Friendship und Ulmer Church. Ich wünschte, ich würde dort mit dir durch die Gegend fahren.« Nach dem Abendessen gehe ich hinaus und blicke in das weite Sternenmeer hinauf, und ich stelle mir vor, dass Walton in Cambridge dasselbe tut. Ich bin hier, und er ist dort, und der Himmel verbindet uns.

Die Rote Meeresschnecke

1944 – 1946

Jahrelang schien niemand besonders interessiert an dem jungen Künstler, der sich in unserem Haus ein Atelier eingerichtet hat. Aber diesen Sommer ist es anders. Als ich mit meiner Schwägerin Mary in der Stadt bin, um Besorgungen zu machen, kommt in der Konservenabteilung von Fales eine Frau auf mich zu, die ich nicht kenne.

»Entschuldigen Sie. Sind Sie … Christina Olson?«

Ich nicke verwirrt. Woher weiß eine Fremde, wer ich bin?

»Das dachte ich mir!« Sie strahlt. »Ich habe mit meiner Familie für eine Woche ein Landhaus hier in der Nähe gemietet. Ich habe von Ihnen und Ihrem Bruder gehört. Al, richtig?«

Mary, die eine Reihe weitergegangen war, kommt zurück. »Hallo, ich gehöre zu Miss Olson. Kann ich Ihnen helfen?«

»Oh, tut mir leid! Ich sollte lieber gleich zum Punkt kommen. Ein berühmter Maler arbeitet bei Ihnen zu Hause, scheint mir? Andrew Wyeth?«

»Woher wissen Sie …«, setzt Mary an.

»Ich frage mich, ob Sie mir vielleicht ein Autogramm von ihm besorgen könnten?«, bettelt die Frau.

»Oh. Und?«, sagt Mary und sieht mich fragend an.

Ich zwinge mich zu einem Lächeln. »Nein, das ist nicht möglich.«

Später, als ich Betsy davon erzähle, schüttelt sie nur leicht den Kopf und scheint nicht sehr überrascht. »Das tut mir leid, Christina. Andy war vor einiger Zeit auf der Titelseite des *American Artist,* und wir haben uns schon Gedanken gemacht, ob sich dadurch für uns etwas ändert. Anscheinend tut es das.«

»Hat er etwas über Al und mich gesagt?«

»Ein bisschen. Nicht viel. Vielleicht hat er eure Namen erwähnt. Natürlich wird in dem Artikel verraten, dass er den Sommer in Cushing verbringt, und dann ist es wahrscheinlich nicht schwer herauszufinden, wo er wohnt. Ich weiß, dass er bereut, überhaupt etwas gesagt zu haben. Er mag es wirklich nicht, wenn man ihn stört. Du sicher auch nicht.«

Ich zucke mit den Schultern. Was ich davon halten soll, weiß ich nicht genau.

Ein paar Wochen später – ich sitze gerade auf meinem Stuhl am offenen Küchenfenster – sehe ich ein babyblaues Cabriolet vor dem Haus halten. Der Fahrer trägt einen cremefarbenen Fedora-Hut, die Frau neben ihm ein feines, gepunktetes Tuch um den Kopf.

»Huhu!«, ruft sie und schwenkt winkend ihre rosa lackierten Fingernägel. »Hallo! Wir suchen …« Sie klopft ihrem Begleiter auf den Arm. »Wie heißt er nochmal, Schatz?«

»Wyeth.«

»Stimmt. Andrew Wyeth.« Sie verzieht die rosa geschminkten Lippen zu einem Lächeln, als sie durch das Fenster zu mir hereinschaut.

Andy ist noch nicht da, aber ich weiß, dass er jeden Moment von Kissing Cove herauf über das Feld geschlendert kommen kann. »Von dem habe ich noch nie gehört«, sage ich.

»Dann malt er nicht hier in diesem Haus?«

»Nicht, als ich das letzte Mal nachgesehen habe«, antworte ich.

Sie schürzt die Lippen und blickt ratlos drein. »Frank, ist das nicht die Adresse?«

»Ich weiß es nicht.« Er seufzt. »Was meinst du?«

»Ich bin mir ziemlich sicher. Es stand in der Zeitschrift.«

»Ich weiß nicht, Mabel.«

»Ich hätte schwören können …«

Tatsächlich sehe ich, während sie weiterreden, Andy über die Wiese auf uns zukommen. In der Hand schwenkt er den Werkzeugkoffer mit seinen Farben. Mabel, die meinem Blick folgt, reckt den Hals.

»Schau, Frank!«, kräht sie. »Das ist er wahrscheinlich!«

»Dieser Typ?«, sage ich mit einem gezwungenen Grinsen. »Das ist nur ein Fischer aus dem Ort.« Ich werfe Andy einen warnenden Blick zu, und er dreht ab in Richtung Scheune. »Wir erlauben ihm, seine Angelruten bei uns zu lagern.«

Mabel zieht einen Flunsch. »Ach, verflixt, und wir sind den ganzen Weg hierher gefahren.«

»Vielleicht verkauft er Ihnen ein paar Makrelen. Ich kann ihn fragen.«

»Äh, nein danke«, schnaubt sie und zieht das Tuch um ihren Kopf fester. Sie hält es nicht für nötig, auf Wiedersehen zu sagen.

Als sie ihr Auto gewendet haben und die Auffahrt hinuntergefahren sind, kommt Andy aus der Scheune. »Danke. Das war knapp«, sagt er. »Ich sollte in Zukunft den Mund halten.«

»Keine schlechte Idee«, antworte ich. Wir haben hier ein so abgeschiedenes Leben miteinander geführt, dass die

Zivilisation sehr weit entfernt schien. Aber jetzt kommt mir langsam der Gedanke, dass Andy nicht nur uns, sondern der ganzen Welt gehört. Es ist eine verstörende Erkenntnis.

In diesen Tagen geschehen viele beunruhigende Dinge. Im Juni 1944 wurde Johns Schiff vor der normannischen Küste von einem Torpedo getroffen, zwei Dutzend Männer wurden getötet. Beinahe hätte John es nicht überlebt; er hat sich aus dem sinkenden Wrack herausgekämpft mit nichts als dem, was er am Leibe trug. »Die Uhr, die ich mir in Brooklyn für hundert Dollar gekauft habe, ist in tausend Stücke zersprungen«, schreibt er Monate später. »Einen Tag, nachdem wir getroffen wurden, hat uns ein Hochseeschlepper zurück zum Ärmelkanal gezogen, wo man uns auf ein Schiff nach Plymouth verfrachtet hat. Ich habe auf zusammengerollten Seilen geschlafen und mich beinahe zu Tode gefroren, aber das war mir egal. Ich war nur froh, am Leben zu sein.«

Ob er jetzt nach Hause kommt? Nein. Er wird nach England, Schottland, Irland geschickt, hat dann einen kurzen Urlaub in Boston und erhält schließlich eine 45-tägige Ausbildung in Newport, um als Mannschaftsmitglied auf einem Flugzeugträger zu dienen. Dann fährt er in den südlichen Pazifik, um gegen die Japaner zu kämpfen.

Sadie, deren Sohn Clyde sich auch der Marine-Reserve angeschlossen hat, erzählt mir: »Ich bin immer in Alarmbereitschaft, horche dauernd auf das Motorengeräusch eines unbekannten Fahrzeugs auf unserer Auffahrt.« Ich weiß, was sie meint. Nachts wache ich manchmal mit einem Gefühl von Angst auf, das meistens am Morgen verschwindet, aber nie ganz. Immer wieder ertappe ich mich bei Gedanken wie: Jetzt könnten gleich Sam und Mary mit einem Telegramm vor meiner Tür stehen. Aber vielleicht nicht, wenn ich den Brotteig heute besonders gut durchknete. Nicht, wenn ich das Hühnchen rupfe, bis es ganz glatt ist. Nicht, wenn ich den Boden wische, bis keine einzige Spinnwebe mehr da ist.

Zu Beginn des Winters 1946 schickt Betsy einen Brief mit schrecklichen Nachrichten: Andys Vater und sein Neffe Newell sind im Oktober durch einen Zug getötet worden. Mr Wyeth war der Fahrer des Wagens, der auf den Gleisen stehen blieb. Andy ist untröstlich, schreibt sie, hat aber keine Träne vergossen.

Als sie im Sommer wieder nach Maine kommen, merke ich sofort, wie sehr der Tod seines Vaters ihn mitnimmt. Er ist stiller. Ernster.

»Weißt du, ich glaube, mein Vater war vielleicht wirklich in sie verliebt«, sagt er, als wir allein in der Küche sind. Er sitzt in Als Schaukelstuhl und stößt sich geistesabwesend mit dem Fuß ab. Hacke, Spitze, *knarr, quietsch.*

Ich bin verwirrt. »Entschuldige, Andy – verliebt in wen?«

Er hört auf zu schaukeln. »Caroline. Die Frau meines Bruders Nat. Die Mutter von Newell, meinem Neffen, dem, der … mit im Auto saß.«

»Oh – meine Güte.« Ich brauche eine Weile, bis ich verstehe, was er meint. »Dein Vater und … die Frau deines Bruders?« Ich kenne diese Leute alle nicht mit Namen. Andy hat eigentlich noch nie von ihnen erzählt.

»Ja.« Er reibt sich mit der Hand über das Gesicht, als wolle er seine Züge ausradieren. »Vielleicht. Wer weiß. Auf jeden Fall war er in sie vernarrt. Mein Vater war so einer, du weißt schon. ›Ein Mann mit vielen verschiedenen Leidenschaften.‹« Es klingt, als zitiere er aus einem Nachruf. »Er hat nie einen Hehl daraus gemacht. Aber ich glaube, dass er letztendlich unglücklich damit war.«

»Ist vor dem Unfall irgendetwas passiert? Hat jemand …«

»Nichts ist passiert, soviel ich weiß. Aber ich weiß, dass der Tod ihn beschäftigt hat. Ich meine, er war eine seiner Obsessionen; man kann es in seinen Werken sehen. In meinen auch. Aber das ist nicht …« Er verstummt. Es ist, als ob er ein Selbstgespräch führt, unzusammenhängende Gedanken ausdrückt, in dem Versuch, sie zu erklären. »Es war merkwürdig«, murmelt er. »Nach dem Unfall haben wir in seinem Atelier all seine Utensilien in schönster Ordnung vorgefunden. Alles fein säuberlich aufgereiht. Normalerweise war er wie ich, seine Sachen lagen überall herum, verstehst du?«

Ich denke an die Farbspritzer, die verkrusteten Eierschalen und die eingetrockneten, steinharten Pinsel überall im Haus. Ich verstehe.

»Und vielleicht war es Zufall, aber die Bibel in seinem Atelier war an einer Stelle aufgeschlagen, an der es um Ehebruch ging. Oder – kein Zufall; ich meine, es ist ja naheliegend, dass er über die Konsequenzen einer Affäre nachdachte, unabhängig davon, was passiert ist. Das bedeutet nicht, dass er absichtlich …«

»Es scheint mir nicht zu ihm zu passen«, sage ich. »Nach dem, was du mir von ihm erzählt hast. Du hast ihn immer als so … präsent beschrieben.«

Andy lächelt bitter. »Wer weiß schon, was in anderen vorgeht, oder? Menschen sind geheimnisvolle Wesen.« Er zuckt mit den Schultern. »Vielleicht war es ein Herzinfarkt. Oder Unachtsamkeit. Oder – irgendetwas anderes. Wir werden wahrscheinlich niemals die Wahrheit erfahren.«

»Du weißt, dass er dir fehlt. Das ist ziemlich einfach, oder?«

»Ist es das?«

Ich denke an meine eigenen Eltern – dass ich sie manchmal vermisse und manchmal nicht. »Vermutlich nicht.«

Während er langsam vor und zurück schaukelt, sagt er: »Bevor mein Vater gestorben ist, wollte ich einfach nur malen. Das ist jetzt anders geworden. Tiefer. Nun spüre ich – ich weiß nicht – den ganzen Ernst, der darin liegt. Etwas, das größer ist als ich. Ich will jetzt alles so genau wie möglich festhalten.«

Er sieht mich an, und ich nicke. Das verstehe ich wirklich gut. Ich weiß, wie es ist, wenn man widersprüchliche Gefühle in sich trägt. Wenn man sich an die Vergangenheit gefesselt fühlt, obwohl sie von Geistern bevölkert ist.

Als sein Vater starb, hat Andy gerade an einem lebensgroßen Eitempera-Portrait von Al gearbeitet – wie er an einer geschlossenen Tür mit eisernem Riegel lehnt, daneben unsere alte Öllampe. Er hat es im vorigen Sommer begonnen, hat mit Kohlestift in einem Entwurf nach dem anderen versucht, die zerkratzte Oberfläche der Lampe und die massive Schwere des Riegels festzuhalten. Dann hat er seine Farben hervorgeholt und Al gebeten, ihm im Gang zur Küche neben der Tür Modell zu sitzen. Stunden-, tage- und wochenlang saß Al an diese Tür gelehnt, während Andy vergeblich versuchte, das Bild, das er im Kopf hatte, auf die Leinwand zu übertragen. »Das ist, wie einen Schmetterling einzufangen«, sagte er voller Verzweiflung. »Wenn ich nicht aufpasse, zerfallen die Flügel in meinen Händen zu Staub.«

Als Andy am Ende des Sommers aus Port Clyde abgereist ist, war das Bild immer noch nicht fertig, deshalb hat er es mitgenommen in sein Winteratelier in Chadds Ford. Nach dem Unfall hat er die Arbeit daran wieder aufgenommen. Als er diesen Sommer wieder nach Maine kam, hat er das Bild mitgebracht und im Muschelzimmer an den Kamin gelehnt.

Eines Morgens stehe ich im Muschelzimmer vor dem Kamin und schaue mir das Bild an, als Andy ins Haus kommt. Er tritt in den Flur und bemerkt mich nebenan, und da kommt er herein und stellt sich neben mich. »Al hat es gehasst, so lange still sitzen zu müssen, stimmt's?«, sagt er.

Ich lache. »Er hat sich so gelangweilt und war ganz zappelig.«

»Er wird nie wieder für mich Modell sitzen.«

»Wahrscheinlich nicht«, stimme ich zu.

Die eine Hälfte des Bildes liegt im Licht, die andere im Dunkel. Das Licht der Öllampe lässt Schatten auf Als Gesicht entstehen, auf der alten Holztür, unter dem Türriegel. Hinter der Lampe sieht man eine Zeitung, die fleckig und zerknittert ist. Al starrt vor sich hin, als wäre er tief in Gedanken versunken. Seine Augen scheinen tränenverschleiert.

»Ist es so geworden, wie du es haben wolltest?«, frage ich Andy.

Er streckt eine Hand aus und zeichnet in der Luft die Umrisse der Lampe nach. »Ich habe die Struktur des Nickels richtig hinbekommen. Darüber bin ich froh.«

»Was ist mit Als Gesicht?«

»Ich habe es immer wieder verändert. Konnte seinen Ausdruck nicht einfangen. Ich bin immer noch nicht sicher, ob es mir gelungen ist.«

»Weint er?«

»Glaubst du, dass er weint?«

Ich nicke.

»Das habe ich nicht beabsichtigt. Aber …« Mit einem traurigen Lächeln sagt er: »Man kann beinahe dieses klagende Pfeifen eines Zuges hören, oder?«

»Es sieht aus, als würde Al darauf lauschen«, bestätige ich.

Er kommt näher, während er das Bild betrachtet. »Dann ist es vielleicht so geworden, wie es sein soll.«

Andy hat mich noch nie gebeten, für ihn Modell zu sitzen, aber ein paar Wochen nach diesem Gespräch kommt er zu mir und sagt, dass er mich gerne portraitieren würde. Wie könnte ich nein sagen? Er setzt mich in die Türöffnung vor der Pantry, arrangiert meine Hände auf meinem Schoß und zieht die Falten meines Rocks zurecht. Dann macht er einen Entwurf nach dem anderen, Tinte auf weißem Papier. Aus der Entfernung, aus der Nähe. Meine Haare, jede einzelne Strähne, aus dem Nacken gestrichen. Mit Halskette und ohne. Meine Hände so und dann so.

Die meiste Zeit sind das Kratzen des Federhalters und das Rascheln, wenn er ein großes Blatt umdreht, die einzigen Geräusche. Er blinzelt und streckt den Daumen hoch, steckt sich die Feder in den Mund, die Tintenspuren auf seinen Lippen hinterlässt. Nuschelt leise vor sich hin: »Ja, das ist es. Der Schatten …« Ich habe das seltsame Gefühl, dass er mich ansieht und gleichzeitig durch mich hindurchschaut.

»Mir war gar nicht aufgefallen, wie dünn deine Arme sind«, sagt er nach einer Weile nachdenklich. »Und diese Narben. Wie hast du die bekommen?«

Ich bin so daran gewöhnt, wie die Leute auf mein Gebrechen reagieren – mit Unsicherheit, Abneigung, sogar Ekel –, dass ich dazu neige, kein Wort mehr zu sagen, sobald irgendjemand es erwähnt. Aber Andy sieht mich offen an, ohne Mitleid. Ich schaue herab auf die gekreuzten Linien auf meinen Unterarmen, manche tiefrot, andere blasser. »Der Ofenrost. Manchmal verrutscht er etwas. Normalerweise trage ich lange Ärmel.«

Er zuckt zusammen. »Diese Narben sehen schmerzhaft aus.«

»Man gewöhnt sich daran.« Ich zucke mit den Schultern.

»Vielleicht könntest du beim Kochen ein wenig Hilfe brauchen. Betsy kennt ein Mädchen …«

»Ich komme schon zurecht.«

Kopfschüttelnd sagt er: »Das tust du wirklich, Christina, oder? Alle Achtung.«

Eines Tages sammelt er all seine Entwürfe zusammen und geht mit ihnen die Treppe hinauf. Während der folgenden Wochen sehe ich ihn kaum. Jeden Morgen kommt er über die Felder und geht auf das Haus zu. Er trägt einen blauen Arbeitsanzug, einen mit Farbe bespritzten Pullover und grobe Stiefel, die zuzuschnüren er sich nicht die Mühe macht. Durch seine schiefe Hüfte sehen die Bewegungen seines dünnen Körpers merkwürdig aus, Arme und Beine schlenkern hin und her. Er klopft zweimal an die Haustür, bevor er eintritt, eine Feldflasche mit Wasser in der Hand sowie eine Handvoll Eier, die er aus dem Hühnerstall stibitzt hat. Er plaudert ein wenig mit Al und mir in der Küche. Dann stampft er in seinen Arbeitsstiefeln die Treppe hinauf und murmelt dabei leise vor sich hin.

Ich frage ihn nicht, ob ich sehen darf, was er macht, aber ich bin neugierig.

Es ist ein warmer, sonniger Tag im Juli, als Andy die Treppe herunterkommt und sagt, dass er müde und zerstreut ist und dass er sich vielleicht den Nachmittag frei nimmt und segeln geht. Nachdem er gegangen ist, geht mir auf, dass dies vielleicht eine gute Gelegenheit ist zu sehen, was er dort oben tut. Niemand ist da; ich kann mich Stück für Stück am Treppengeländer hochziehen, so langsam, wie ich will. Auf jeder zweiten Stufe eine Pause machen.

Schon bevor ich die Tür zu dem Zimmer im zweiten Stock öffne, rieche ich die Eier. Als ich die Tür weit aufmache, sehe ich Eierschalen und schmutzige Lumpen und Gläser mit bunt gefärbtem Wasser überall auf dem Boden verteilt. Ich bin seit Ewigkeiten nicht mehr hier oben gewesen; mir fällt auf, dass die Tapete sich von der Wand löst. Trotz der frischen Brise, die zum Fenster hereinweht, ist es stickig. Ich werfe einen schnellen Blick auf das Bild, das auf einer leichten Staffelei in der anderen Ecke steht, und schaue schnell wieder weg.

Ich ziehe mich auf das schmale Bett – es ist das Bett aus meiner Kindheit –, lege mich auf den Rücken und starre auf die feinen Risse an der Decke. Aus den Augenwinkeln kann ich das Rechteck der Leinwand erkennen, aber ich bin nicht bereit, es direkt anzusehen. Andy hat mir einmal erzählt, dass in seinen scheinbar realistischen Bildern Geheimnisse, Rätsel, Allegorien versteckt sind. Dass er an den Kern der Dinge herankommen will, egal, wie hässlich er ist.

Ich habe Angst davor zu erfahren, was er vielleicht in mir sieht.

Schließlich kann ich es nicht länger aufschieben. Ich drehe mich auf die Seite und schaue das Bild an.

Ich bin nicht direkt hässlich. Aber es ist trotzdem ein Schock für mich, mich selbst durch seine Augen zu sehen. Auf dem Bild bin ich im Profil abgebildet und blicke ernst hinaus in Richtung Bucht, die Hände ungeschickt im Schoß, die Nase lang und spitz, mit hängenden Mundwinkeln. Mein Haar ist tiefbraun, meine Gestalt wirkt dünn und nicht ganz im Gleichgewicht. Der Türrahmen ist dunkel umrandet und liegt halb im Schatten. Die offene Tür ist rissig und verwittert, draußen wuchert Gras. Mein Kleid ist schwarz, mit einem V-förmigen, tiefen Schlitz unterhalb meines weißen Halses.

In dem schwarzen Kleid – es ist nicht das, das ich anhatte – sehe ich düster aus. Streng. Und vollkommen allein. Allein in der Türöffnung, die zum Meer hinausgeht. Meine Haut wirkt geisterhaft, gespenstisch. Ringsum ist alles dunkel.

Bridget Bishop, die auf ihre Verurteilung wartet.

Auf den Tod.

Ich drehe mich wieder auf den Rücken. Schatten von den Spitzengardinen, die sich im Wind hin und her bewegen, machen aus der Zimmerdecke ein aufgewühltes Meer.

Als Andy am nächsten Morgen kommt, sage ich ihm nicht, dass ich oben war. Er grüßt, wir plaudern ein paar Minuten, während ich Keksteig rühre, dann geht er in den Flur. Bleibt stehen. Kommt zurück zur Küchentür, die Hände in die Seiten gestemmt. »Du warst oben.«

Ich gebe den Teig löffelweise auf ein Blech, Klecks für Klecks.

»Doch, das warst du«, beharrt er.

»Woher weißt du das?«

Er beschreibt einen großen Bogen mit der Hand. »Eine Spur durch den Staub bis ganz hinauf. Wie der Pfad einer Riesenschnecke.«

Ich lache trocken auf.

»Also, was meinst du dazu?«

Ich zucke mit den Schultern. »Ich kenne mich mit Kunst nicht aus.«

»Das ist keine Kunst. Das bist einfach du.«

»Nein, das bin ich nicht. Du bist es«, sage ich. »Hast du mir das nicht selbst einmal erzählt? Dass jedes Bild ein Selbstportrait ist?«

Er stößt einen leisen Pfiff aus. »Ah, du bist zu schlau für mich. Komm schon. Ich will wissen, was du darüber denkst.«

Ich habe Angst, es ihm zu sagen. Angst, ich könnte eitel oder wichtigtuerisch erscheinen. »Es ist so … dunkel. Die Schatten. Das schwarze Kleid.«

»Ich wollte den Kontrast zu deiner Haut zeigen. Um dich hervorzuheben, wie du da sitzt.«

Jetzt, wo wir darüber sprechen, merke ich, dass ich ein wenig wütend bin. »Ich sehe aus wie in einem Sarg mit halb geschlossenem Deckel.«

Er lacht ein wenig, als könnte er nicht glauben, dass ich verstimmt bin.

Ich sehe ihn ruhig an.

Er fährt sich mit der Hand durchs Haar und sagt: »Ich habe versucht, deine …« Er zögert. »Deine Würde zu zeigen. Ernsthaftigkeit.«

»Nun, ich glaube, das ist das Problem. Ich sehe mich selbst

nicht als ernsthaft. Und ich hätte auch nicht gedacht, dass du das tust.«

»Das tue ich auch nicht. Eigentlich nicht. Es ist nur ein Augenblick. Und das bist nicht wirklich ›du‹. Oder ›ich‹. Egal, was du denkst.« Seine Stimme verebbt. Als er sieht, wie ich mich mit der schweren Ofentür abmühe, kommt er herbei und öffnet sie für mich, dann schiebt er das Blech mit den Keksen hinein. »Ich denke, es geht um das Haus. Um seine Atmosphäre.« Er macht die Ofentür zu. »Verstehst du, was ich meine?«

»Bei dir wirkt es so …« Ich suche nach dem richtigen Wort. »Ich weiß nicht. So einsam.«

Er seufzt. »Ist es das nicht auch, manchmal?«

Einen Moment herrscht Schweigen zwischen uns. Ich greife nach einem Geschirrtuch und wische meine mehligen Hände ab.

»Und wie siehst du dich selbst?«

»Was?«

»Du hast gesagt, dass du dich selbst nicht als ernsthaft siehst. Wie denkst du dann also über dich?«

Die Antwort überrascht uns beide.

»Ich sehe mich selbst als Mädchen«, sage ich.

1914 – 1917

Jeder in der Stadt scheint Bescheid zu wissen über die Briefe aus Massachusetts. An der Art, wie Bertha grinst und die Augenbrauen hochzieht, wenn sie mir die Post aushändigt, merke ich, dass sie getratscht hat. Als ich das in einem Brief an Walton erwähne, antwortet er: »Es tut mir leid, wenn dich irgendjemand mit seiner Neugier belästigt.« Er bietet an, Ramona als Mitspielerin zu gewinnen – sie kann die Briefe aus Boston abschicken, sagt er. »Dann würde niemand wissen, dass ich dir schreibe. Aber ich fürchte, die Leute würden es trotzdem irgendwie mitbekommen.«

Ich beschließe, mich einfach nicht davon beirren zu lassen. Die Leute reden immer. Und jetzt haben sie wenigstens einen guten Grund.

In einem seiner Briefe schreibt Walton, er habe vergeblich versucht, in seinem Apartment in Cambridge, wo er inzwischen wohnt, Gartenwicken zu ziehen. Im April, Monate bevor ich seine Rückkehr erwarte, bestelle ich Wickensamen in einem Versandhaus und bitte Al, mir ein Gartenspalier zu bauen. Als das Päckchen ankommt, weiche ich die Samen über Nacht in Wasser ein, lasse sie trocknen und schneide sie an einem Ende mit einem scharfen Messer an, dann setze ich sie in die gut gedüngte Erde. Ich fühle mich wie Hans mit der magischen Bohnenranke.

Feine Triebe werden zu dünnen Stängeln und klettern am Spalier hinauf. Mitte Juni, als die Erdbeeren reif sind, fangen die Wicken an zu blühen. Obwohl Walton mir geschrieben hat, in welcher Woche er kommt, und obwohl Sam berichtet, ihn in der Stadt gesehen zu haben, bin ich überrascht, als ich ihn an einem warmen Morgen mit einem Strauß Wicken in der Hand und einem breiten Grinsen im Gesicht den Pfad heraufkommen sehe.

»Was für ein wunderbarer Anblick du bist!«, sagt er, als er in der Küchentür steht und mich kurz umarmt. Er gibt mir den Strauß und sagt: »Ich weiß, wie sehr du Gartenwicken magst.« Und ich möchte schon sagen, nein, du bist derjenige, der sie mag; du weißt, wie sehr ich *dich* mag. Aber es berührt mich merkwürdig, dass er seine Gefühle mit meinen vermischt hat.

»Ich habe eine Überraschung«, sage ich und lasse ihn die Augen schließen, bevor ich ihn zu dem Gartenspalier führe. »Augen auf.«

Er sieht mich reuevoll an.

»Zwei Seelen, ein Gedanke. Die habe ich für dich gezogen.«

»Für mich?«

Ich nicke.

Er kommt näher und nimmt meine Hand. »Auch ohne Gartenwicken gibt es hier genug Schönheit, um mich herzulocken.«

Willkommen zurück, denke ich.

Nie habe ich meinem Äußeren besondere Aufmerksamkeit gewidmet, aber auf einmal ändert sich das. Ich bemerke den schäbigen Flicken auf meinem blauen Chambray-Kleid, die ausgefransten Ärmel meiner Musselin-Bluse, den schmutzigen Saum meines Rocks. Ich fahre mir mit den Fingern durch die Haare und stelle fest, dass sie fettig sind. Die ganze Familie badet jeden dritten Montag im Monat in der Küche im selben Badewasser, zuerst die Älteren, dann die Jüngeren (wobei die Jungen, die vom Waschen nicht viel halten, im Sommer mit einem Bad im See oder im Meer auskommen). Alle paar Tage tauche ich einen Lappen in einen Topf Wasser, den ich auf dem Herd erhitzt habe, und wasche mir damit Gesicht und Achselhöhlen. Jetzt aber finde ich, dass das nicht reicht. Mit Als Hilfe zerre ich die alte Zinkwanne aus dem Holzschuppen. An der Wasserpumpe in der Pantry füllen wir Töpfe und schleppen sie zum Herd, um das Wasser zu erhitzen. Wenn es beinahe kocht, schütten wir es in die Wanne und gießen eimerweise kaltes Wasser dazu. Dann schicke ich Al hinaus.

In der Wanne reibe ich Arme, Beine und meinen weißen Bauch mit Olivenölseife ein, dann den Flaum unter meinen Achseln und zwischen meinen Beinen. Ich tauche mit dem Kopf unter, um meine Haare nass zu machen, und fahre dann mit meinen eingeseiften Händen hindurch, und die Finger auf meiner Kopfhaut fühlen sich fremd an, als wären es die eines anderen. Nachdem ich mir die Haare ausgespült habe, schütte ich Apfelessig in meine hohle Hand, wie Mutter es mir gezeigt hat, und verteile ihn auf meinen Haaren, bis es quietscht. Das Wasser tut meinen verspannten Muskeln gut, meine Arme treiben an der Oberfläche, von der Schwerkraft befreit, und meine Beine auch. Als ich jünger war, habe ich manchmal mit meinen Brüdern im Teich gebadet und dabei die Schwerelosigkeit genossen, vorübergehend ohne Schmerzen. Nun ist dieses Bad der einzige Ort, an dem ich von ihnen befreit bin. Ich schließe die Augen und genieße es.

Die kühle Zinkwanne am Rücken, male ich mir aus, wie es wäre, von hier fortzugehen. Ich stelle mir diesen Moment vor, als wäre ich eine Figur in einer Geschichte: Eine junge Frau steht auf, während alle anderen im Haus noch schlafen, packt ein paar Sachen zusammen, geht so leise wie möglich die Treppe hinunter (sie ist daran gewöhnt, weil sie immer vor allen anderen aufsteht, um Feuer zu machen und das Frühstück vorzubereiten). Im dunklen Eingangsflur bindet sie sich die Schuhe, dann öffnet sie die Haustür. Leichtfüßig wie eine Ballerina, schwerelos wie ein Schmetterling, springt sie die Stufen hinunter und verschwindet um die Ecke, geht an Haus und Scheune vorbei bis zu dem Auto, das außer Sichtweite wartet, mit einem jungen Mann hinter dem Steuer (Walton natürlich, wer sonst?). Er nimmt ihre Tasche und wirft sie auf die Rückbank. In ihrer Tasche: eine Meeresschnecke und ein mit Muscheln besetzter, leerer Bilderrahmen, der noch auf einen Augenblick wartet, der es wert ist, als Erinnerung festgehalten zu werden. Beinahe alles andere lässt sie hinter sich, Bruchstücke eines Lebens, aus dem sie herausgewachsen ist. Was immer sie in der Zukunft brauchen wird, kann sie da finden, wo sie hingeht.

Während der Sommer voranschreitet, nehmen wir unsere Gewohnheiten vom Vorjahr wieder auf: Segeln mit den Carles, Lagerfeuer auf den Felsen bei Kissing Cove, Picknicks im Gras. Eines Tages, als wir zum Bird Point hinunterschlendern, sagt er: »Es wäre toll, wenn du in diesem Herbst nach Boston kommen könntest.«

Freude wallt in mir auf. »Das würde ich gern.«

»Du könntest bestimmt bei den Carles wohnen. Und …« Er zögert, und ich halte den Atem an, in der Hoffnung, dass er die Einladung noch etwas persönlicher formuliert, »… vielleicht könntest du zu einem Arzt gehen wegen deines Leidens, wenn du dort bist.«

Überrascht bleibe ich stehen. Wir haben noch nie offen über meine körperliche Verfassung gesprochen, obwohl ich mich inzwischen fest auf seinen Arm verlasse, der mich stützt. »Du willst, dass ich zu einem Arzt gehe?«

»Diese Landärzte meinen es sicher gut, aber ich bezweifle, dass sie mit den neuesten medizinischen Erkenntnissen vertraut sind. Möchtest du nicht gern herausfinden, was mit dir nicht stimmt?«

»Was mit mir nicht stimmt?«, stammle ich. Mir wird kalt.

Er schlägt sich gegen die Stirn. »Verzeih mir, Christina. ›Was dich plagt‹, hätte ich sagen sollen. Du beklagst dich nie, aber ich kann mir vorstellen, wie sehr du leidest. Da du mir wichtig bist …« Er verstummt und greift nach meiner Hand. »Ich würde gerne herausfinden, ob man etwas tun kann.«

Dieses Anliegen ist nur vernünftig, sogar logisch. Warum also würde ich mir bei seinem sanften Drängen am liebsten die Ohren zuhalten und ihn bitten aufzuhören? »Es ist nett von dir, dass du um mein Wohl besorgt bist«, sage ich und bemühe mich um einen neutralen Tonfall.

»Überhaupt nicht. Ich will nur, dass du gesund bist. Also, überlegst du es dir?«

»Ich möchte lieber nicht.«

»Sagte Bartleby.« Er lässt ein Lächeln aufblitzen und bricht damit das Eis. Bartleby. In den Tiefen meines Schulwissens grabe ich nach dieser Anspielung: Bartleby, der verbissene Schreiber. Ich lächle zurück.

»Ich will nur das Beste für dich, das weißt du.«

»Du bist das Beste für mich«, sage ich.

Der August ist eine süße Qual. Ich will, dass jeder Tag ewig andauert. Gegenüber jedem außer Walton – dem ich mich von meiner besten Seite zeigen will – bin ich gereizt, aufbrausend, ständig ärgerlich. Es ist eine sonderbare Art von Unzufriedenheit, eine bittersüße Sehnsucht nach dem noch nicht vergangenen Moment. Sogar mitten in einem vergnüglichen Ausflug ist mir bewusst, dass er vergänglich ist. Das Wasser ist warm, aber es wird abkühlen. Der Ozean ist spiegelglatt, aber weit hinter dem Horizont kommt Wind auf. Das Lagerfeuer lodert, wird aber ausgehen. Walton ist neben mir, hat den Arm um meine Schultern gelegt, aber nur allzu bald wird er fort sein.

An unserem letzten gemeinsamen Abend mit Ramona, als wir am Strand sitzen und uns unterhalten, erwähnt Walton, dass der Bauernkalender einen harten Winter vorhersagt, und Ramona sagt: »Wird Christina jemals einen Winter erleben, der nicht hart ist?« Sie sieht ihn dabei nicht an, aber wir alle wissen, was ihre Frage bedeutet: ob und wann Walton mir einen Ausweg anbieten wird.

Ihm scheint das nicht klar zu sein. »Christina ist nicht wie wir, Ramona. Sie mag die kalten Winter in Maine. Oder etwa nicht?«, fragt er mich und zieht mich enger an sich.

Ich schaue zu Ramona, die leicht den Kopf schüttelt und die Augen verdreht. Aber niemand von uns sagt noch etwas dazu.

Blumen verwelken, erfrieren in einem frühen Frost, verkümmern. Bäume flammen bunt auf und verglühen dann. Blätter zerbröseln zu Asche. All das, was das Leben auf einer Farm ausmacht und was mir früher gefallen hat, erfüllt mich jetzt mit Ungeduld. Es ist schwieriger geworden, die Monate nach dem Sommer zu ertragen, die mühsame Regelmäßigkeit meiner täglichen Aufgaben, den unaufhaltbaren Übergang zu Dunkelheit und Kälte. Ich fühle mich, als befände ich mich auf einem schmalen Pfad durch einen vertrauten Wald, einem Pfad, der immer weiter führt, ohne ein Ende in Sicht.

Den Herbstanfang verbringe ich mit Konservieren und Einkochen: Tomaten, Gurken, Erdbeeren, Heidelbeeren. Ich lagere die Einweckgläser in den Regalen im Schuppen. Alvaro schlachtet ein Schwein, und wir zerlegen, pökeln und räuchern es bis zum letzten Stückchen, von den Hufen bis zum Ringelschwanz. Wir graben das letzte, unschöne Wurzelgemüse aus und lagern es, Steckrüben, Weißrüben, Pastinaken und Rote Bete. Lesen Äpfel und verteilen sie auf einem langen Tisch im Keller für den langen Winter, der vor uns liegt.

Ich habe zu viel Zeit zum Nachdenken. Ich quäle mich selbst. Alles, was ich tue, ist arbeiten und nachdenken. Ich fühle mich wie die Schnecke in Mammeys Nautilus, die aus ihrer Muschelschale herausgewachsen ist. Eine Frau meines Alters, denke ich, sollte für ihre eigene Familie, ihren Ehemann und ihre Kinder arbeiten. Alle in meinem Umfeld, Freunde und Klassenkameraden, verloben sich und heiraten. Die Jungen, mit denen ich zur Schule gegangen bin, arbeiten jetzt als Bauern, Fischer oder Ladenbesitzer. Die Mädchen, darunter auch Sadie und Gertrude, führen den Haushalt und bekommen Kinder. Wenn ich meine Aufgaben schwerfällig erledige, tadelt Mutter mich: »Heb deine Füße, Mädchen! So tragisch ist das Leben nicht« – und Al schaut mich von der Seite an, und ich weiß, was sie beide denken: dass es besser wäre, wenn Walton nie hier aufgetaucht wäre.

Aber Waltons Briefe sind Heißluftballons, die mich aus meiner Melancholie herausziehen. Er schreibt über seine Vorlesungen, seine Lehrer, was er über seine zukünftige Karriere denkt. Er lässt sich zwar zum Journalisten ausbilden, sagt aber, dass es in diesen Zeiten schwierig sei, in der lokalen Berichterstattung Fuß zu fassen, weil in den Zeitungen Nachrichten über den Krieg, der in Europa wütet, dominieren. Er hat beschlossen, die Richtung zu wechseln und Lehrer zu werden. Lehrer werden immer gebraucht, egal, ob Krieg herrscht oder der Börsenkurs fällt. Mir ist wohl bewusst, dass er als Lehrer überall arbeiten könnte – sogar in Cushing, Maine.

Der Winter verstreicht so langsam, wie ein Gletscher schmilzt. Weihnachten und Silvester bieten eine flüchtige Abwechslung, bevor wir uns auf Monate in Eis und Schnee einstellen müssen. Als ich im Dämmerlicht eines Spätnachmittags im Februar vom Postamt nach Hause gehe, Waltons Brief unter meinem Mantel, rutsche ich auf einem Stück

Eis aus und falle hin. Ich stütze mich auf und registriere mit merkwürdiger Gleichgültigkeit das Blut an meinem Schienbein und einen pochenden Schmerz in meiner rechten Hand, mit der ich den Sturz abgefangen habe. Vorsichtig strecke ich meinen linken Arm aus und stemme mich langsam hoch. Ich klopfe meinen Mantel ab. Der Brief muss aus meiner Tasche gerutscht sein, als ich gefallen bin. Ich taste den Boden um mich herum ab und mache dadurch meinen Rock noch dreckiger. Auf dem Eis sind Blutstropfen. Ein paar Meter entfernt erspähe ich den Umschlag, und ich hinke zu ihm hinüber. Leer. Der Himmel wird dunkler, es ist kalt, und mein Schienbein pocht, aber ich suche weiter, verzweifelt wie eine Opiumsüchtige; ich kann nicht weggehen, ohne ihn gefunden zu haben. Und dann sehe ich die zusammengefalteten Blätter im Straßengraben flattern.

Als ich sie erreicht habe, stelle ich fest, dass die Tinte verlaufen ist. Der Brief – schlammbespritzt, aufgeweicht – liest sich wie eine diabolische Geheimbotschaft, die dazu bestimmt ist, ihren Empfänger in den Wahnsinn zu treiben. Ich kann nur nach jedem vierten oder fünften Wort ein Bruchstück erkennen *(unterhaltsam … ich bin froh, sagen zu … finde langsam Gefallen an …)*, und nachdem ich mich mit wachsender Verzweiflung bemüht habe, die Buchstaben zu entziffern, drücke ich die Seiten unter meinem Mantel an meine Brust, in der Hoffnung, dass sie lesbar werden, wenn sie getrocknet sind. Auf dem Heimweg habe ich Schmerzen und kann nur langsam gehen. Im Haus angekommen öffne ich meinen Mantel und stelle fest, dass das Mieder meines Chambray-Kleides voller Tintenflecken ist. Eine dauerhafte Erinnerung daran, wie wichtig Waltons Worte für mich geworden sind.

Es ist wieder Sommer. Als ich an einem Morgen im Juni die Tür öffne, steht Walton davor, lächelt breit und streckt mir ein Päckchen Karamellbonbons entgegen. »Süßes für die Süße«, sagt er.

»Das ist ein alter Spruch«, entgegne ich. »Den hast du schon einmal benutzt.«

Er lacht. »Anscheinend ist mein Repertoire begrenzt.«

Bald verfallen wir wieder in unsere vertrauten Gewohnheiten, sehen uns beinahe jeden Tag. Wir streifen durch die Gegend, gehen nachmittags segeln, picknicken am frühen Abend mit den Carles und meinen Brüdern Al und Sam unten bei den Bäumen. Einmal bemerke ich, dass Ramona zu uns herüberblickt, als Walton und ich losgehen, um Treibholz und Zweige zu sammeln, damit wir im Steinkreis ein Feuer anzünden können, und dass sie sieht, wie Walton mich hinter einen Baum zieht und küsst. Später am Abend sitzen wir auf den groben Bänken, die Papa gezimmert hat, und sehen zu, wie das Feuer niederbrennt. Der blaue Himmel wird violett, dann rosa und schließlich rot, als die Sonne wie ein glühendes Stück Kohle im Meer versinkt.

Als Walton aufsteht, um sich mit Alvah auf der anderen Seite der Feuerstelle zu unterhalten, kommt Ramona und setzt sich neben mich. »Ich muss dich was fragen«, sagt sie ruhig. »Hat Walton mit dir über die Art eurer Verbindung gesprochen?«

Ich wusste, dass diese Frage kommen würde. Ich habe mich davor gefürchtet.

»Nicht direkt«, antworte ich ihr. »Ich denke, die Art unserer Verbindung ist – klar.«

»Klar für wen?«

»Für uns beide.«

»Sagt er *irgendwas* dazu?«

»Na ja, er muss sich erst beruflich etablieren, bevor ...«

»Ich bin aufdringlich, verzeih mir. Eigentlich wollte ich mich raushalten. Aber, meine Güte, das ist das dritte Jahr.«

Es ist nicht so, als würde sie irgendetwas sagen, was ich nicht selbst schon gedacht hätte, aber ihre Worte fühlen sich an wie ein Schlag in die Magengrube. Walton ist Student, will ich erwidern, er studiert Literatur und Philosophie; er kann nicht irgendwelche Entscheidungen treffen, bevor er mit der Universität fertig ist. Niemand scheint das zu verstehen.

Ich bin nicht sicher, ob ich selbst es verstehe.

»Das geht dich wirklich nichts an, Ramona«, sage ich steif.

»Stimmt, du hast recht.«

Wir sitzen schweigend da, die Luft zwischen uns ist zum Schneiden.

Nach einer Weile seufzt sie. »Hör mal, Christina. Sei vorsichtig. Mehr will ich gar nicht sagen.«

Ich weiß, dass Ramona es gut meint. Aber es ist, als würde sie einer Person, die gerade von einer Klippe gesprungen ist, erklären, dass sie aufpassen soll. Ich bin schon mitten in der Luft.

Ende August planen Walton und ich, alleine nach Thomaston zu segeln. Seit meinem Gespräch mit Ramona merke ich deutlich, wie geschickt er jedem Gespräch über unsere Verbindung ausweicht. Vielleicht hat sie recht; ich muss das Thema direkt ansprechen.

Ich beschließe, es während unseres Segelausflugs zu tun.

Es ist früher Abend, und es ist kühl. Er steht hinter mir, faltet eine große Wolldecke auseinander und legt sie uns um die Schultern, während ich steuere.

»Walton …«, beginne ich nervös.

»Christina.«

»Ich will nicht, dass du weggehst.«

»Ich will nicht weggehen«, sagt er und legt seine Hand auf meine.

Ich ziehe meine Hand weg. »Aber du hast Dinge, auf die du dich freuen kannst. Und ich habe nur die Wintermonate vor mir. Und das Warten.«

»Ah, meine arme Persephone«, murmelt er und küsst mein Haar, meine Schulter.

Das ärgert mich noch mehr, und ich rücke ein Stück von ihm ab. Eine Weile sind wir still, während ich auf das traurige Kreischen der Möwen über uns lausche, die so groß wie Gänse sind.

»Ich möchte dich etwas fragen«, sage ich schließlich.

»Frag nur.«

»Oder eher – na ja … dir etwas sagen.«

»Nur zu.«

»Ich liebe …«, fange ich an, verliere aber den Mut. »Mit dir zusammen zu sein.«

Er zieht die Decke enger, hüllt uns ein wie in einen Kokon. »Und ich liebe es, mit dir zusammen zu sein.«

»Aber … was sind wir – was bist du …«

Er streicht mir über die Seiten, legt seine Hände auf meine Rippen. Ich lehne mich an ihn, und seine Hände bewegen sich nach vorne und umschließen unter der Wolldecke sanft meine Brüste. »Oh Christina«, flüstert er. »Manche Dinge brauchen keine Erklärung. Oder?«

Ich beschließe, ihn nicht mehr zu fragen und zu drängen. Stattdessen rede ich mir ein, dass es noch nicht der richtige Zeitpunkt ist. Aber Tatsache ist, dass ich Angst habe. Angst, dass ich ihn forttreibe und dass das alles – was auch immer es ist – zu Ende geht.

Eines Abends, als Al und ich den Tisch abräumen, sagt er: »Also, was glaubst du, wie wird es weitergehen?«

»Was?«

Er hat sich über die Teller gebeugt und kratzt Reste von Kartoffeln, Yamswurzeln und Apfelmus in einen Eimer für die Schweine. »Glaubst du, Walton Hall wird dich heiraten?«

»Das weiß ich nicht. Ich habe noch nicht darüber nachgedacht.« Al weiß bestimmt, dass das gelogen ist.

»Ich will ja nur sagen …« Er ist angespannt und ungeschickt, nicht daran gewöhnt, in einem vertrauten Moment offen seine Meinung zu äußern.

»›Ich will ja nur sagen‹«, äffe ich ihn ungeduldig nach. »Hör auf, so herumzudrucksen. Raus mit der Sprache.«

»Ich habe dich noch nie so erlebt.«

»Wie erlebt?«

»Als ob du den Verstand verloren hättest.«

»Also ehrlich.« Vor lauter Ärger, der in mir aufwallt, hantiere ich so unvorsichtig mit den Töpfen, dass sie laut klappern.

»Ich mache mir Sorgen um dich«, sagt er.

»Nun, das ist nicht nötig.«

Die nächsten Minuten arbeiten wir schweigend, räumen den Tisch ab, legen das Besteck in eine Schüssel, gießen heißes Wasser aus dem Kessel in die Wanne mit dem Geschirr. Während ich diese vertrauten Handgriffe ausführe, werde ich sogar noch ärgerlicher. Wie kann dieser unreife Junge, der noch nie verliebt war, es wagen, über Waltons Absichten und meine Vernunft zu urteilen? Al weiß genauso wenig über die Art unserer Beziehung wie darüber, wie man ein Kleid näht.

»Was glaubst du?«, platze ich schließlich heraus. »Dass ich eine Idiotin bin? Dass ich keinen Verstand im Kopf habe?«

»Nicht du bist diejenige, um die ich mir solche Gedanken mache.«

»Also, das musst du nicht. Ich kann selbst auf mich aufpassen. Und übrigens – auch wenn dich das nichts angeht –, Walton hat sich immer und in jeder Hinsicht ehrbar verhalten.«

Al lässt einen Stapel Teller in die Spülschüssel gleiten. »Natürlich hat er das. Er mag die Abwechslung hier. Die will er nicht aufs Spiel setzen.«

Ich nehme eine Handvoll Gabeln und drehe mich zu ihm um. Einen kurzen Moment denke ich daran, damit auf ihn zu zielen, aber stattdessen hole ich nur tief Luft und sage: »Was fällt dir ein!«

»Komm schon, Christina, ich wollte doch nicht ...« Schon wieder stockt er, und mir wird klar, wie wichtig diese Sache ihm sein muss. Schließlich ist es überhaupt nicht seine Art, mich zur Rede zu stellen. Auf einmal finde ich ihn unerträglich einfältig. All die Eigenschaften, die ich normalerweise an ihm schätze, erscheinen mir jetzt als Fehler: Seine Loyalität ist nichts weiter als Angst vor dem Unbekannten; sein Anstand pure Naivität; sein Moralgefühl Prüderie. (Wie schnell können durch eine leicht veränderte Sichtweise menschliche Stärken zu Schwächen werden!)

»Ich will ja nur sagen, dass …« Er schluckt. »Er hat viele Möglichkeiten.«

Es hat keinen Zweck, Alvaro erklären zu wollen, was Liebe ist. Deshalb sage ich: »Das Gleiche könntest du über Papas Situation sagen, als er Mutter den Hof gemacht hat.«

Ein ironischer Ausdruck huscht über sein Gesicht. »Wieso das?«

»Er hätte auf jedem Schiff arbeiten können. Die ganze Welt bereisen. Aber er hat sich hier niedergelassen, bei ihr.«

»Mutter hatte ein großes Haus und mehrere Hundert Hektar Land.« Er beschreibt mit der Hand einen großen Bogen in Richtung Fenster. »Du weißt, wie dieses Haus, das *Olson House,* zuvor geheißen hat.«

Ich werfe ungeduldig das Besteck ins Spülwasser. »Hast du jemals in Betracht gezogen, dass Papa sich verliebt haben könnte?«

»Natürlich. Vielleicht. Aber denk daran – du hast vier Brüder. Dieses Haus ist nicht dein Erbe.«

»Walton ist nicht hinter dem Haus her.«

»Okay.« Er trocknet sich die Hände an einem Geschirrtuch ab und hängt es an einen Haken. »Ich will nur sagen, dass du vorsichtig sein solltest. Es ist nicht richtig von ihm, dich so lange hinzuhalten.«

»Er hält mich nicht hin«, entgegne ich scharf. »Wie auch immer, ich bin lieber mit Walton drei Monate im Sommer zusammen als mit einem dieser Jungen aus der Gegend das ganze Jahr über.«

An einem Morgen ein paar Wochen später – ich habe gerade die Eier eingesammelt und komme zurück ins Haus – höre ich die Stimmen meiner Eltern aus dem Muschelzimmer, das sie nur selten betreten. Ich bleibe still im Flur stehen, die noch warmen Eier in meinen Händen.

»Sie ist keine Schönheit, aber sie arbeitet hart. Ich glaube, sie wäre eine gute Gefährtin«, sagt Papa.

»Das wäre sie«, sagt Mutter. »Aber langsam frage ich mich, ob er nur mit ihr spielt.«

Mein Gesicht prickelt, als mir klar wird, dass sie über mich sprechen. Ich lehne mich an die Wand und lausche.

»Wer weiß? Vielleicht möchte er eine Farm führen.«

Mutter lacht trocken auf. »Der? Nein.«

»Was will er dann mit ihr?«

»Wer weiß? Sich die Zeit vertreiben, vermute ich.«

»Vielleicht liebt er sie wirklich, Katie.«

»Ich befürchte …« Mutters Stimme verebbt. »Dass er sie nicht heiraten wird.«

Papa sagt: »Das befürchte ich auch.«

Meine Wangen glühen, in meinen Ohren rauscht es. Die Eier in meinen Händen geraten ins Rutschen, und obwohl ich versuche, sie festzuhalten, gleiten sie mir durch die Finger und fallen zu Boden, eins nach dem anderen, und überall im Flur sind gelbe und weiße Spritzer.

Mutter erscheint in der Tür und sieht mich entsetzt an. »Ich hole einen Lappen.« Sie verschwindet und kommt gleich darauf zurück, kauert sich nieder und wischt um meine Füße herum. Wir schweigen. Ich spüre nichts als Demütigung – und Schock, weil ich gehört habe, wie jemand meine geheimen Ängste in Worte gefasst hat. Die Haustür schlägt zu, und ich sehe Papa draußen am Fenster vorbeigehen. Mit gesenktem Kopf geht er zur Scheune.

Im September, als Walton wieder an der Universität ist, schreibt er: »Ich glaube, der Abend, an dem wir den Ausflug nach Thomaston gemacht haben, war der glücklichste meines Lebens. Wie hast du es unter diesen Umständen nur geschafft, das Boot zu steuern? Ich mache mir Vorwürfe.« Er hat Heimweh nach Cushing. Heimweh nach mir. »Das war der beste Sommer meines Lebens. Zum Großteil verdanke ich das dir«, steht in dem Brief, und er unterschreibt mit: »In Liebe, Walton.«

Ich habe das Gefühl, als hätte sich eine Wand des Hauses von den anderen gelöst und wäre sanft zu Boden gefallen. Ich kann einen Weg nach draußen sehen, einen deutlichen Pfad auf das offene Meer zu.

Den ganzen Sommer, mit Walton und den Carles als Gesellschaft, brauche ich niemand anderen. Meine Brüder und ich umschwirren sie wie Motten das Licht. Aber als alle wieder fort sind, fühle ich mich einsam. Gertrude Gibbons, die inzwischen zu einer ganz erträglichen Erwachsenen geworden ist, auch wenn ich sie in der Schule nie besonders mochte, lädt mich zu einem Nähzirkel ein. Er findet mittwochabends statt, wird von einer professionellen Schneiderin, Catherine Bailey, geleitet, und ich sage widerwillig zu. Auch Gertrude näht sich ihre Kleider selbst, und zwischen den Abenden mit der Gruppe treffen wir uns manchmal, wenn die gesamte Arbeit erledigt ist, zum Nähen. Es ist ein Art, sich die Zeit zu vertreiben.

An einem kalten Novemberabend packe ich meine Nähsachen in einen Sack, den ich mir über die Schulter schwinge, und mache mich auf den Weg zu Gertrude, eine Entfernung von zwei Meilen. Es hat den ganzen Tag geregnet; der Weg ist nass, und ich muss langsam und vorsichtig gehen, um schlammigen Pfützen auszuweichen.

»Endlich!«, ruft Gertrude, als sie mir die Tür öffnet. Sie hat ein rundes Gesicht, rote Wangen und einen großen Busen, der beinahe die Knöpfe ihres Kleides sprengt, und sie kaut an einem Melassekeks. Ihr großer, schwarzer Hund bellt und springt an mir hoch. »Aus, Oscar, aus!«, schimpft sie. »Komm rein, um Himmels willen.«

Eine Katze liegt zusammengerollt auf einem Polstersessel. »Schsch, Tom«, macht Gertrude und wedelt mit den Händen, und die Katze verzieht sich widerwillig.

»Setz dich«, sagt sie zu mir. »Kekse? Frisch gebacken.«

»Nein danke, im Moment nicht.«

»Deshalb bleibst du so dünn!«, sagt sie. »Du bist genauso enthaltsam wie meine Schwester. Ich versuche es ja, wirklich, aber ich weiß nicht, wie man einem warmen Melassekeks widerstehen kann.«

Das Haus ist behaglich; im Kamin glimmt ein Feuer. Gertrude legt noch ein Holzscheit auf, während ich mich hinsetze. Ihre Eltern sind nicht da, sie besuchen Verwandte in Thomaston, sagt sie. Ihr Bruder ist mit Freunden ausgegangen. Oscar streckt sich vor der Feuerstelle aus; sein runder Bauch hebt und senkt sich in zufriedenem Schlaf.

Wir plaudern über den großen Ertrag von Rüben und Kartoffeln, den wir in diesem Jahr hatten. Ich erzähle ihr von dem Fuchs, der drei Hennen aus unserem Hühnerstall geholt hat, und berichte, wie Al ihn gefangen und getötet hat. Sie fragt nach dem Rezept für meinen berühmten Apfelpfannkuchen, und ich erkläre es Schritt für Schritt: wie man die Äpfel schält und dünn schneidet, die Schnitze bei geringer Hitze in einer schweren, schwarzen Stielpfanne brät und ein bisschen Melasse hinzugibt, bis die Äpfel innen weich und außen knusprig sind, und dass man die Pfanne schließlich über eine große Kuchenplatte stürzt. (Ich erzähle ihr nicht, dass ich die Pfanne nicht mehr selbst wenden kann, sondern einen meiner Brüder um Hilfe bitten muss.)

Der Rock, an dem ich arbeite, ist aus beigefarbener Baumwolle, mit Bundfalten und Taschen. Bevor ich zu Gertrude gegangen bin, habe ich den Rand des Stoffes mit einem heißen Eisen umgeknickt und gebügelt, zwei Zentimeter ringsherum, und jetzt stecke ich den Saum mit dem Hexenstich fest. Meine Stiche sind klein und sauber, auch weil ich mich so sehr konzentrieren muss, um sie richtig hinzubekommen. Die von Gertrude sind schlampig. Sie ist schnell abgelenkt und hat den Kopf voller Tratschgeschichten, die sie endlich loswerden will. Emily Jones hatte im Frühsommer eine Fehlgeburt und geht seitdem nicht mehr aus dem Haus, das arme Mädchen. Earl Standin hat ein Alkoholproblem. Seine schwangere Frau ist letzte Woche mit einem blauen Auge bei Fales aufgetaucht und hat behauptet, sie sei gegen einen Laternenpfahl gelaufen. Sarah Stewart hat einen Schmied aus Rockland geheiratet, den sie bei einem gesellschaftlichen Anlass kennen gelernt hat, aber es gibt Gerüchte, dass sie in seinen Bruder verliebt ist.

»Und was hast du so gehört?«, fragt sie.

Ich halte den Stoff hoch und runzle die Stirn, tue so, als ärgerte ich mich über einen falschen Stich. Je mehr sie quasselt, desto weniger möchte ich sagen. Ich weiß, dass sie begierig ist, Einzelheiten über Walton zu erfahren, aber ich halte mich damit bedeckt, denn ich traue ihr nicht, fürchte, sie würde alles breittreten. Sie wartet geduldig, ihre Näharbeit im Schoß.

»Du bist eine Sphinx, Christina Olson«, sagt sie schließlich.

»Ich bin nur langweilig«, erwidere ich. »Niemand erzählt mir irgendwas.«

»Was ist mit dieser Ramona Carle und diesem Harland Woodbury? Ich habe gehört, dass er in sie vernarrt ist.«

Ein gewisser Harland Woodbury ist tatsächlich diesen Sommer aus Boston angereist, um Ramona in Cushing zu besuchen. Aber nachdem er wieder fort war, hat Ramona sich über seine dicken Backen und seinen komischen Hut lustig gemacht. »Darüber weiß ich gar nichts«, teile ich Gertrude mit.

Sie wirft mir einen verschlagenen Blick zu. »Na ja, ich hab da was gehört, über das du mich aufklären könntest.« Sie leckt sich über den Zeigefinger und reibt das ausgefranste Ende ihres Fadens glatt. »Ich habe gehört«, sagt sie, während sie die Nadel einfädelt, »dass ein gewisser junger Mann aus Harvard sich nicht entscheiden kann.«

Ich spüre es heiß in mir aufwallen, es ist wie ein Hitzeschlag. Meine Hände zittern. Ich lasse den Stoff sinken, damit Gertrude es nicht sieht.

»Bestimmt ist dir klar, dass ein Mann wie er …«, beginnt sie sanft, als spräche sie zu einem Kind. Sie seufzt.

»Was heißt ›wie er‹?«, frage ich scharf und bereue sofort, dass ich überhaupt darauf eingegangen bin.

»Du weißt schon. Gebildet. Von auswärts.« Sie streckt die Hand aus und tätschelt mir das Knie. »Also, du solltest – wie das Sprichwort sagt – einfach nicht alles auf ein Pferd setzen.«

»Ist gut, Gertrude.«

»Ich weiß, dass du zurückhaltend bist, Christina. Und du willst darüber nicht sprechen. Aber ich könnte nicht guten Gewissens die Gelegenheit verstreichen lassen, dir zu sagen, was ich denke.«

Ich nicke und halte den Mund. Wenn ich nicht rede, kann sie nicht antworten.

Auf dem Heimweg von Gertrudes Haus bin ich zerstreut, in Gedanken versunken, und bleibe mit dem Fuß in einer Spurrinne hängen, so dass ich ins Stolpern komme. Während ich falle, versuche ich mich zur Seite zu drehen, um das Bündel zu schützen, das ich trage und das meinen halbfertigen Rock enthält, und lande mit einem Plumps auf meiner rechten Seite. Ich spüre einen stechenden Schmerz in meinem rechten Bein. Meine beiden Unterarme sind aufgeschürft. Als ich Erde und kleine Steinchen abklopfe, kommt Blut zum Vorschein. Mein Bein ist verdreht, mein Fuß steht in einem unnatürlichen Winkel ab. Das Bündel ist zerrissen und voller Schlamm.

Es hat keinen Sinn, um Hilfe zu rufen; niemand würde es hören. Wenn mein Bein gebrochen ist, wenn ich nicht aufstehen kann, wird mich wahrscheinlich erst am Morgen jemand finden. Wie dumm von mir, mich allein in einer so kalten Nacht hinauszuwagen – und wozu?

Ich bemitleide mich selbst und stöhne. Immer wieder kommt es vor, dass Leute dumme Fehler machen – Fehler, die ihr Ende bedeuten. Letzten Winter hat man in Thomaston einen Mann gefunden, der im Wald erfroren war – entweder wegen eines Herzinfarkts oder weil er sich verlaufen hatte. Manche Leute rudern bei unbeständigem Wetter aufs Meer hinaus, schwimmen im Ozean, obwohl es unsichtbare Strömungen gibt, oder schlafen neben einer brennenden Kerze ein. Gehen alleine aus und brechen sich mitten im Nirgendwo in einer eisigen Novembernacht ein Bein.

Ich strecke die Hand aus und berühre meinen rechten Oberschenkel. Das Knie. Ich winkle das Bein an und spüre einen scharfen Stich. Ah, da. Das Fußgelenk.

Als ich aus dem Haus ging, hat Papa mich gedrängt, seinen Gehstock zu benutzen, aber ich habe es abgelehnt.

Ich habe diesen rebellischen Körper, der nie tut, was er soll, so satt. Und diesen dumpfen Schmerz, der immer im Hintergrund schwebt. Die allgegenwärtigen blauen Flecke und Schürfwunden. Die Tatsache, dass ich mich immer auf meine Schritte konzentrieren muss, damit ich nicht falle. Ich bin es leid, ständig so zu tun, als wäre ich wie alle anderen. Aber zuzugeben, wie es wirklich ist, in diesem Körper zu stecken, würde bedeuten aufzugeben, und dazu bin ich nicht bereit.

»Dein Stolz wird dir noch zum Verhängnis werden«, sagt Mutter oft. Vielleicht hat sie recht.

Ich befestige das Bündel an meinem Gürtel und kämpfe mich auf die Knie. Den Rock unter meinen Knien zusammengeknüllt, um meine Haut zu schützen, ziehe ich mich an den Wegrand. Um mein Fußgelenk nicht zu belasten, bewege ich mich vorsichtig. Aus den Augenwinkeln sehe ich eine Gruppe Birken etwa vier Meter entfernt und halte nach einem Ast Ausschau, den ich als Stock benutzen kann. Nachdem ich mich hochgezogen habe, taumele ich zu der Baumgruppe, schlängle mich zwischen Felsbrocken und Erdlöchern hindurch, suche tastend. Hier. Zu kurz, aber es wird gehen. Schwer auf den Stock gestützt humple ich zurück auf den Weg, mit schmerzverzerrtem Gesicht.

Vor einer Stunde konnte ich es kaum erwarten, Gertrudes Haus zu verlassen, aber jetzt bleibt mir nichts anderes übrig, als dorthin zurückzukehren. Ich stolpere langsam den Weg entlang. Als ich ihre Haustür sehe, stoße ich einen Seufzer der Erleichterung aus. Ich ziehe mich die drei Eingangsstufen hinauf, wobei ich eine Schmutzspur hinterlasse, und halte vor der Tür inne. Es brennt kein Licht. Ich klopfe mit der Faust an die Tür. Keine Antwort. Mit den Fingerknöcheln trommle ich fest gegen die Fensterscheibe neben der Haustür.

Tief aus dem Inneren des Hauses höre ich Schritte. Durch das Fenster sehe ich den schwachen Schein einer Lampe. Dann höre ich Gertrudes ängstliche Stimme hinter der Tür: »Wer ist da?«

»Ich bin es. Christina.«

Die Tür geht auf, und ich taumele hinein.

»Himmel!« Gertrude hebt und senkt aufgeregt die Arme, wie ein Vogel, der auf einem Felsen landen will. »Was ist passiert?«

»Ich bin hingefallen. Ich glaube, ich habe mir das Fußgelenk gebrochen.«

»Ach du meine Güte. Du bist voller Schlamm«, sagt sie entsetzt.

»Entschuldigung. Es tut mir leid, dass ich dich störe.« Heiße Tränen steigen mir in die Augen, vor Erleichterung, Erschöpfung und Bitterkeit – weil ich nicht richtig gehen kann, weil ich wieder in diesem Haus bin, weil diese verdammte Gertrude vielleicht recht hat: Walton wird mich niemals heiraten, ich werde für den Rest meines Lebens hier an diesem Ort festsitzen und meine Zeit gemeinsam mit dieser erbärmlichen Frau mit Nähen verbringen. Ich wende den Kopf ab, damit sie die Tränen nicht sieht, die über mein schmutziges Gesicht rinnen.

Gertrude seufzt kopfschüttelnd. »Bleib hier und lass mich einen Lappen holen, damit du den Teppich nicht ruinierst.«

»Auf dem Rückweg von Gertrude Gibbons habe ich mir das Fußgelenk gebrochen«, schreibe ich Walton. »Es war verrückt von mir, allein da draußen in der Dunkelheit unterwegs zu sein.«

»Es freut mich zu hören, dass du dich auf dem Weg der Besserung befindest, und ich hoffe inständig, dass du in Zukunft vorsichtiger bist«, schreibt er zurück. »Mit besten Grüßen …« Ich überfliege den Brief mehrere Male und versuche, zwischen den Zeilen zu lesen. Aber die Worte sind steif und formell. Egal, wie oft ich sie lese, sie klingen vorwurfsvoll.

Vor dem ersten Treffen mit Walton nach dem langen Winter ist mir beklommen zumute, aber er umarmt mich herzlich und küsst mich auf die Wange. »Ich habe ein Geschenk für dich«, sagt er, zieht eine große Muschel aus der Innentasche seiner Leinenjacke und legt sie vor uns auf den Tisch. »Für deine Sammlung, habe ich mir gedacht.«

Die Muschel ist glänzend und grell orangerot und hat oben große Höcker, die nach unten hin kleiner werden.

Ich hebe sie hoch. Sie ist glatt und schwer wie ein Briefbeschwerer aus Glas. »Oh. Wo hast du die gefunden?«

»Ich hab sie gekauft. In einem Spezialgeschäft in Cambridge.« Er lächelt. »Aus Hawaii, glaube ich. Es ist eine Rote Meeresschnecke, auch *Rote Sturmhaube* genannt. Jedenfalls stand das auf dem Preisschild. Macht sich bestimmt gut im Muschelzimmer, meinst du nicht?«

Ich nicke. »Bestimmt.«

Er legt seine Hand auf meinen Arm. »Sie gefällt dir nicht.«

»Nein, sie ist – interessant.« Aber ich bin enttäuscht, weil er mich nicht gut genug kennt, um zu verstehen, dass dieses kitschige Ding aus einem Spezialgeschäft nicht in unser Muschelzimmer gehört, denn das ist Gegenständen vorbehalten, die von Expeditionen mitgebracht worden sind. Ich wünschte, er hätte gelogen und mir erzählt, er hätte die Muschel an einem Strand gefunden.

Ich lege die Rote Meeresschnecke auf das Kaminsims im Muschelzimmer, aber sie wirkt deplatziert, wie eine Plastikblume in einem Garten. Nach ein paar Wochen stecke ich sie in eine Schublade.

Der Sommer 1916 schreitet voran, und Walton ist wie immer: zuvorkommend, höflich, freundlich und von schlagfertigem Humor. Aber ich spüre nur allzu deutlich, dass er etwas an sich hat, was ich nicht zu fassen bekomme. Sogar wenn ich ihm direkte Fragen stelle, weicht er aus, antwortet nur mit vagen, allgemeinen Äußerungen über sein Leben in Boston, seine Familie, seine Zukunftspläne.

An einem frühen Julimorgen gehen Walton und ich durch das hohe Gras hinunter zum Hathorn Point, um Miesmuscheln für das Abendessen zu sammeln, und mir fällt auf, dass er heute schweigsam ist. Er scheint sich unwohl zu fühlen, zupft an seinem Ärmel herum, während er geht.

»Was ist los? Walton, sag es mir.«

»Es ist nur …« Er schüttelt den Kopf, als wolle er einen Gedanken vertreiben. »Meine Eltern. Glauben zu wissen, was das Beste für mich ist.«

Seine Eltern leben in Malden, nicht weit von den Carles entfernt. Soviel ich weiß, waren sie noch nie hier in der Gegend. »Hast du einen Brief bekommen?«

Er bückt sich, hebt einen Stock vom Boden auf und bricht ihn mit einem kurzen, kräftigen Ruck in zwei Stücke. »Ja. Einen langen, weitschweifigen Brief. Ich soll endlich erwachsen werden, mir für den Sommer einen Job in Boston suchen und aufhören, hier bei den Carles meine Zeit zu verplempern.« Er bricht die beiden Hälften wieder entzwei, dann wirft er all die kleinen Stücke zu Boden.

»Geht es hier um … mich?«

Er steckt die Hände in die Hosentaschen. Seine Bekümmerung hat jetzt etwas Theatralisches, als würde er übertreiben, um mir einen Gefallen zu tun. »Es ist nicht persönlich gemeint«, sagt er abrupt. »Sie behaupten, sich Sorgen um meine Zukunft zu machen. Sie wollen nicht, dass ich mir etwas verbaue.«

Mein Herz rast, als ich antworte. »Was – was meinen sie damit?«

»Es ist absurd«, sagt er. »Es geht nur um den äußeren Schein. Harvard und so. Den richtigen Job. Die richtige Frau.«

»Das heißt …« Ich bemühe mich um einen möglichst neutralen Ton.

Er zuckt mit den Schultern. »Ach, wer weiß. Sie wollen, dass ich eine Frau heirate, die« – er malt mit den Fingern Anführungszeichen in die Luft – »›gebildet‹ ist und ›aus einer guten Familie stammt‹. Womit sie natürlich eine Familie meinen, die ihnen bekannt ist. Vorzugsweise eine Familie aus Boston. Eine Familie, die ihre gesellschaftliche Position stärkt. Denn das ist eine wichtige Sache.«

Ich sinke stumm in mich zusammen. Natürlich wollen Waltons Eltern nicht, dass ihr Harvard-gebildeter Sohn ein Mädchen heiratet, das nicht einmal eine weiterführende Schule besucht hat.

»Du bist aufgebracht«, sagt Walton und tätschelt meinen Arm. »Aber das ist nicht nötig. Es hat nichts mit dir zu tun. Sie wissen eigentlich nichts von dir.«

Das erschüttert mich so, dass ich wieder Worte finde. »Du hast mich ihnen gegenüber nie erwähnt?«

»Natürlich habe ich dich erwähnt«, sagt er schnell. »Ich

glaube nur nicht, dass ihnen klar ist, was … wie viel du mir bedeutest.«

»Wissen sie, dass ich dein …« Das Wort *Schatz* kommt mir in den Sinn, aber ich habe Angst, dass es übertrieben klingt, vermessen ist, es so zu nennen.

Er zuckt mit den Schultern. »Ich versuche, mit meinen Eltern über möglichst wenig zu sprechen.«

»Dann wissen sie also nicht, dass wir … seit vier Jahren zusammen sind?«

»Ich weiß nicht genau, was sie wissen, und es ist mir auch egal«, sagt er abfällig. »Lass uns nicht mehr darüber sprechen und lieber den Morgen genießen, oder? Es tut mir leid, dass ich das Thema aufgebracht habe.«

Ich nicke, aber das Gespräch hat mir die Stimmung verdorben. Erst später, als ich es im Kopf noch einmal durchgehe, fällt mir auf, dass er meine Frage nicht beantwortet hat.

Einige Tage bevor Walton und die Carles nach Massachusetts zurückkehren sollen, haben wir vor, zu einem Tanzabend in der Acorn Grange Hall in Cushing zu gehen. Walton taucht früher als erwartet mit Eloise und Ramona bei mir auf, als ich gerade im Garten hinter dem Haus bin und mich mit einem Berg Wäsche abmühe. Es ist Waschtag, und ich kann nicht fort, bevor alle Kleidungsstücke an der Leine hängen.

»Geht schon vor, ich komme bald nach«, sage ich. Mir ist heiß, ich schwitze und trage noch mein altes Hauskleid und eine Schürze.

»Ich helfe ihr«, sagt er zu den anderen. »Wir holen euch später ein.«

Eloise und Ramona verlassen laut schnatternd zusammen mit Al und Sam das Haus. Ich blicke ihnen nach, als sie den Weg hinuntergehen – Al und Sam, groß und ungeschickt, beugen sich zu den hübschen Schwestern hinunter wie Schilfhalme.

Walton hilft mir, die nassen Wäschestücke auszuwringen, seine kräftigen Hände sind effizienter als meine. Er hebt den schweren Korb hoch, und wir gehen zur Wäscheleine, dann kauert er sich nieder, nimmt die nassen Kleider eins nach dem anderen aus dem Korb, schüttelt sie aus und reicht sie mir, damit ich sie an der Leine befestigen kann. Die Vertrautheit dieser einfachen Tätigkeit ist bittersüß.

Während ich ins Haus gehe, um eine saubere, weiße Bluse und einen marineblauen Rock anzuziehen, wartet Walton auf den Stufen vor der Tür. »Du siehst hübsch aus«, sagt er, als ich zurückkomme. Als wir in Richtung Grange Hall schlendern, wühlt er in seiner Hosentasche. Ich höre das vertraute Knistern von Wachspapier. Er steckt sich ein Karamellbonbon in den Mund.

»Kann ich auch eins haben?«, frage ich.

»Natürlich.« Er bleibt stehen und zieht ein zweites aus der Tasche, packt es aus und legt es mir auf die Zunge. Er reibt meine Arme. »Der Herbst liegt schon in der Luft«, sagt er nachdenklich. »Ist dir kalt? Brauchst du meine Jacke?«

»Alles ist perfekt«, entgegne ich steif.

»Ich weiß, dass du perfekt bist. Ich habe dich gefragt, ob du frierst.« Er lächelt, und ich merke, dass er mich aufheitern will.

Eine Weile lutsche ich an meinem Karamellbonbon. »Du gehst.«

»Erst in ein paar Tagen.«

»Bald.«

»Zu bald«, gibt er zu und verschränkt seine Finger mit meinen.

Die nächsten paar Minuten gehen wir schweigend nebeneinander her. Dann traue ich mich: »Lehrer werden überall gebraucht. Sogar in Maine.«

Er drückt sacht meine Hand, antwortet aber nicht. Auf einmal ertönt über uns lautes Vogelgezwitscher und durchbricht die Stille. Wir beide blicken hoch. Durch die dicht belaubte Baumkrone kann man nichts erkennen, doch dann saust plötzlich eine dunkle, flatternde Wolke über den Weg.

»Ich habe noch nie so viele Krähen auf einmal gesehen«, stellt er fest.

»Eigentlich sind es Amseln.«

»Aha. Was würde ich nur machen, wenn ich dich nicht hätte, um mich zu korrigieren?« Er zieht spielerisch an meiner Hand und legt dann, als er merkt, dass er mich aus dem Gleichgewicht bringt, seinen Arm um meine Taille. »So ein kluges Mädchen«, raunt er mir ins Ohr. Dann verlangsamt er seine Schritte und bleibt mitten auf dem Weg stehen.

Ich weiß nicht genau, was er vorhat. »Was ist?«

Er legt einen Finger auf seine Lippen und zieht mich sanft die Böschung hinunter zu einer Baumgruppe. Im Schatten der dunklen Fichten umfasst er mein erhitztes Gesicht mit seinen kühlen Händen. »Du bist mir schon eine, Christina.«

Ich schaue in seine hellen Augen, versuche herauszufinden, was er meint. Er starrt unverwandt zurück. »Ich weiß nicht, ob du traurig bist, weil du abreisen musst«, sage ich, und ein gereizter Ton schleicht sich in meine Stimme.

»Natürlich bin ich das. Aber gib es zu – du wirst ein bisschen erleichtert sein. ›Endlich ist der Sommer vorbei, und ich habe mein Leben zurück.‹«

Ich schüttele den Kopf.

Er schüttelt ebenfalls den Kopf, macht mich nach. »Nein?«

»Nein. Ich …«

Er küsst mich auf den Mund, zieht mich enger an sich, küsst meine knochige Schulter, die Kuhle über meinem Schlüsselbein. Er streicht mit der Hand über meinen Oberkörper, zögert einen Moment und lässt sie dann weiter hinunterwandern bis zu meinen Rockfalten. Mir ist schwindelig vor Überraschung. Er schiebt mich zurück gegen den Baumstamm. Ich spüre die knotige Rinde an meinem Rücken, als er sich gegen mich lehnt und eine Hand an meiner Seite herabgleiten lässt und mit der anderen unter meiner Bluse über meine Brust streicht. Seinen Mund auf meine Lippen gepresst stößt er meinen Kopf ungeschickt gegen den Baumstamm – keine bequeme Position, doch alles in allem ist das Gefühl nicht ganz unangenehm.

Das Karamellbonbon klackert in meinem Mund. »Ich spucke das besser aus, sonst ersticke ich noch«, sage ich.

Er lacht. »Ich auch.«

Mir ist egal, dass das nicht damenhaft ist; ich spucke es ins Gras.

Jetzt ist seine Hand zwischen meinen Beinen, irgendwo unter dem Stoff. Die Art, wie er mich anfasst, ist besitzergreifend, ich strecke ihm meine Hüften entgegen und spüre seine Härte zwischen uns. Meine Haut prickelt, alles in mir vibriert. Sein Atem geht stoßweise. Das ist es, was ich will. Diese Leidenschaft. Diese Bestimmtheit. Dieses klare Zeichen seiner Begierde. In diesem Moment würde ich alles tun, alles, was er verlangt.

Und dann – ein Geräusch auf dem Weg. Walton hebt ruckartig den Kopf, wachsam wie ein Vogelhund. »Was ist das?«, flüstert er.

Ich recke den Hals. Spüre ein tiefes Rumpeln unter meinen Füßen. »Ein Auto, denke ich.«

Der Himmel ist jetzt dunkel. Ich kann kaum Waltons Gesicht sehen.

Er reißt sich los, dann lässt er sich wieder gegen mich sinken, umklammert meine Schultern. »Oh Christina«, murmelt er, »ich will dich.«

Die Dunkelheit macht mich mutig. »Ich gehöre dir.«

Die Hände immer noch auf meinen Schultern, stupst er mit dem Kopf gegen mein Brustbein wie ein ungeduldiges Schaf. Er seufzt, und ich spüre seinen warmen Atem an meiner Brust. »Ich weiß.« Dann blickt er auf und sieht mir mit überraschender Intensität in die Augen. »Wir müssen zusammen sein. Jenseits von« – er macht eine umfassende Bewegung mit dem Arm, zeigt auf die Bäume, den Weg, den Himmel – »alldem.«

Mein Herz macht einen Satz. »Ach, Walton. Meinst du das wirklich?«

»Das tue ich. Ich verspreche es.«

Auch wenn es mir widerstrebt, bin ich entschlossen herauszufinden, was er meint. Deshalb hole ich tief Luft und frage: »Was versprichst du?«

»Dass wir zusammen sein werden. Es gibt da ein paar Dinge, die ich … klären muss. Du musst nach Boston kommen, meine Eltern kennen lernen. Aber ich verspreche dir, Christina: ja.«

Dunkle Fichten, die über unseren Köpfen rauschen, steinige Erde unter meinen dünnen Sohlen, der Geruch von Kiefern, ein großer, runder Mond am Himmel. Manche Sinneseindrücke verschwinden, sobald der Moment verstrichen ist. Und es gibt andere, die graben sich bis ans Ende deines Lebens in dein Gedächtnis ein. Dieser, das weiß ich jetzt schon, ist so einer.

Als wir in der Grange Hall ankommen, sind Ramona und Eloise schon dabei, mit allen Jungen zu tanzen, die sie in die Finger bekommen können. Sie ziehen sie einfach fröhlich von ihren Plätzen hoch. Die provisorische Band, Geige, Klavier und Bass, besteht aus ein paar von den Jungen, mit denen ich aufgewachsen bin: Billy Grover, Michael Verzaleno und Walter Brown. Sie spielen dröhnende, schlampige Versionen von *The Maple Leaf Rag* und *It's a Long Way to Tipperary*. Walton summt mir ins Ohr: »*Leave the Strand and Piccadilly, or you'll be to blame, for love has fairly drove me silly – hoping you're the same!*«

Als sie anfangen, *Danny Boy* zu spielen, lausche ich den Worten, als hätte ich sie noch nie gehört und als wären sie nur für mich geschrieben worden.

The summer's gone, and all the roses dying,
It's you, it's you must go and I must bide …
It's I'll be here in sunshine or in shadow –
Oh Danny boy, oh Danny boy, I love you so

Wir tanzen Stirn an Stirn, Waltons Hand tief auf meiner Hüfte, eine stumme Erinnerung an unseren Augenblick im Wäldchen. »Das werde ich vermissen«, sagt er. »Ich werde dich vermissen.«

Ich habe einen Kloß im Hals und traue mich nicht zu sprechen.

Nach dem letzten Song machen wir uns mit den anderen über die dunkle Landstraße auf den Weg nach Hause. Meine Beine sind müde, aber noch langsamer macht mich die Wehmut. Ich fühle mich wie ein Hund, der an einer Leine irgendwohin gezogen wird, wo er nicht hinwill. Walton legt den Arm um mich, und wir bleiben hinter den anderen zurück. Bei der Abzweigung zu den Carles bleiben wir noch eine Weile am Tor stehen. Ich lehne meinen Kopf an seine Schulter.

»Ich wünschte, ich könnte dir einen Stern vom Himmel

holen und ihn dir an den Finger stecken«, sagt Walton. Er streicht mit einem Finger über meine Lippen, dann beugt er sich herunter, um mich zu küssen. In diesem Kuss spüre ich das ganze Gewicht seines Versprechens.

Zehn Tage später bekomme ich einen Brief aus Massachusetts. »Erinnerst du dich an die Nacht vor einer Woche? Ich werde immer daran denken, bis ich dich wieder sehe«, schreibt er. »Was ich versprochen habe, das halte ich auch.«

Der Dezember ist so grau wie meine Stimmung. Seit September habe ich keinen Brief mehr von Walton bekommen.

Obwohl es kalt ist, gibt es nur wenig Schnee. Eine Katze hat sich in unserem Keller versteckt, eine karamellfarben-schwarz getigerte Maine-Coon-Katze mit riesigen, bernsteinfarbenen Augen. Ich locke sie mit einer Schale Milch an. Zitternd und hungrig leckt sie die Milch auf, und als die Schale leer ist, nehme ich das Tier auf den Schoß. Ein Weibchen. Die Haut hängt locker um ihre Knochen; sie fühlt sich an wie ein Sack, der mit hohlen Stäben gefüllt ist. Mit ihrer rauen Seeigelzunge leckt sie mir über das Kinn, dann rollt sie sich schnurrend auf meinem Schoß zusammen. Ich nenne sie Lolly. Sie ist mein einziger Lichtblick in diesem Monat.

Zu Weihnachten schenke ich meinen Brüdern selbstgenähte Hemden aus kariertem Flanell. Mutter strickt Socken und Mützen. Papa hat gar nicht die Absicht, anderen etwas zu schenken; er sagt, das Dach über unseren Köpfen sei Geschenk genug. Von Sam bekomme ich ein Backblech, Fred bindet eine Schleife um einen neuen Reisigbesen, Al schnitzt ein paar Holzlöffel. Walton schickt eine cremefarbene Postkarte mit Prägedruck; darauf ein grüner Kranz mit roter Schleife, adressiert an die Familie Olson. »Warme

Grüße in der kalten Jahreszeit. Fröhliche Weihnachten und Gottes Segen!« Er unterschreibt mit »Walton Hall«.

Anstatt seine Karte aufzustellen, wie ich es in den letzten Jahren getan habe, nehme ich sie mit nach oben in mein Zimmer. Ich hole den Stapel mit seinen Briefen aus dem Regal, löse das rosa Band und setze mich auf mein Bett. Dann lese ich seine Briefe, einen nach dem anderen. *Alle Wege führen für mich zurück nach Cushing. Was ich versprochen habe, das halte ich auch. In Liebe.* Ich halte die Weihnachtskarte so fest in meinen Händen, dass sie ein bisschen kaputtgeht. Langsam reiße ich sie in der Mitte durch, dann zerreiße ich sie in Schnipsel, die so klein sind wie Karamellbonbons, wie Zwei-Cent-Marken, wie die Sterne am Himmel.

Nach den Feiertagen schreibe ich Walton, wünsche ihm ein glückliches Jahr 1917, erzähle ihm von den Geschenken meiner Brüder und von den Flanellhemden, die ich genäht habe. Ich beschreibe das Spanferkel, das wir in einem Erdofen gegart haben, den Al im Garten gebaut hat, das Blaubeerkompott und die Apfelpfannkuchen, den Hühnereintopf mit Kürbisklößen und das Getränk, das Sam an Silvester immer braut: Rum, Melasse und Nelken in einem Becher mit heißem Wasser, verrührt mit einer Zimtstange. *Whaler's Toddy* wird es genannt. Ich bemühe mich, den Charme unserer einfachen Rituale zu vermitteln, die kameradschaftliche Stimmung und den Radau in einem Haus voller Jungen, versuche, das Wohlgefühl und die Feiertagsstimmung darzustellen, ohne dass es übertrieben wirkt. Ich tue mein Bestes, um einen klagenden Unterton zu vermeiden.

Ich verstehe das nicht. Warum hast du mir nicht geschrieben?

Tage vergehen, Wochen. Monate. Ich dachte, ich wäre das Warten gewöhnt, aber das hier ist eine neue Art von Hölle. Ich habe das Gefühl, als wäre meine Seele unter einer dicken Schicht Teer begraben.

Ich mache mir Vorwürfe wegen des Briefs, den ich geschrieben habe, voll von geistlosem Geschwätz über unsere simplen Rituale. Was ich mitzuteilen habe, ist armselig, unbedeutend, bieder. Aber es ist alles, was ich zu bieten habe.

Als es Frühling wird, kämpfe ich mich durch Schnee und Matsch zum Postamt. Rechnungen, Broschüren, die *Saturday Evening Post*. »Nichts für dich heute, Christina«, sagt Bertha Dorset, ihre spröde Stimme voller Mitleid. Am liebsten würde ich mich über den Tresen hinweg auf sie stürzen und sie würgen, bis sie nach Luft schnappt und ihr Gesicht rot anläuft. Aber ich nehme die Post und lächle.

Sogar noch als der Schnee schmilzt und die Krokusse blühen, friere ich, immer ist mir kalt, egal, wie viele Decken ich auf meinem Bett anhäufe. Mitten in der Nacht lausche ich auf den Wind, der durch die Ritzen in der Wand pfeift. Ich erinnere mich an eine Erzählung, die ich einmal gelesen habe, von einer Frau, die in ihrem Haus gefangen ist und verrückt wird. Am Ende glaubt sie, sie würde hinter der Tapete leben. Langsam frage ich mich, ob ich ewig hierbleiben und für immer in diesem Haus die Treppe hinauf- und hinunterkriechen werde – wie die Frau in der Geschichte.

An einem warmen Maimorgen sehe ich durch das Küchenfenster Ramona auf das Haus zukommen. Sie stiefelt mit großen Schritten über die Wiese, den Rücken gerade, den Kopf gesenkt. Den ganzen Winter lang habe ich an diesen Tag gedacht. Ich lasse mich in den alten Stuhl neben den Geranien sinken. Lolly springt auf meinen Schoß, und ich streichle ihr den Rücken. Normalerweise würde ich jetzt aufstehen, Teewasser aufsetzen und zur Haustür gehen, um Ramona zu begrüßen. Aber ich kann die Energie nicht aufbringen für das Gespräch, das, wie mir klar ist, die Rituale eines Freundschaftsbesuchs begleiten wird.

Ramona ist nicht überrascht, mich in der Küche anzutreffen. »Hallo, Christina. Kann ich reinkommen?« Ihr Lächeln ist unsicher. Als sie über die Schwelle ins Dämmerlicht tritt, kneift sie die Augen zusammen. »Freut mich, dich zu sehen.«

Zur Antwort bringe ich ein Lächeln zustande. »Freut mich auch.«

»Störe ich dich gerade bei etwas?«

»Nur das Übliche.«

»Du siehst gut aus.«

Ich weiß, dass das nicht stimmt. Über meinem schlichten, karierten Kleid trage ich eine Schürze. »Ich habe keinen Besuch erwartet.« Ich will die Schürze ablegen.

»Oh, bitte, du musst dich nicht umziehen«, sagt sie und fügt schnell hinzu: »Ich bin's doch nur.«

»Mit dem Geschirr bin ich fertig, ich wollte sie sowieso gerade ausziehen.« Sie sieht zu, wie ich mit dem Schürzenband in meinem Rücken kämpfe. Ich merke, dass sie mir gerne helfen würde, aber weiß, dass ich das nicht möchte.

Als sie mitten in der Küche steht, zögert sie einen Moment. Sie hat eine weiße Papiertüte in den Händen und trägt ein Kleid, dessen Stil ich noch nie gesehen habe, mit weiß-gelbem Schachbrettmuster, weiten weißen Ärmeln, breitem Bund, drei Schildpattknöpfen und einem weich fallenden, weißen Kragen. Helle Strümpfe und weiße Lederschuhe. Ihr Haar hat sie mit einer gelben Schleife zu einem Knoten gebunden.

»Das ist ein hübsches Kleid«, sage ich, obwohl ihr Aufzug mir verrät, dass sie hier nur kurz Halt macht und eigentlich auf dem Weg zu einem aufregenderen Ziel ist.

»Oh, danke. Es ist sommerlich, findest du nicht?«

»Vermutlich.«

Als würde ihr das erst jetzt einfallen, sagt sie plötzlich: »Ich hab dir was mitgebracht! Mama hat ein Paket aus Florida bekommen.« Sie nimmt drei große Orangen aus ihrer Tüte und legt sie auf den Tisch. »Ich würde so gerne bald mal nach Florida fahren. Ich sehe mich schon auf einem großen Badetuch am Strand liegen, mit einem Strohhut auf dem Kopf. Wäre das nicht schön?«

»Vielleicht.«

»Wie wäre es, wenn wir zusammen fahren? Im Winter, wenn es hier so bitterkalt ist.«

Ich zucke mit den Schultern. »Ich bin nicht so erpicht darauf, einen Sonnenbrand zu bekommen.«

»Ich habe nicht an deine schwedische Haut gedacht«, sagt sie. »Soll ich uns eine Orange schälen? Dann träume ich von Florida, und du kannst eine gesunde Leckerei genießen.«

»Na ja, ich habe gerade zu Mittag gegessen …«, setze ich an, lenke aber gleich ein. »In Ordnung.«

Sie bohrt ihre Daumen in die Orange und entfernt die dicke, unebene Schale, dann zieht sie vorsichtig die weiße Haut ab, zerlegt die Frucht in Schnitze und reicht mir ein Stück. »Wohl bekomm's!«

Die Orange ist so süß und saftig, dass ich beinahe meine Nervosität vergesse.

Als wir sie aufgegessen haben, zieht Ramona sich den Schaukelstuhl heran und setzt sich hinein. »Ich liebe diesen alten Schaukelstuhl«, sagt sie. »Er hat so etwas Heimeliges.« Sie streicht über die Armlehnen, wo der schwarze Lack abgewetzt ist und das Holz durchscheint.

Erst jetzt, mit ihren Händen auf den Armlehnen, bemerke ich ein Funkeln an ihrem Finger – einen Ring. »Meine Güte, ist das …?«

Sie errötet tief, dann beugt sie sich vor und streckt mir ihre gespreizten Finger entgegen. »Ja! Kannst du es fassen? Verlobt. Ich habe mich schon gefragt, wann du es bemerkst.« Die falsche Fröhlichkeit in ihrer Stimme beweist, wie unangenehm diese Situation für uns beide ist. »Ich hätte dir schreiben sollen, um es dich wissen zu lassen, aber es ist erst ein paar Wochen her.«

Der Ring, mit einem ansehnlichen Diamanten, umgeben von winzigen Diamantsplittern, ist kunstvoller als alles, was ich je gesehen habe. »Er ist wunderschön«, sage ich ehrlich. »Von Harland, nehme ich an?«

Sie lacht. »Natürlich von Harland. Auf einmal ist es uns mit unserer Beziehung ziemlich ernst geworden. Wir haben vor, im Herbst zu heiraten, nur im Familienkreis. Meine Güte, da gibt es so viel zu tun! Aber ich bin froh, jetzt wieder hier zu sein. Und dich zu sehen.«

»Nun.« Ich denke an den dicken Harland mit seinem komischen Hut. »Glückwunsch.«

»Danke. Es bedeutet mir viel, deinen Segen zu haben.« Sie erspäht Lolly, die sich durch den Türspalt schlängelt, und ruft: »Oh, was für eine hübsche Katze! So groß.«

»Es ist eine Maine-Coon-Katze. Das sind kleine Tiger.«

»Hey, Mieze.« Sie schnalzt mit der Zunge und schnippt mit den Fingern.

Lolly bleibt wie erstarrt stehen und lässt den Blick zwischen uns beiden hin- und herwandern.

»Sie wird nicht kommen«, sage ich. »Sie ist eigensinnig und schüchtern. Wie ich.« Als wolle sie meine Worte bestätigen, kommt die Katze zu mir und springt auf meinen Schoß.

Ramona lächelt. »Du bist nicht schüchtern. Du magst nur nicht jeden. Die Katze ist genauso.«

Lolly drängt sich an meine Hand und will gestreichelt werden, und eine Weile ist ihr gleichmäßiges Schnurren das einzige Geräusch im Raum.

Schwacher Zitrusduft liegt in der Luft.

Schließlich seufzt Ramona. »Ich habe mir den Kopf zerbrochen, wie ich das Thema zur Sprache bringen soll. Walton … Ich weiß nicht …« Sie schüttelt den Kopf und dreht an einem der großen Knöpfe an ihrem Kleid. »Er ist ein Schatz, und ich liebe ihn, aber er kann einen *zur Verzweiflung* bringen.«

Ich kann ihr nicht ganz folgen. Walton ist ein Schatz? Sie liebt ihn? »Er schreibt mir nicht mehr«, sage ich.

»Ich weiß, er hat es mir erzählt.«

Ich umfasse Lolly so fest, dass sie miaut und die Krallen in meine Hand schlägt, dann springt sie von meinem Schoß. Ein Tropfen Blut quillt aus meiner Hand. Ich wische ihn an meinem Kleid ab und hinterlasse dabei eine blassrote Spur.

»Es ist abscheulich von ihm. Das habe ich ihm immer wieder gesagt. Und auch – nun ja – grausam.«

Obwohl ich wusste, dass dieser Moment kommen würde, sträubt sich alles in mir gegen dieses Gespräch. »Ramona …«

»Lass mich das irgendwie zu Ende bringen, so schrecklich es ist – ich muss es tun. Walton liebt dich – hat dich geliebt, vermute ich. Ach, Christina.« Sie seufzt. »Das alles auszusprechen ist für mich genauso schmerzhaft, wie es für dich sein muss, es zu hören, und ich will das nicht, aber …« Sie hält inne. Dann platzt sie heraus: »Walton ist verlobt und wird heiraten.«

Walton. Ist verlobt. Und wird heiraten. Habe ich etwas verpasst? Verlobt, um mich zu heiraten? Ich starre sie verständnislos an.

Walton ist verlobt und wird heiraten.

Eine andere.

Bei allen Möglichkeiten, die ich in Betracht gezogen habe, wenn ich über den Grund seines Schweigens nachdachte, ist mir das nie in den Sinn gekommen. Aber warum nicht? Es ist vollkommen logisch. Er hat abrupt aufgehört mir zu schreiben. Natürlich – selbstverständlich! – weil er eine andere kennen gelernt hat.

Ich fühle mich wie ausgeleert und bis obenhin mit dicker,

schwerer Luft gefüllt, so dass ich nicht denken und nicht sehen kann. Ich versuche, mich daran zu erinnern, wie Walton aussieht. Ein Strohhut mit einem schwarzen Rayon-Band. Eine Leinenjacke. Weiche, mädchenhafte Hände. Aber ich kann mir sein Gesicht nicht vorstellen.

»Christina? Alles in Ordnung?« Ramonas Gesicht ist zu einer scheußlichen Grimasse verzerrt. Ich schaue ihr in die Augen. Es ist, als würde ich durch einen Schleier blicken.

»Warum.« Ein winziges Wort, zwei Silben, nicht einmal eine Frage.

Sie seufzt. »Das habe ich mich auch tausend Mal gefragt, und auch Walton; ich habe ihn um eine Antwort angefleht, nach dem Grund gefragt. Ich weiß nicht einmal, ob *er* ihn kennt, außer …« Ihre Stimme verebbt.

»Außer …?«

»Außer.« Sie rutscht auf ihrem Stuhl herum. »Die Entfernung. Und seine Eltern.«

»Seine Eltern.«

»Er hat es dir erzählt, hat er gesagt. Dass sie … nicht einverstanden waren.«

»Das hat er nicht gesagt.«

»Hat er nicht?«

Ich lehne mich in meinem Stuhl zurück und schließe die Augen. Vielleicht doch.

»Seine Mutter ist eine schreckliche Frau. Fürchterlich ehrgeizig. Sie wollte – will – ein ganz bestimmtes Leben für ihren Goldjungen. Ständig kam sie mit der Tochter einer Freundin an, einem Mädchen vom Smith College, und wahrscheinlich hat er nach einer Weile einfach gedacht, was soll's, ich komme nicht mehr dagegen an; das Einfachste ist es nachzugeben.«

»Das Einfachste«, wiederhole ich.

»Ich glaube, sie ist keine schlechte Gesellschaft, wirklich. Sie ist in Ordnung.« Ramona zuckt mit den Schultern. »Aber natürlich habe ich ihm das lieber nicht gesagt; ich habe nur gesagt, wie erschüttert ich bin, wie enttäuscht. Deinetwegen.«

An der Art, wie sie darüber spricht, merke ich, dass sie Zeit mit dieser Frau verbracht hat, dass sie alle zusammen ausgegangen sind. »Wie heißt sie?«

»Marilyn. Marilyn Wales.«

Einen Augenblick denke ich darüber nach. Eine reale Person. Mit einem Namen.

»Er hat mir nicht einmal … geschrieben, um es mir zu erklären.«

»Ich weiß. Das macht mich wütend. Wir haben darüber gestritten. Ich habe ihm gesagt, dass das unverschämt grob von ihm war. Er sagte, dass er es nicht konnte; er hat mich gebeten, dir zu schreiben, um es dir zu sagen, aber ich habe abgelehnt.«

Ich fühle mich, als hätte man mich geschlagen, jedes Wort ein Peitschenhieb. »Du hast gewusst, dass ich warte«, sage ich langsam, und meine Stimme wird lauter. »Und du wolltest mich nicht aus dieser Misere befreien?«

»Christina?«, ruft Mutter von oben. »Ist alles in Ordnung?«

Ich schaue Ramona unverwandt an, und sie starrt zurück, wobei ihre Augen sich mit Tränen füllen.

»Alles in Ordnung, Mutter«, rufe ich zurück.

»Wer ist da?«

»Ramona Carle.«

Meine Mutter ist still.

»Er hat dich nicht verdient«, flüstert Ramona.

Ich schüttele den Kopf.

»Ja, er ist klug, und er kann charmant sein, aber ehrlich gesagt ist er ein schwacher Mann. Das sehe ich jetzt.«

»Hör auf«, sage ich. »Hör einfach auf.«

Ramona beugt sich im Schaukelstuhl vor und sagt: »Christina, hör mir zu. Es gibt noch viele andere Fische im Meer.«

»Nein, die gibt es nicht.«

»Doch. Wir machen noch einen guten Fang für dich.«

»Ich habe meine Angel an den Nagel gehängt.«

Das scheint die Spannung zu lösen. Ramona lächelt. (Es war schwer für sie, so ernsthaft zu sein! Sie ist dafür nicht gemacht.)

»Fürs Erste. Aber es wird neue Expeditionen geben.«

»Nicht in diesem kaputten Boot.«

Sie lacht ein bisschen. »Du bist so eigensinnig wie eine Maine-Coon-Katze, Christina Olson.«

»Vielleicht«, erwidere ich. »Vielleicht bin ich das.«

Als ich ins Bett gegangen bin, will ich nie wieder aufstehen. Tief in meinen Knochen sitzt ein Schmerz, der nicht mehr weggeht; nachts wache ich plötzlich auf und schluchze vor Kummer. Nichts wird jemals besser werden, nur schlimmer. Ich ziehe die blaue Wolldecke, die Papa gestrickt hat, enger um mich, und schließlich gleite ich wieder in den Schlaf. Als ich einige Stunden später im unbarmherzigen Licht des Morgens aufwache, vergrabe ich mein Gesicht im Kopfkissen.

Al kommt ins Zimmer. Ich kann ihn hören und sehen, obwohl meine Augen geschlossen sind und ich mich schlafend stelle. »Christina«, sagt er sanft.

Ich antworte nicht.

»Ich habe Brot und Marmelade fürs Frühstück gefunden. Sam und Fred sind im Stall. Ich werde Mutter und Papa die Eier bringen, wenn alles andere erledigt ist.«

Ich seufze, um ihm zu signalisieren, dass ich ihn gehört habe. Unter meinen gesenkten Lidern sehe ich ihn zu mir herabblicken, die Hände in die Seiten gestemmt.

»Bist du krank?«

»Ja.«

»Brauchst du einen Arzt?«

»Nein.« Ich öffne die Augen, aber ich kann mich zu keiner Gefühlsäußerung überwinden. Er sieht mich an. Ich kann mich nicht daran erinnern, dass er mir jemals so lange in die Augen geschaut hat.

»Ich könnte ihn umbringen«, sagt er. »Wirklich.«

Mein Bett fühlt sich an wie ein Grab.

Ich nehme den Stapel von Waltons Briefen, mit dem blassrosa Band zusammengebunden, und lege sie in eine Kiste. Ein Teil von mir möchte sie anzünden und brennen sehen, aber ich bringe es nicht über mich.

Auf dem ersten Treppenabsatz ist eine kleine Tür in der seitlichen Wand. Als niemand in der Nähe ist, schiebe ich die Kiste in eine dunkle Ecke des Wandschranks. Ich will seine Briefe nicht sehen. Ich will nur den Beweis, dass es sie gibt.

Niemand in der Stadt verliert ein Wort darüber, jedenfalls nicht mir gegenüber. Aber ich sehe das Mitleid in den Augen der Leute. Ich höre sie flüstern: *Sie ist verlassen worden, weißt du.* Ihre Anteilnahme erfüllt mich mit so tiefer Scham, dass ich verstehen kann, dass jemand fortsegeln will, weit weg in ein fernes Land, um niemals in seine Heimat zurückzukehren.

Als ich mich an einem warmen Juninachmittag für eine Segelfahrt mit meinen Brüdern bereitmache, stecke ich die Muschel, die Walton mir geschenkt hat, in die Tasche. Auf der Schaluppe streiche ich mit den Fingern darüber, spüre ihre scharfen Kanten und die glatte Oberfläche. Form und Gewicht passen perfekt in meine Hand. Gegen Ende unserer Fahrt, als die Sonne schon tief am Himmel steht, gehe ich auf dem kleinen Segelboot nach hinten und sitze dort allein, schaue auf das wellige Wasser. Wie einfach wäre es, sich über die Kante fallen zu lassen und auf den Grund des Ozeans zu sinken. Dunkelheit, nur Dunkelheit, und barmherzige Bewusstlosigkeit. Ich schmecke die Tränen, die mir über das Gesicht rinnen, salzig und süß auf meiner Zunge. Ohne Zweifel werden meine Brüder bald heiraten, meine Eltern schwächer werden und sterben, und ich werde allein sein in dem Haus auf dem Hügel, mit einer Zukunft, die nichts anderes bereithält als den stetigen Wechsel der Jahreszeiten, mein eigenes Altern und meine Gebrechlichkeit, während das Haus verfällt.

Genauso wie jetzt habe ich mit Walton hinten in einem Boot gesessen. *Ich liebe dich,* hat er mir ins Ohr geflüstert. Wie hingebungsvoll er war; er konnte nicht genug von mir bekommen, liebte nur mich. Nur mich. Seine kräftigen Schultern neben meinen, sein langer Finger, der zum Himmel hinaufzeigte, auf die Sternbilder, deren Namen ich so eifrig lernte: Orion der Jäger, Kassiopeia, Herkules, Pegasus. Jetzt schaue ich in den dunkler werdenden Himmel, so undurchdringlich wie Schiefer. Keine Sterne, es gibt sie nur noch in meiner Erinnerung.

Während ich die Augen schließe, lehne ich mich zur Seite, und der salzige Sprühnebel der Gischt mischt sich mit meinen Tränen. Ich wiege die Muschel in meiner Hand – diese Rote Meeresschnecke verdient keinen Platz bei den anderen. Im Laden gekaufter Nippes, ohne Geschichte. Als Walton sie mir schenkte, wusste ich im Grunde meines Herzens, dass er nichts von mir verstanden hatte. Warum habe ich das nicht als Warnung erkannt?

Ich spüre eine Hand auf meinem Arm und öffne die Augen. »Ein schöner Abend, nicht wahr, Christina?«, sagt Al sanft. »Sei vorsichtig hier hinten. Es ist rutschig.«

»Mir geht es gut.«

Er umfasst meinen Arm fester. »Komm, setz dich zu mir.

»Gleich.«

»Hat dir schon mal jemand gesagt, dass du stur bist wie ein Esel?«

Ich lache ein bisschen. »Ein oder zwei Mal.«

Wir blicken hinaus in die Abenddämmerung. An der Küste sieht man in den Fenstern eines weit entfernten Hauses schwaches Licht. Unser Haus.

»Dann bleibe ich hier bei dir«, sagt er.

»Das brauchst du nicht, Al.«

»Ich will nicht, dass etwas passiert. Das könnte ich mir nie verzeihen.«

Seine Besorgnis drückt wie ein Gewicht auf meine Brust. Ich umfasse die Muschel, spüre ihre stumpfen Höcker. Dann lasse ich sie aus den Fingern gleiten. Es platscht leise.

»Was war das?«

»Nichts Wichtiges.«

Die Muschel sinkt schnell. Nie wieder werde ich sie ansehen oder in der Hand halten müssen.

Was ich versprochen habe

1946

Hallo? Christina?« Eine gekünstelte, hohe Frauenstimme dringt von draußen durch die Fliegengittertür.

»Hier drinnen«, antworte ich. »Wer ist da?«

Die Frau mittleren Alters zieht die Tür auf und kommt in die Küche, als betrete sie ein sinkendes Schiff. Sie trägt ein Kammgarn-Kostüm, Kniestrümpfe und hochhackige Schuhe, und sie hat einen Kochtopf unter dem Arm. »Ich bin Violet Evans von der Baptistengemeinde in Cushing. Wir führen einen Nachbarschaftshilfe-Club und … nun ja – wir haben Sie auf unsere Liste gesetzt für einen kleinen Besuch einmal in der Woche.«

Ich erstarre. »Ich weiß nichts von irgendeiner Liste.«

Sie lächelt gequält und mit erzwungener Geduld. »Doch, es gibt eine.«

»Wozu?«

»Hauptsächlich für Leute, die ans Haus gefesselt sind.«

»Ich bin nicht ans Haus gefesselt.«

»Hmmm«, macht sie, während sie sich umsieht. Sie hält den Topf hoch. »Gut. Ich habe Ihnen Chipped Beef mit Nudeln mitgebracht.« Im Dämmerlicht kneift sie die Augen zusammen. Es ist Spätnachmittag, und ich habe noch keine Lampe angezündet. Bevor sie hereinkam, habe ich nicht gemerkt, wie dunkel es hier drinnen ist. »Vielleicht könnten wir das Licht einschalten?«

»Keine Elektrizität. Ich hole eine Lampe, wenn Sie einen Moment warten.«

»Oh – machen Sie sich keine Umstände meinetwegen. Ich bleibe nicht lange.« Sie trippelt vorsichtig durch die Küche und stellt den Topf auf den Herd. »Ich fürchte, ich habe ein bisschen auf meinen Rock verschüttet. Können Sie mir zeigen, wo das Spülbecken ist?«

Widerstrebend führe ich sie in die Pantry nebenan. Ich weiß schon, was jetzt kommt. »Nanu, das ist ja eine – Wasserpumpe!«, sagt sie mit einem kleinen, überraschten Lachen, genau wie ich es erwartet habe. »Himmel, Sie haben keine Wasserleitung?«

Offensichtlich nicht. »Wie sind immer bestens ohne ausgekommen.«

»Gut«, sagt sie wieder. Sie steht in der Mitte der Küche wie ein Reh kurz vor dem Sprung. »Ich hoffe, Sie und Ihr Bruder mögen Chipped Beef.«

»Bestimmt wird er es essen.«

Ich weiß, dass sie mehr Dankbarkeit von mir erwartet. Aber ich habe nicht um dieses Essen gebeten, und Chipped Beef mag ich nicht besonders. Ihre überhebliche Art gefällt mir nicht; als hätte sie Angst, sich eine Krankheit einzufangen, wenn sie sich auf einen Stuhl setzt. Und irgendwie geht es mir gegen den Strich, dass sie von mir erwartet, für Hilfe dankbar zu sein, um die ich nicht gebeten habe. Vielleicht weil solche Wohltätigkeit so oft mit einer Art herablassender Beurteilung einhergeht, als würde der Spender glauben, ich hätte meinen Zustand – über den ich mich wohlgemerkt gar nicht beklage – selbst herbeigeführt.

Sogar Betsy, die mich versteht, will immer etwas an meinem Schicksal verbessern. Sie spült mit ihren zarten

Händen das Geschirr und räumt es in die falschen Schränke. Den Besen finde ich dann hinter der Tür und den Spüllappen zum Trocknen auf der hinteren Veranda. Einmal ist sie mit einem Stapel Decken und Laken aufgetaucht und hat sie auf den Tisch im Esszimmer geworfen. »Lass mich diese alten Lumpen, auf denen du schläfst, austauschen«, hat sie gesagt. »Ich denke, es ist Zeit für frische Laken, oder?« (Jeder weiß, dass ich stolz bin. Betsy ist die Einzige, die so mit mir reden darf.) Sie sammelte die Bettdecken ein – die tatsächlich schon bessere Tage gesehen hatten, besonders die fadenscheinige, blaue Wolldecke, die Papa gestrickt hat –, trug sie nach draußen und warf sie in den Kofferraum ihres Kombis, um sie zur Müllkippe zu bringen.

»Machen Sie sich keine Gedanken wegen des Topfes«, sagt die Frau von der Baptistengemeinde. »Ich hole ihn nächste Woche.«

»Sie müssen das wirklich nicht tun. Wir kommen gut zurecht.«

Sie beugt sich zu mir und tätschelt meine Hand. »Wir sind froh, wenn wir helfen können, Christina. Es gehört zu unserer Mission.«

Ich weiß, dass diese Frau von der Baptistenkirche es gut meint, und ich weiß auch, dass sie heute Nacht gut schlafen wird in dem Glauben, sie habe ihre christliche Pflicht getan. Aber ihr Chipped Beef mit Nudeln wird einen bitteren Nachgeschmack haben.

An den meisten Sommertagen steht Andy am Vormittag, wenn die Hitze schon schwer über den Feldern hängt, vor der Tür. Er wirkt angespannter als früher; sein Sohn Nicky ist jetzt fast drei Jahre alt, und Betsy ist wieder schwanger, im achten Monat. Andy sagt, er müsse jetzt etwas zustande bringen, womit er seine wachsende Familie ernähren kann.

Skizzenblock unter dem Arm, farbverschmierte Finger, Eier in den Taschen. Er kickt seine Stiefel weg und streift dann den ganzen Tag barfuß durchs Haus und über die Felder. Geht hinauf in den zweiten Stock und wandert von einem Raum zum anderen, stapft noch eine Treppe höher zu einem Zimmer, das lange verschlossen war. Ich kann hören, wie er im dritten Stock Fenster aufmacht, die seit Jahren nicht mehr geöffnet worden sind, und dabei vor Anstrengung ächzt.

Seine Anwesenheit da oben lässt mich an einen Briefbeschwerer denken, der dieses leichte, alte Haus herunterdrückt, es auf dem Boden hält, damit es nicht davonfliegt.

Andy bringt normalerweise nichts mit, und er bietet auch keine Hilfe an. Er sieht in unserer Art zu leben keinen Anlass zur Sorge. Für ihn sind wir kein Projekt, das der Verbesserung bedarf. Wenn er sich nicht auf einen Stuhl setzt, sondern lieber im Türrahmen stehen bleibt, wirkt er nicht wie jemand, der möglichst schnell wieder wegwill und schon halb auf dem Weg nach draußen ist. Er kommt einfach her und beobachtet.

All die Dinge, die für andere Menschen ein Ärgernis sind, mag Andy. Die Kratzer, die der Hund an der blauen Schuppentür hinterlassen hat. Die Sprünge in der weißen Teekanne. Die ausgefransten Spitzengardinen und die Spinnweben vor den Fenstern. Er versteht, dass ich damit zufrieden bin, wenn ich den Tag in meinem Lehnstuhl in der Küche verbringe, die Füße auf dem blau gestrichenen Hocker, aufs Meer hinausschaue und nur ab und zu aufstehe, um die

Suppe umzurühren oder die Pflanzen zu gießen, und dieses alte Haus so lasse, wie es ist. Es liegt mehr Erhabenheit in dem ausgebleichten Gebein eines vom Sturm gebeutelten Hauses, sagt er, als in trostloser Perfektion.

Andy skizziert Al bei seiner Arbeit, wie er Gemüse erntet und das Blaubeerfeld harkt, sich um das Pferd und um die Kuh kümmert oder das Schwein füttert. Mich, wie ich in der Küche neben den Geranien sitze. Durch seinen Blick nehme ich alle Details dieses Hauses, sichtbar oder unsichtbar, nun anders wahr: die Schatten des Spätnachmittags in der Küche, gerade erblühte Felder, schräg eingeschlagene Nägel, die verwitterte Schindeln festhalten, die Tropfen am rostigen Wassertank, kaltes, blaues Licht, das durch eine gesprungene Fensterscheibe fällt.

Die Spitzengardinen, die Mammey gehäkelt hat, inzwischen zerrissen und ausgefranst, bauschen sich in immerwährendem Wind. Sie ist hier, dessen bin ich mir sicher, und sieht zu, wie ihr Leben und ihre Geschichten sich – wie Geschichten das immer tun – auf Andys Leinwand in etwas anderes verwandeln.

An einem wolkenverhangenen Tag stürmt Andy mit finsterem Gesicht zur Tür herein und trampelt die Treppe hinauf, ohne stehen zu bleiben und zu plaudern, wie er das normalerweise tut. Ich höre ihn dort oben herumpoltern, Türen knallen und vor sich hin fluchen.

Nach etwa einer Stunde kommt er wieder zurück in die Küche gestapft und lässt sich auf einen Stuhl fallen. Er presst seine Handflächen gegen die Schläfen und sagt: »Betsy wird noch mein Ruin sein.«

Andy kann manchmal dramatisch sein, aber ich habe

noch nie gehört, dass er sich über Betsy beklagt. Ich weiß nicht, was ich sagen soll.

»Sie hat beschlossen, ein altes Cottage am Bradford Point für uns zu renovieren, um darin zu wohnen. Ohne mich auch nur zu fragen, wenn ich das ergänzen darf. Zur Hölle mit allem.«

Mir erscheint die Sache nicht ganz unvernünftig. Betsy hat mir erzählt, dass sie in einem Pferdestall auf dem Grundstück ihrer Eltern wohnen. »Gefällt dir das Cottage?«

»Es ist in Ordnung.«

»Kannst du dir die Renovierung leisten?«

Er zuckt mit den Schultern. Ja.

»Will sie, dass du mithilfst?«

»Eigentlich nicht.«

»Dann …?«

Er schüttelt wild seinen ungekämmten Kopf. »Ich will nicht an ein Haus gefesselt sein. Unser Lebensstil ist völlig angemessen.«

»Ihr wohnt in einem Stall, Andy. In zwei Pferdeboxen, hat Betsy gesagt.«

»Sie sind umgebaut. Es ist nicht so, als würden wir auf Heuballen schlafen.«

»Mit einem Kind und bald zweien.«

»Nicky gefällt es!«, sagt er.

»Hmm. Nun … Ich glaube, ich kann verstehen, warum Betsy lieber nicht in einem Stall leben möchte.«

Andy zupft ein wenig angetrocknete Farbe von seinem Arm und murmelt: »Genau das ist meinem Vater passiert. Häuser und Autos und Boote und ein Bootssteg, der ständig repariert werden musste … Man gerät zu tief da hinein, blutet finanziell aus, und dann trifft man seine Entscheidungen danach, was sich gut verkaufen lässt, was der Markt verlangt, und dann ist man ruiniert. *Ruiniert,* verdammt nochmal. So fängt es an.«

»Ein altes Cottage zu restaurieren ist nicht ganz dasselbe.«

Andy kneift die Augen zusammen und lächelt sonderbar. Abgesehen von meiner Unzufriedenheit mit dem Portrait, das er von mir gemalt hat, waren wir noch nie unterschiedlicher Meinung. Ich merke, dass ihn das irritiert.

»Ich kenne Betsy, seit sie ein kleines Mädchen war«, sage ich. »Sie macht sich nichts aus materiellen Dingen.«

»Natürlich tut sie das. Nicht so sehr wie andere Frauen vielleicht. Aber so eine hätte ich auch nie geheiratet. Du kannst dir sicher sein, dass sie sich etwas daraus macht. Sie will ein hübsches Haus und ein neues Auto ...« Er seufzt schwer.

»So ist sie nicht.«

»Das weißt du nicht, Christina.«

»Ich kenne sie schon viel länger als du.«

»Nun, das stimmt«, gibt er zu.

»Hat sie dir erzählt, wie wir uns kennen gelernt haben?«

»Sicher. In einem Sommer langweilte sie sich, deshalb fing sie an, dich zu besuchen.«

»Sie kam nicht nur, um mich zu besuchen. Eines Tages klopfte sie an die Tür – sie war erst neun oder zehn Jahre alt – und kam rein, schaute sich um und fing an, das Geschirr zu spülen. Von da an kam sie fast jeden Tag, um im Haus zu helfen. Sie wollte nichts dafür. Sie war einfach ... sie selbst. Sie hat mir immer die Haare geflochten ...«

Ich erinnere mich an Betsy, wie sie die Spangen aus meinem langen Haar nahm und es dann mit einem großen

Kamm durchkämmte, geduldig verfilzte Stellen entwirrte. Meine Augen geschlossen, Kopf zurückgelehnt, der Himmel orange hinter meinen Lidern. Die Haarsträhnen auf ihrem Kamm mit Silber durchzogen. Ihre kleinen Hände waren stark und sicher, wenn sie mein Haar in drei Stränge teilte und zu einem Zopf flocht.

Andy seufzt. »Schau mal, ich sage nicht, dass sie keine wunderbare Person ist. Natürlich ist sie das. Aber aus Mädchen werden Frauen, und Frauen wollen bestimmte Dinge. Und ich will mir über nichts davon Gedanken machen müssen. Ich will einfach nur malen.«

Langsam werde ich ungeduldig. »Du malst doch«, sage ich. »Die ganze Zeit.«

»Ich rede über den Druck. Es ist schwer, sich nicht … beeinflussen zu lassen.«

»Aber das tust du nicht. Das würde dir niemals passieren. Die Arbeit ist das Wichtigste, das sagst du immer. *Sie* sagt das immer.«

Einen Augenblick sitzt er nur da und trommelt mit den Fingern auf sein Knie. Ich merke, dass es noch mehr gibt, was er sagen will, und dass er nicht weiß, wie er es ausdrücken soll. »Mein Vater liebte all dieses Zeug, weißt du. Die Fallstricke des Ruhms. Es macht mich einfach wütend.«

»Was macht dich wütend? Dass er dieses Zeug schätzte, meinst du?«

»Ja. Nein. Ich weiß es nicht.« Er steht abrupt auf und geht zum Fenster. »Der gleiche Zug, der ihn getötet hat, hätte beinahe auch mich erfasst, wusstest du das? An derselben Kreuzung, vor ein paar Jahren. Ich fuhr die Straße entlang, dachte an irgendwas, und dann blickte ich auf und trat in letzter Sekunde auf die Bremse, und der Zug schoss vorbei.

Deshalb weiß ich, wie es für ihn war, als er den Zug auf sich zurasen sah. Das Entsetzen. Die Machtlosigkeit, wenn man merkt, dass man nichts tun kann.« Er zögert, dann fügt er hinzu: »Und ich bin voller Wut. Darauf, dass ich ihn verloren habe. Zu früh.«

Ach, so ist das, denke ich.

»Ich bin wütend, weil ich ihn verloren habe, aber ich bin auch wütend über diese Verschwendung. Die verschwendete Zeit, die Energie, die für bedeutungslosen Besitz vergeudet wurde, die Kompromisse … Ich will nicht dieselben Fehler machen.«

Ich denke an die Fehler, die mein eigener Vater gegen Ende seines Lebens gemacht hat. Ich weiß, dass der Tod eines Elternteils sowohl eine Erleichterung als auch ein Fluch sein kann.

»Das wirst du nicht.«

»Ich bin gerade dabei.«

»Lass mich dir eine Tasse Tee machen«, sage ich.

Er schüttelt den Kopf. »Nein. Ich gehe wieder nach oben. Wut ist gut für die Arbeit. Ich kippe sie mit hinein. Und dazu Sorge, Liebe, alles vermischt.« Er steht in der Tür, die Hände am Türrahmen, und sagt: »Arme Betsy, sie kann nichts dafür. Wollte ein normales Leben und hat stattdessen mich bekommen.«

»Ich glaube, sie wusste, worauf sie sich einließ.«

»Na ja, und falls sie es nicht wusste, weiß sie es jetzt«, sagt er.

1917 – 1922

Zum ersten Mal seit Jahren gibt es in diesem Sommer Stunden, mit denen ich nichts anzufangen weiß. Ich bestelle Tapeten aus einem Katalog bei Fales und gewinne Mutter dafür, mir dabei zu helfen, die Räume im Erdgeschoss zu verändern. (Wenn das hier mein Heim bleibt, soll es wenigstens eine Tapete mit kleinen, rosa Blümchen auf weißem Untergrund haben.) Mutter bringt mich dazu, mich Gruppen anzuschließen, die ich zuvor verachtet habe. Dem Freundschaftsclub, dem Frauenclub und dem Nähzirkel der Baptistengemeinde von Cushing mit seinen Eiscremepartys, Schürzenverkäufen und wöchentlichen Treffen. In der Bibliothek leihe ich mir Bücher aus, die Walton nicht empfohlen hat. Besonders der Roman *Die Schlittenfahrt* – trostlose Winter in New England, quälende Kompromisse und tragische Fehler – hält mich nachts wach. Von Frauen aus der Stadt nehme ich Nähaufträge für Kleider, Nachthemden und Unterröcke an. An einem Freitagabend erkläre ich mich sogar bereit, mit Ramona, Eloise und meinen Brüdern in die Grange Hall zu gehen, obwohl ich am liebsten im Wald verschwinden würde, als wir zwischen den Bäumen näher kommen und die fröhliche Klavier- und Geigenmusik hören – *Tiger Rag* und *Lady of the Lake*.

Sobald wir angekommen sind, zerstreuen sich alle in der Menge. »Ach, du Arme!«, ruft Gertrude Gibbons von der anderen Seite des Saales herüber, als sie mich sieht. Sie kommt zu mir und greift nach meiner Hand. »Es hat uns allen so leidgetan, davon zu hören.«

»Es geht mir gut, Gertrude«, sage ich in dem Versuch, sie abzuwehren.

»Oh, ich weiß, dass du das sagen musst«, flüstert sie vernehmlich. »Du bist so *tapfer*, Christina.«

»Das bin ich nicht.«

Sie drückt meine Hand. »Doch, das bist du! Nach allem, was du durchgemacht hast. Ich würde mich in einem Loch verkriechen.«

»Nein, das würdest du nicht.«

»Doch! Ich würde einfach zusammenbrechen. Du bist so …« Sie schürzt die Lippen und versucht, ein nachdenkliches Gesicht zu machen. »Du machst immer das Beste aus allem. Ich bewundere das *so sehr*.«

Und auf einmal reicht es mir. Ich schließe die Augen, hole tief Luft und öffne sie wieder. »Nun, weißt du, ich bewundere *dich*.«

Sie legt eine Hand auf ihre Brust. »Wirklich?«

»Ja. Es muss hart für dich sein, eine so schlanke Schwester zu haben, wo du doch so verzweifelt versuchst, auf dein Gewicht zu achten. Das kommt mir gar nicht fair vor.«

Sie steht stocksteif. Zieht den Bauch ein. Beißt sich auf die Unterlippe. »Ich glaube kaum …«

»Es muss sehr schwer sein.« Ich strecke die Hand aus und tätschle ihre Schulter. »Jeder sagt das.«

Ich weiß, dass ich gemein bin, aber ich kann nicht anders. Und ich bereue es nicht, als ich ihren verletzten Blick sehe. Mein Herz ist zerbrochen, und alles, was davon übrig ist, sind scharfkantige Scherben.

Mutter verbringt inzwischen ganze Tage in ihrem Zimmer hinter zugezogenen Vorhängen. Dr. Heald kommt und geht, versucht herauszufinden, was mit ihr los ist. Ich halte mich im Hintergrund und gehe ihm aus dem Weg. »Offenbar hat sie eine fortgeschrittene Nierenerkrankung und womöglich ein Herzleiden«, erklärt er uns schließlich. »Sie braucht Ruhe. Wenn sie sich dazu in der Lage fühlt, kann sie sich in die Sonne hinauswagen.«

Sie hat gute und schlechte Tage. An den schlechten kommt sie nicht aus ihrem Zimmer. (Wenn sie nach Tee ruft, mache ich mich langsam auf den Weg die Treppe hinauf, wobei die Teetasse auf dem Unterteller klappert und etwas von der heißen Flüssigkeit über meine Hand schwappt.) An guten Tagen kommt sie herunter, wenn ich das Frühstücksgeschirr spüle, und setzt sich zu mir in die Küche. Ab und zu, wenn sie sich besonders gut fühlt, packen wir ein Picknick ein und gehen bei Ebbe zu Little Island. Wir sind schon ein seltsames Paar: eine kränkliche, kurzatmige Frau und ein lahmes Mädchen, das neben ihr herstolpert.

Auf Mutters Nachttisch liegt immer Mammeys abgenutzte und von den langen Jahren des Reisens ausgeblichene, schwarze Bibel, und oft blättert sie durch die hauchdünnen Seiten. Ab und zu murmelt sie die Worte, die sie auswendig kennt, laut. *Wir rühmen uns auch der Trübsale, da wir wissen, dass die Trübsal Ausharren bewirkt, das Ausharren aber Erfahrung, die Erfahrung aber Hoffnung … Denn unsre Trübsal, die zeitlich und leicht ist, schafft eine ewige und über alle Maßen wichtige Herrlichkeit …*

Eines Morgens, als ich in den Stall komme, um Papa einen Krug Wasser zu bringen, finde ich ihn über dem Maultier in seiner Box zusammengesackt mit seltsam verzerrtem

Gesicht. Erschrocken stelle ich den Krug ab und stolpere auf ihn zu.

»Hilf mir, Christina«, keucht er und streckt eine Hand aus. »Ich kann nicht aufstehen.« Seine Muskeln sind verkrampft; seine Beine tun so weh, sagt er, dass er sie kaum bewegen kann. Als ich ihn endlich ins Haus gebracht habe, legt er sich auf den Küchenboden und massiert seine Waden in dem Versuch, den Schmerz zu lindern.

Al geht los, um Dr. Heald zu holen. Nachdem der Arzt Papa untersucht hat, stellt er fest, dass es eine Arthritis sein muss und dass es nicht viel gibt, was man dagegen tun kann.

Nun, da Mutter mehr oder weniger bettlägerig ist und Papa zunehmend schwächer wird, lasten die Pflichten unseres Haushalts noch stärker auf meinen Brüdern und mir. Es geht nicht anders, wenn nicht die ganze Farm völlig im Chaos versinken soll – mit Tieren, die nicht gefüttert, und Kühen, die nicht gemolken sind, und der doppelten Menge von Aufgaben für den nächsten Tag. Um alles zu schaffen, muss ich mein Gehirn abdunkeln, muss es herunterdrehen wie den Docht einer Öllampe, damit nur noch eine winzige Flamme übrig bleibt.

Als es Herbst wird, kommen wieder Briefe mit Zwei-Cent-Briefmarken aus Boston. Ramonas kleine Hochzeit »im Familienkreis« – so berichtet sie – entwickelt sich, wie vorherzusehen war, zu einer größeren Sache. Entgegen den Einwänden ihrer Mutter wird sie ein modernes Kleid tragen, aus weißem Satin mit V-Ausschnitt und mit einem Rock nur bis zum Knie, mit einem breiten Satingürtel und einem Brautschleier (nicht, Gott bewahre, den von ihrer

Großmutter, mit seinen zerknitterten, vergilbten Spitzen). »Die Suffragetten demonstrieren vor dem Weißen Haus, und ich verleihe meiner Emanzipation Ausdruck, indem ich mich von langen Röcken und alten Brautschleiern verabschiede«, erklärt Ramona. Sie wird einen Lilienstrauß tragen wie die Braut auf dem Titelblatt des *Hearst's Magazine*.

Die Einladung – auf dickem cremefarbenem Karton, handbemalt mit pastellfarbenen Blumen – kommt in einem übergroßen, cremefarbenen Umschlag. Auf dem Heimweg bleibe ich stehen und lese die schwarz gedruckte, verschnörkelte Schreibschrift:

Mr und Mrs Herbert Earle
Geben sich die Ehre
Und laden ein
Zur Vermählung ihrer Tochter
Ramona Jane
Mit Harland Woodbury …

Genauso respektvoll, auf einem Blatt aus dem Notizblock, schreibe ich zurück und sage dankend ab. Meine Brüder haben mit der Ernte zu tun, und ich muss die Festtagsvorbereitungen erledigen, aber wir alle senden dem Brautpaar unsere herzlichsten Glückwünsche (und später ein silbernes Teeservice aus dem Sonderangebot eines Haushaltswarenladens in Thomaston).

Nach der Hochzeit, die Anfang November stattfindet, bekomme ich eine Postkarte, abgestempelt in Newport, aus den Flitterwochen – »diese prächtigen Häuser! Alle Damen tragen hier Pelz« – und ein paar Wochen später kommen

Nachrichten über eine helle Wohnung in einem neuen Backsteingebäude, die die Frischvermählten in Boston gemietet haben. »Du musst gleich im Frühjahr kommen und uns besuchen. Ich weiß, dass Al mit den Feldern beschäftigt sein wird, aber bring doch den lieben Sam mit«, schreibt Ramona. »Er braucht mal ein Abenteuer, und du auch. Es ist weder Heuernte noch Weihnachtszeit, also keine Ausreden. Nur ein paar Wochen! Die werden schon keinen Schaden anrichten.«

Bei der Vorstellung, unter so ganz anderen Umständen nach Boston zu reisen, als ich es mir einmal ausgemalt habe, muss ich mich einen Nachmittag lang mit Kopfschmerzen ins Bett legen.

»Du weißt, dass wir unmöglich fahren können«, antworte ich Sam, als er mich auf den Brief anspricht, den ich törichterweise offen auf dem Esszimmertisch habe liegen lassen.

»Warum nicht?«

»Die Entfernung … mein Leiden …«

»Unsinn«, sagt Sam. »Ich war noch nie irgendwo anders. Und du auch nicht. Wir fahren.«

Ich sehe den großen, gut aussehenden Sam an, mit seinem markanten Gesicht, der Adlernase und den durchdringenden, grauen Augen, und denke an all die seefahrenden Samuels, nach denen er benannt worden ist. Daran, wie sie aufbrachen, um die Welt zu erkunden. Sam ist zwanzig Jahre alt. Ramona hat recht – er braucht ein Abenteuer. »Fahr du«, dränge ich ihn.

»Nicht ohne dich.«

»Aber – Al kann sich nicht allein um die Farm kümmern.«

»Er ist nicht allein. Fred ist hier. Und Papa kann helfen.«

Ich sehe ihn skeptisch an. Papa ist schon seit einer ganzen Weile keine große Hilfe mehr.

»Al schafft das schon. Ein Nein akzeptiere ich nicht als Antwort.«

So kommt es, dass Al uns trotz meines bangen Gefühls an einem frühen Morgen im März 1918 durch den Nebel nach Thomaston bringt, wo Sam und ich den Zug nach Boston, North Union Station, nehmen. Die Treppen, die Schlange am Fahrkartenschalter, schmale Gänge und Bahnsteige sind ein verwirrender Hindernislauf für uns beide, der durch meine engen, neuen Schuhe noch weiter erschwert wird. Sam trägt beide Koffer und einen Mantel und schafft es auch noch, mir seinen starken Arm zu reichen, der mich stützt, während wir langsam in Richtung der Absperrung gehen. Als wir schließlich unseren Waggon erreichen, lassen wir uns erschöpft auf die roten Ledersitze fallen.

Ein paar Minuten, nachdem der Zug den Bahnhof verlassen hat, fragt Sam: »Hast du irgendwas zu essen?«

Ich habe ein paar trockene Kekse in meine Tasche gepackt, aber als ich sie herausziehe, zerbröseln sie in meiner Hand. Gerade als ich denke, wir müssen warten, bis wir in Boston sind, kommt der Schaffner, ein rotgesichtiger Mann mit einem borstigen Schnurrbart, um unsere Fahrkarten zu kontrollieren. Sam durchwühlt seine Taschen danach. »Lassen Sie mich raten«, sagt der Schaffner, »Ihre erste Zugfahrt?«

Ich nicke.

»Dachte ich mir.« Er beugt sich über den Sitz. »Toiletten sind im nächsten Waggon …« Er zeigt mit seinem dicken Finger nach rechts. »Und der Speisewagen ist vier Waggons weiter. Dort bekommen Sie eine warme Mahlzeit oder eine

Tasse Tee. Oder Whiskey, wenn Sie möchten«, sagt er mit einem Grinsen. Sein Atem riecht salzig wie Hummer.

»Danke«, sage ich. Aber als er weitergegangen ist, sage ich zu Sam: »Das sollten wir nicht tun, denke ich. Wir müssen sparen.« Wir haben achtzig Dollar dabei für den ganzen Besuch; 5 Dollar 58 haben wir schon für die Hin- und Rückfahrkarten ausgegeben. Außerdem widerstrebt es mir, mich den Blicken der anderen Fahrgäste auszusetzen, wenn ich durch den Gang stolpere.

»Vor allem aber müssen wir etwas essen«, sagt Sam.

»Geh du und bring mir eine Kleinigkeit mit.«

Sam weiß, was ich denke. Vier lange Waggons. Er erhebt sich schwungvoll und bietet mir seinen Arm. Ich hole tief Luft und stehe auf. Aber nun stellt sich noch eine andere Frage: Nehmen wir unsere Sachen mit, damit sie nicht gestohlen werden, oder lassen wir sie hier? Eine ältere Frau mit roten Apfelbäckchen beugt sich über den Gang zu uns herüber. »Keine Sorge, ihr Lieben, ich passe auf euer Gepäck auf.«

Das Schwanken des Zuges verbirgt mein Gebrechen. Weil ich es gewöhnt bin, um mein Gleichgewicht zu kämpfen, komme ich schneller damit zurecht als Sam, der hin und her taumelt wie ein Betrunkener.

Im Speisewagen essen wir Schinkensandwiches, trinken Tee mit Milch und Zucker und blicken hinaus in die vorbeifliegende Dunkelheit. Jahrelang habe ich von diesem Moment geträumt – oder eher, von einem Moment wie diesem. Er ist so anders als alles, was ich mir vorgestellt habe! Mir ist kalt an den Fußgelenken, meine Füße sind eingezwängt in diese neuen Schuhe, die Luft riecht säuerlich nach Tabakrauch und Schweiß, das Brot ist trocken, der Tee schwach und bitter.

Und dennoch – ich bin auf dem Weg zu einem neuen Ort. Wie erschreckend einfach es war aufzubrechen, ein Ticket zu kaufen, in einen Zug zu steigen und loszufahren ins Ungewisse.

Portland, Portsmouth, Newburyport. Eine nach der anderen fahren wir Stationen an, die für mich bisher nur Namen auf der Landkarte waren. Als wir in Salem ankommen, denke ich an unseren Vorfahren, der hier lebte. Ich stelle mir Bridget Bishop unter dem Galgen vor, wie sie verzweifelt versucht, das Urteil gegen sie zu ihrem Vorteil zu nutzen. *Wenn ihr denkt, dass ich eine Hexe bin,* muss sie gedacht haben, *dann müsst ihr auch glauben, dass ich die Macht habe, euch zu schaden.* Ich habe immer angenommen, dass John Hathorne seine Anschuldigungen erfand, um gesellschaftliche Normen gegen Rebellen und Außenseiter durchzusetzen. Aber jetzt frage ich mich: Was, wenn er wirklich geglaubt hat, diese Frauen seien in der Lage, seine Seele zu verhexen?

Als wir in den Nordbahnhof einfahren, ist es dunkel und kalt. Wir müssen mit noch drei weiteren Zügen fahren, um zu den Carles zu kommen – einer von ihnen ist eine Hochbahn, was bedeutet, dass wir unser Gepäck eine Treppe hinauf- und wieder hinunterschleppen müssen. An Sams Arm geklammert konzentriere ich mich auf meine Schritte – erster Fuß, zweiter Fuß. Als ich von einem Leben mit Walton träumte, ist mir nie in den Sinn gekommen, wie schwierig es wäre, das Stadtleben zu meistern. Alles nur wegen dieses Körpers, dieser schadhaften Hülle. Wie sehr wünschte ich, ich könnte sie einfach aufbrechen und hinter mir zurücklassen.

Trotz der Beklommenheit, die der Besuch in Boston bei mir hervorruft, ist es aufregend, an einem neuen Ort zu sein, und es fällt mir nicht allzu schwer, so zu tun, als wäre alles in Ordnung. Ich plaudere liebenswürdig mit Ramona, während sie Eier für das Frühstück brät, bewundere ihre Hochzeitsgeschenke und den wunderbaren Blick aus ihrer Wohnung über die Straße mit dem Kopfsteinpflaster, und ich spiele Karten mit ihr, Harland und Sam (auch wenn ich unwillkürlich zusammenzucke, als Harland vorschlägt, *Old Maid,* Alte Jungfer, zu spielen).

Aber dicht unter der Oberfläche fühlt sich mein Herz wund an, empfindlich. Lächelnd, nickend und fröhlich plaudernd drifte ich wie ein Geist durch den Tag, in stummer Trauer über das, was hätte sein können. Hier im Harvard Yard hätten Walton und ich vielleicht auf einer Parkbank gesessen. Im Jordan Marsh Department Store hätten wir Möbel und Geschirr ausgesucht. Am Ufer des Charles River hätten wir eine Picknickdecke ausgebreitet und den vorbeiziehenden Ruderbooten zugesehen, mein Kopf an seiner Brust. Abends falle ich erschöpft ins Bett, überwältigt von einem so unbändigen Schmerz, dass ich kaum atmen kann.

Obwohl ich mir die größte Mühe gebe, lässt Ramona sich nicht täuschen. Eines Morgens sagt sie völlig unvermittelt:

»Es war mutig von dir hierherzukommen.« Wir sitzen in der Frühstücksnische und essen weichgekochte Eier aus Porzellanbechern und Toast aus einem silbernen Korb. Sam und Harland sind zu einem Spaziergang aufgebrochen.

»Ich bin froh, dass ich hier bin.«

Sie nimmt einen Schluck Kaffee. »Das freut mich. Es war sicher keine leichte Entscheidung, diese Reise zu machen.«

»Nein«, gebe ich zu. »Sam hat darauf bestanden.«

»Ich weiß, er hat es mir erzählt. Aber – du hast eine schöne Zeit hier, oder?«

Ich nicke, während ich Butter auf meinen Toast streiche. »Natürlich, eine wunderschöne Zeit.«

»Ich möchte dir sagen, Christina …« Sie legt ihren Löffel ab. »Du hast bestimmt schon darüber nachgedacht. Walton wohnt in Malden. Er kommt in letzter Zeit selten in die Stadt.«

Ich blicke ihr in die Augen. »Ich habe tatsächlich darüber nachgedacht.«

»Hoffentlich beruhigt dich das.«

»Weiß er, dass ich hier bin?«

»Ich habe es ihm gesagt. Ich hatte das Gefühl, das tun zu müssen. Falls …«

»Das ist klar. Ihr seid befreundet.« Meine Stimme klingt bitter.

Sie beißt sich auf die Unterlippe. »Über unsere Familien. Seit unserer Kindheit. Es ist schwer, den Kontakt zu jemandem einfach abzubrechen … selbst wenn …« Sie schüttelt den Kopf und sagt: »Ich weiß nicht, wie ich es erklären soll. Ich fühle mich wie eine Verräterin. Ich weiß, wie schmerzhaft das alles für dich war. Er hat sich abscheulich verhalten.«

Ramona wirkt so tief bekümmert, dass ich ein wenig Mitleid mit ihr habe. »Du musst das nicht erklären. Ich verstehe es.«

»Wirklich?«, fragt sie hoffnungsvoll.

»Vorbei ist vorbei.«

Ich weiß, dass es das ist, was sie hören will. Sie lächelt, offensichtlich erleichtert. »Ich bin so froh, dass du so denkst. Ich sehe es genauso! Und übrigens, auch wenn du gesagt hast, du seist nicht interessiert, Boston ist voll von heiratswilligen Junggesellen.«

»Ramona …«

Sie winkt ab. »Ja, ja, ich weiß, du hast deine Angel an den Nagel gehängt. Aber du kannst mir nicht vorwerfen, dass ich es wenigstens versuche.«

Ein paar Tage später sagt Ramona: »Ich kann mir vorstellen, dass das nicht einfach für dich ist, meine liebe Christina; all dieses Herumlaufen.«

Sie hat recht. Jeder Flecken in Boston hat sich für mich als heimtückisch erwiesen, vom Kopfsteinpflaster der Straßen bis zu den überfüllten Gehwegen. Sie und Sam und sogar der plumpe Harland helfen mir, in den Aufzug zu kommen und die Treppe hinunter, bieten mir beim Nachmittagsspaziergang den Arm. Dennoch strauchle und stolpere ich. »Ich bin euch wirklich dankbar für eure Hilfe«, sage ich.

»Oh, aber das ist doch selbstverständlich. Aber mir kommt es so vor, als hätte sich dein Zustand verschlechtert. Manchmal sehe ich, dass du zusammenzuckst. Hast du Schmerzen?«

Ich zucke mit den Schultern. Der Schmerz ist inzwischen ein Teil von mir, einfach etwas, womit ich leben muss, so wie meine hellen Wimpern und meine blasse Haut. Aber wenn ich morgens aufwache, muss ich jetzt ein paar Minuten lang meine Hände strecken und kneten, bevor ich sie bewegen kann. Und meine Füße fühlen sich jetzt oft so an, als steckten sie in Leim fest; ich kann nicht mehr als vier oder fünf Schritte allein gehen, ohne das Gleichgewicht zu verlieren.

»Christina, Walton hat mir von einem Gespräch erzählt, das er vor einiger Zeit mit dir über diese Sache geführt hat. Er sagte, er habe dich gedrängt, nach Boston zu kommen, um zu sehen, ob man etwas tun kann.«

Ich spüre, dass ich erröte. »Er hatte nicht das Recht …«

Sie hebt eine Hand. »Es geht hier nicht um Walton. Ich habe mit einem Arzt gesprochen – einem sehr guten Arzt – im Boston City Hospital, und er glaubt, er könnte dir vielleicht helfen. Nicht jetzt sofort, bei diesem Besuch. Wir müssten einen Termin vereinbaren. Ich bitte dich nur, darüber nachzudenken. Schau« – sie seufzt – »willst du nicht ein normales Leben führen, mit normalen Chancen? Du hast es damals abgelehnt, und …«

Ihre unausgesprochenen Worte hängen in der Luft. Ich weiß, worauf sie anspielt: dass mein Widerwille gegen eine Behandlung mich meine Beziehung gekostet hat. Ich spüre Ärger in mir hochsteigen. Ja – genau das habe ich damals befürchtet. Dass Waltons Gefühle für mich an Bedingungen geknüpft waren. Dass er wollte, dass ich besser werde, oder anders.

Aber der Ärger verschwindet so schnell, wie er gekommen ist. Es wäre schön, ein normales Leben zu führen. Ich bin es leid, so zu tun, als wäre ich stark, und ständig die Tatsache zu verschleiern, dass die geringsten Aufgaben mich anstrengen. Ich habe genug von den blauen Flecken und Schrammen und den mitleidigen Blicken von Passanten. Vielleicht kann dieser Doktor mir tatsächlich helfen. Wer weiß? Vielleicht kann er mich sogar heilen.

»In Ordnung«, sage ich zu Ramona. »Ich denke darüber nach.«

Sie lächelt. »Gut! Vielleicht bekommen wir dein kaputtes Boot doch noch geflickt.«

Die Zeitungen sind voller Nachrichten von der Front. Der *Boston Globe* berichtet, dass die Vereinigten Staaten jeden Tag beinahe zehntausend Soldaten nach Frankreich schicken. In Cushing hören wir gelegentlich von jungen Männern, die sich freiwillig gemeldet haben oder nach dem Gesetz zur selektiven Einberufung, das letztes Jahr erlassen worden ist, eingezogen worden sind. (Meine Brüder wurden als Farmer befreit, wie viele aus der Gegend.) Davon haben wir im Radio gehört. Hier aber sind die Neuigkeiten kein abstraktes Ereignis irgendwo in der Ferne. Als wir durch den Harvard Yard gehen, stoßen Sam und ich auf mehrere Tausend junge Männer in Marineuniformen, Rekruten der Marineschule. Der Boston Common ist gesäumt von Zelten des Roten Kreuzes, wo Freiwillige Spenden sammeln und Hilfslieferungen zusammenpacken, die nach Übersee geschickt werden. Als die Suffragetten, die seit mehr als zwei Jahren vor dem Weißen Haus demonstrieren, in den Meinungsspalten der Zeitung verunglimpft werden, sind Ramona und Eloise erbost und unterhalten sich ausführlich darüber. Sie kennen die Namen von einigen dieser Damen und die Argumente, warum Frauen das Wahlrecht bekommen sollten. Sie sprechen über diese

Geschehnisse, als hätten sie einen Einfluss darauf. Als hätten sie ein Recht – sogar eine Verpflichtung – zu einer eigenen Meinung.

»Aber das hat nichts mit uns zu tun«, sage ich.

»Es hat ganz viel mit uns zu tun«, widerspricht Ramona entrüstet.

Keine der Aufgaben, die in Cushing meinen Tagesablauf bestimmen, hat in Ramonas Welt irgendeine Bedeutung. Mir kommt es vor, als würden wir in ihrer Vierzimmerwohnung im vierten Stock, mit Blick auf die Straße, Familie spielen. Da ist niemand, um den man sich kümmern muss, außer ihrem gutmütigen, wenn auch etwas tollpatschigen Ehemann, und es ist reichlich Geld vorhanden. Wie anders wäre mein Leben mit elektrischem Licht und einer Innentoilette, heißem Wasser, das in der Küche und im Bad aus dem Wasserhahn strömt, Gasflammen auf dem Herd, die sich mit einem einzigen Streichholz anzünden lassen, gusseisernen Heizkörpern, die jeden Raum wärmen. Wenn ich nicht meine ganze Zeit damit verbringen müsste, das Feuer zu schüren, dann wüsste ich vielleicht auch, was in der weiten Welt vor sich geht. Ramona geht in die Oper, besucht die neuesten Aufführungen; sie durchstöbert Hutgeschäfte und Damenboutiquen. Sie hat ein Mädchen (Ramona nennt sie so, obwohl sie älter ist als wir), das zweimal in der Woche kommt, um die Wäsche mitzunehmen, die Böden zu schrubben, die Bettlaken zu wechseln, die Möbel abzustauben und das Geschirr zu spülen, während Ramona im Morgenmantel am Tisch sitzt und den *Boston Herald* liest.

Ramona geht nur in Hüten und Kleidern aus dem Haus, die der neuesten Mode entsprechen, frisch gestärkt und gebügelt. Ich – die ich zwei einfache Kleider, zwei Röcke, zwei Blusen und zwei leicht zerdrückte Hüte zur Auswahl habe – verbringe viel Zeit damit zu warten, bis sie sich fertig gemacht hat. »Oh, Christina, es muss dich den letzten Nerv kosten«, seufzt sie, während sie aus dem Schlafzimmer eilt und sich vor dem Flurspiegel einen ihrer vielen Hüte aufsteckt, während ich an der Tür warte. »All dieser Firlefanz, wenn ich mich herausputze, Lockenwickler, Hutnadeln … Ich verschwende so viel Energie damit, mir Gedanken zu machen, wie ich aussehe! Du bist einfach so, wie du bist. Darum beneide ich dich.«

Ich glaube ihr nicht. Sie führt das Leben, das sie führen will. Aber ich beneide sie eigentlich auch nicht. Auch ohne körperliche Einschränkung wäre es schwierig, sich an diese engen, dicht bebauten Straßen, überfüllt von Fußgängern, zu gewöhnen. Es würde mir schwerfallen, das unaufhörliche Rattern der Straßenbahnen, das dröhnende Hupen und das Quietschen der Bremsen zu ertragen, die Musik, die aus den Hauseingängen dringt, und das Stimmengewirr. Der Bostoner Himmel, trübe im Licht der Straßenlaternen, wird nie richtig dunkel. Ich vermisse die dichte, von Sternen gesprenkelte Schwärze von Hathorn Point in der Nacht, den weichen Schein der Gaslaternen und die Augenblicke absoluter Stille, den Anblick unserer gelben Felder, mit der Bucht dahinter und dem Meer in weiter Ferne, das sich bis zum Horizont erstreckt.

Ramona und sogar Harland, der Gute, sind überaus großzügig, aber als der Zeitpunkt unserer Abreise gekommen ist, bin ich bereit. Es ist ein strahlend sonniger Tag. Der Schnee schmilzt und sammelt sich in Pfützen auf den Straßen. Im

Park sind über Nacht gelbe und violette Krokusse durch den Schlamm gebrochen. Ich bin in meinem winzigen Schlafzimmer und packe meine wenigen Habseligkeiten in den Koffer, als es an der Tür klopft.

»Ich bin es, Sam. Kann ich reinkommen?«

»Natürlich.«

Als er die Tür öffnet, blicke ich hoch. Seine Augen strahlen, und er grinst breit. »Du bist also fast fertig?«

»Ja. Und du?«

»Nicht ganz.«

»Na, dann beeil dich.« Ich hebe einen langen Rock hoch und falte ihn zusammen. »Wir wollen den Zug nicht verpassen.«

Er steht unschlüssig in der Tür, die Hand am Knauf. »Ich bin noch nicht bereit zurückzufahren.«

Ich blicke überrascht auf. »Was?«

Er lehnt seine Stirn gegen die Tür und seufzt. »Ich habe nachgedacht. Wenn ich schon mein ganzes Leben in einem winzigen Ort mitten im gottverdammten Nirgendwo verbringe, dann will ich wenigstens etwas von der Welt sehen.«

»Haben wir das nicht gerade getan?«

»Ich glaube, ich fange gerade erst damit an«, sagt er.

Es fällt mir schwer, das alles zu erfassen. »Dann … Du willst bei Ramona und Harland bleiben? Hast du sie gefragt, ob ihnen das recht ist?«

»Herbert Carle hat mir eine Stelle als Postsekretär in seiner Firma angeboten und außerdem ein Zimmer in ihrem Haus. Ich müsste also nicht hier wohnen bleiben.«

Langsam dämmert mir, dass er diesen Gedanken schon eine Weile mit sich herumträgt. »Warum hast du mir nichts davon gesagt?«

»Ich sage es dir jetzt.«

»Aber was soll … Wie soll ich …«

»Du wirst zurechtkommen. Ich bringe dich zum Bahnhof und dann gehe ich direkt zur Arbeit.«

»Nun ja, und was ist mit der Farm?«

»Al und Fred können sich darum kümmern. Fred würde es ohnehin guttun, mehr Verantwortung zu übernehmen. Er war viel zu lange das Baby in der Familie.«

Diese Worte treffen mich. »Du hast das alles schon durchdacht.«

»Das habe ich.«

»Ohne mich auch nur nach meiner Meinung zu fragen.«

Er duckt sich im Türrahmen wie ein gescholtener Hund. »Ich hatte Angst, dass du nicht einverstanden bist.«

»Es ist nicht, dass ich nicht einverstanden bin. Es ist … Ich … Ich …« Was ist es eigentlich genau? »Ich glaube, es ist so, dass ich mich … Ich fühle mich …«

»Verlassen«, sagt er. Es ist, als würde uns beiden das gleichzeitig klar.

Meine Augen füllen sich mit Tränen.

»Oh Christina«, sagt er, kommt zu mir und legt eine Hand auf meinen Arm. »Ich habe nur an mich selbst gedacht. Über dich habe ich mir überhaupt keine Gedanken gemacht.«

»Natürlich nicht«, presse ich mühsam hervor. Ich weiß, dass ich jetzt pathetisch bin, aber ich kann nicht anders. »Warum auch? Warum sollte das irgendjemand tun?« Ich wende mich ab und greife nach einem zusammengefalteten Taschentuch in meinem Koffer, und dann weine ich so, dass es mich schüttelt.

Sam tritt einen Schritt zurück. Er hat mich noch nie so

erlebt. »Ich war egoistisch«, sagt er. »Ich fahre mit dir nach Hause.«

Ich brauche einen Augenblick, dann hole ich tief Luft und tupfe mir die Augen mit dem Taschentuch ab. Durch das Fenster höre ich das Rattern einer Straßenbahn, ein hupendes Auto. Ich denke an Mammeys Reiselust. Ihren Wunsch, die weite Welt zu sehen. Ihre Enttäuschung darüber, dass niemand in der Familie ihre Ansprüche zu teilen schien. Warum sollte Sam nicht in Boston bleiben? Er hat noch sein ganzes Leben vor sich.

»Nein«, sage ich.

»Nein …?«

»Du sollst nicht nach Hause fahren.«

»Aber du …«

»Es ist in Ordnung«, sage ich. »Ich will, dass du hierbleibst.«

»Bist du sicher?«

Ich nicke. »Mammey wäre stolz auf dich.«

»Na ja, ich werde kaum um die Welt segeln«, sagt er mit einem Lächeln. »Aber vielleicht ist Boston ein Anfang.«

Wie versprochen bringt mich Sam zum Bahnhof und setzt mich in den Zug. Er sieht so jung, hübsch und glücklich aus, als der Zug abfährt und er auf dem Bahnsteig steht und winkt.

Je weiter Boston in der Ferne verschwindet, desto näher rücken wieder die Gedanken an mein häusliches Umfeld: Wie steht es um Mutters Gesundheit? Hat sie gut geschlafen? Ist sie mit dem Kochen zurechtgekommen? Ich denke an den Schmutz, den ich in den Küchenecken vorfinden werde, die Wäscheberge, die mich ohne Zweifel erwarten, die Asche, die sich im Herd angehäuft hat. Das Maultier, die

Kühe, die Hühner, die Wasserpumpe hinter dem Haus … Ich schaue hinaus zum Horizont – waagerechte, farbige Streifen, von schwarz zu blau zu rötlich und orange, eine goldene Linie und dann wieder blau. Nach Norden zu fahren ist wie die Zeit zurückzudrehen. Als der Zug in Thomaston einfährt, ist es kalt, trübe und grau, genau wie in Boston, als ich dort vor ein paar Wochen ankam.

Ein paar Monate nach meiner Rückkehr überrascht mich Mutter am Esszimmertisch, einen Brief in der Hand. Papa steht hinter ihr im Türrahmen. »Sam und Ramona möchten, dass du nach Boston kommst, um dich untersuchen zu lassen. Die Carles kennen einen sehr guten Arzt, der …«

»Ja, sie haben es erwähnt«, unterbreche ich sie. Nun, da ich wieder zu Hause bin, wieder in meinem vertrauten Alltag, kommt mir Boston sehr weit weg vor. Eine Unterbrechung meiner Aufgaben, die anstrengende Reise, ganz zu schweigen von einer mit großer Wahrscheinlichkeit schmerzhaften Behandlung, deren Erfolg höchst unsicher ist: Es ist schwer, einen Grund zu finden, warum ich mich einer solchen Tortur aussetzen sollte. »Ich habe gesagt, dass ich darüber nachdenken würde. Aber ehrlich gesagt glaube ich nicht, dass es irgendeinen Sinn hat.«

Mutter greift nach meinem Handgelenk und hält es fest, bevor ich die Hand wegziehen kann. Sie dreht es herum und legt die geschwollenen, roten Streifen auf meinem Arm frei. »Schau. Schau einfach nur, was du dir angetan hast.«

Inzwischen benutze ich meine Ellbogen, Handgelenke und Knie, um schwere Töpfe hochzuheben oder um den Teekessel zu halten, wenn ich ihn an der Pumpe mit Wasser fülle und zum Herd schleppe. Meine Unterarme sind voller Brandwunden. Deshalb, und auch weil meine Arme im Laufe der Jahre dünner geworden sind und immer mehr wie Streichhölzer aussehen, verberge ich sie so oft wie möglich unter weiten Ärmeln. Ich ziehe meinen Arm weg und streife den Ärmel darüber, um ihn zu bedecken. »Es gibt nichts, was man dagegen tun könnte.«

»Das wissen wir nicht.«

»Ich komme gut zurecht, Mutter.«

»Wenn es sich weiterhin verschlimmert, wirst du nicht mehr gehen können. Hast du darüber schon nachgedacht?«

Ich konzentriere mich darauf, ein paar Brotkrümel auf dem Tisch zu einem Häufchen zusammenzuschieben. Natürlich habe ich darüber nachgedacht. Ich denke jeden Tag darüber nach, wenn ich die vier Meter lange Pantry durchquere, indem ich mich mit den Ellbogen an der Wand abstütze.

»Glaubst du, dass du gut zurechtkommst, wenn deine Beine überhaupt nicht mehr mitmachen?«, beharrt sie.

»Es ist entschieden«, sagt Papa unvermittelt. Wir beide drehen uns um und sehen ihn an. »Sie fährt nach Boston, und Schluss.«

Mutter nickt, offensichtlich überrascht. Papa setzt selten so vehement seine Meinung durch. »Du hast gehört, was dein Vater gesagt hat«, sagt sie.

Anscheinend hat es keinen Sinn zu widersprechen. Und wer weiß, vielleicht haben sie recht – vielleicht kann man etwas tun, um die Verschlechterung aufzuhalten oder zumindest zu verlangsamen. Ich packe mir zwei gleich schwere Taschen, damit ich die Balance halten kann, und Al leiht sich das Auto eines Nachbarn, um mich nach Portland zu fahren, damit ich nicht alleine umsteigen muss. Als ich in

Boston ankomme, holen mich Sam und Ramona in Harlands nagelneuem himmelblauem Cadillac Sedan ab. Sie bringen mich zum City Hospital in der Harrison Avenue im Süden der Stadt, ein stattliches Backsteingebäude mit riesigen Säulen und Türmchen auf dem Kuppeldach. Ich werde für eine Woche zur »Beobachtung« aufgenommen.

Eine hühnerbrüstige Krankenschwester schiebt mich in einem Rollstuhl in den Aufzug, begleitet von Sam und Ramona, und in ein kleines Einzelzimmer im achten Stock, mit einem eisernen Bett und Blick über die benachbarten Dächer. Es riecht nach Terpentin.

»Wann ist Besuchszeit?«, fragt Ramona.

Die Krankenschwester schaut in meine Patientenakte. »Keine Besucher.«

»Keine Besucher? Warum nicht, um Himmels willen?«, fragt Sam.

»Die Verordnung lautet Ruhe. Ruhe und Alleinsein.«

»Wozu soll das notwendig sein?«, murrt Ramona.

»Ärztliche Anordnung«, sagt die Schwester. »Ich lasse Sie zehn Minuten mit ihr allein. Dann müssen Sie gehen, damit sie sich einrichten kann. Sie können in einer Woche wiederkommen, um sie abzuholen.« Sie hebt den Kopf und sieht mich über ihre Hakennase hinweg an. »Hier ist ein Patientenkittel, den Sie bitte anziehen. Die Ärzte werden später am Nachmittag ihre Visite machen. Irgendwelche Fragen?«

Ich schüttele den Kopf. Keine Fragen. Außer: »Was ist das für ein Geruch?«

»Äther«, sagt Ramona. »Schrecklich. Kenne ich noch von damals, als man mir die Mandeln rausgenommen hat.«

»Und zerkochte Erbsen«, fügt Sam hinzu.

Als die Schwester hinausgeht, nimmt Ramona ein Buch

aus ihrer Handtasche und legt es auf den Nachttisch. *Meine Antonia.* »Ich habe es noch nicht gelesen, aber anscheinend ist es *der* Knüller. Landleben in Nebraska.« Sie zuckt mit den Schultern. »Nicht gerade mein Ding, aber falls dir langweilig wird …«

Als ich den Buchumschlag ansehe, golden mit bronzefarbenen Lettern, erkenne ich, dass es der dritte Band aus Cathers Prärie-Trilogie sein muss. Ich habe die anderen beiden auf Waltons Empfehlung gelesen. Eine Zeile aus *Neue Erde* kommt mir in den Sinn: »Die Menschen müssen auf dieser Welt das Glück mit beiden Händen greifen, wenn sie können. Man hat es stets schneller verloren als gefunden …«

»Wir fragen die Schwester, wann genau man dich entlassen wird, damit wir hier sein können, um dich abzuholen«, sagt Sam.

»Ich werde die Minuten zählen«, sage ich.

»Wenn du das Buch zu Ende gelesen hast, kann ich dir neue bringen«, sagt Ramona. »Es gibt eine Geschichtensammlung von Sherwood Anderson, von der alle reden.«

Einmal täglich marschieren einige Ärzte – in ihren weißen Kitteln sehen sie aus wie eine Schar Gänse – in mein Zimmer und versammeln sich um mein Bett, angeführt von einem Facharzt, den ich im Stillen bald »den großen Käfer« nenne, wegen seiner riesigen Augen hinter dicken Brillengläsern. Die Ärzte weisen mich an aufzustehen, mit den Armen zu rudern, mit den Füßen zu stampfen, und ziehen dann, miteinander tuschelnd, wieder ab. Sie benehmen sich, als hätte ich keine Ohren, aber ich höre alles, was sie sagen. In den ersten Tagen spekulieren sie darüber, dass Elektrizität vielleicht helfen könnte. Am vierten Tag entscheiden sie, dass Elektrizität verheerend wäre. Niemand scheint die leiseste Ahnung zu haben, was mit mir los ist. Am siebten Tag entlässt mich der große Käfer mit einem scheinheiligen Lächeln und einer Verordnung in die Obhut von Sam und Ramona.

»Sie sollten weiterhin so leben, wie Sie es immer getan haben«, erklärt er und zeigt mit zusammengelegten Fingern auf mich, während die anderen Ärzte in ihre Notizblöcke kritzeln. »Nahrhaftes Essen, so viel frische Luft wie möglich. Ein ruhiges Landleben wird Ihnen besser bekommen als jede Medizin oder Behandlung.«

»Ich glaube nicht, dass der ganze Weg nach Boston nötig war, um das zu erfahren«, murmelt Ramona.

Im Zug nach Hause blicke ich aus dem Fenster auf den silbernen, runden Mond an einem samtblauen Himmel. Ich habe getan, was meine Eltern von mir verlangt haben. Sie müssen sich nun nicht mehr mit dem Gedanken quälen, wir hätten eine mögliche Heilung versäumt. Diese Krankheit – welche auch immer es ist – wird ihren Lauf nehmen, auf welche Art auch immer. Ich denke an die Zerstörungskraft, die ein Wunsch haben kann: wenn man etwas Unrealistisches verlangt und an die Möglichkeit der Rettung glaubt. Diese Episode in Boston bestätigt nur meine Überzeugung, dass es für mein Leiden keine Heilung gibt. Egal, wie lange ich eine Stange mit flatternden Lumpen in die Höhe halte, kein Frachtschiff wird am Horizont auftauchen und mich retten.

Obwohl ich erst fünfundzwanzig bin, weiß ich im Grunde meines Herzens, dass die eine Chance auf ein anderes Leben, die ich hatte, vergangen ist.

Ich nehme das eselsohrige Exemplar von *Meine Antonia* aus meiner Umhängetasche – ich habe es zweimal gelesen – und suche nach einer Zeile kurz vor dem Schluss. Ah, hier ist sie: »Manche Erinnerungen sind Wirklichkeit und besser als alles, was einem je passieren kann.« Vielleicht stimmt das, denke ich. Vielleicht sind meine Erinnerungen an glücklichere Zeiten lebendig und präsent genug, um die Enttäuschungen, die darauf folgten, zu überwinden. Und um mich den Rest ertragen zu lassen.

Wäre Alvaro in einer früheren Generation auf die Welt gekommen, wäre er Schiffskapitän geworden wie unsere Vorfahren. Seine stoische Ruhe ist eine ideale Eigenschaft dafür. Die Leidenschaft für das Meer – aufstehen vor Sonnenaufgang bei jedem Wetter und hinaus auf den Ozean, sobald die ersten Sonnenstrahlen am Himmel auftauchen – hat er im Blut. Aber als Papas Hände immer steifer und knorriger werden, Sam keine Anstalten macht, aus Boston zurückzukehren, und Fred einen Job in der Kurzwarenhandlung in Cushing bekommt und in eine eigene Wohnung in der Stadt zieht, ist Al der Einzige, der die Farm führen kann.

»Diese Farm ist in einem guten Zustand«, höre ich Papa eines Morgens zu ihm sagen. »Ich habe mehr als zweitausend Dollar beiseitegelegt. Die beiden Pferde und alle Gerätschaften sind abbezahlt. Nun ist es an dir, das alles am Laufen zu halten.«

Später an diesem Vormittag spannt Al unsere Stute vor ein Gestell mit Kufen und führt sie hinunter zur Küste, wo er sein Boot auflädt – den Kahn, mit dem er jeden Tag hinausfährt. Er bringt ihn hinauf zum Haus, schleppt ihn in den Schuppen, der an unsere Küche grenzt, und verstaut ihn dort, mit dem Kiel nach oben, hoch auf dem Heuboden, zusammen mit seiner ganzen Fischereiausrüstung. Dann holt er sein Segelboot, die *Oriole,* an Land und dockt sie an der höchsten Stelle von Little Island auf.

»Was tust du da?«, frage ich ihn. »Warum schaffst du die Boote weg?«

»Damit ist es vorbei, Christie.«

»Aber vielleicht, irgendwann …«

»Ich möchte lieber nicht daran erinnert werden«, sagt er.

Während der nächsten Monate plündern Diebe das trockengelegte Segelboot, stehlen das Inventar, Lampen und sogar Holzplanken und lassen die Überreste im Gras verrotten. Die Fischerhütte hinter der Scheune verfällt vollkommen, mit den Werkzeugen, die darin herumliegen wie Relikte aus einer längst vergangenen Ära: Angelhaken, Ködereimer, Dichtkitt – und Hummerfallen, so trocken und nackt wie Fossilien.

Am späten Nachmittag, wenn er alle seine Aufgaben erledigt hat, finde ich Al manchmal im Schuppen, tief schlafend neben dem Boot auf einem Stapel Pferdedecken. Er tut mir furchtbar leid, aber ich verstehe ihn. Es tut weh, die Hoffnung auf Dinge, die einen einst glücklich gemacht haben, aufrechtzuerhalten. Man muss Wege finden, sie zu vergessen.

Eines Tages taucht ein Lieferant aus Rockland mit einem Rollstuhl bei uns auf, und von da an sitzt Papa fast nur noch darin.

»Wozu brauchst du dieses Ding?«, frage ich ihn.

»Wir sollten dir auch einen besorgen«, sagt er.

»Nein, danke.«

Papas Knochen schmerzen bei fast allem, was er tut, sagt er. Seine Arme und Beine sind dünner und schwächer geworden; sie sind auf eine Weise gekrümmt, die mir vertraut ist. Aber er bezeichnet seinen Zustand als Arthritis und will nicht glauben, dass er irgendetwas mit meinem zu tun haben könnte.

Wir haben beide unseren Stolz, aber der äußert sich auf unterschiedliche Weise. Bei mir führt er zu Trotz, bei ihm zu Scham. Einen Rollstuhl zu benutzen würde für mich bedeuten, dass ich aufgegeben habe und mich auf eine bescheidene Existenz innerhalb des Hauses beschränke. Für mich ist er ein Käfig. Papa dagegen sieht ihn als einen Thron, eine Möglichkeit, seine schwindende Würde zu bewahren. Er findet mein Auftreten – mein Stolpern, die vielen Stürze – würdelos, erbärmlich, schamlos. Er hat recht: Ich bin schamlos. Ich bin bereit, körperliche Verletzungen und seelische Demütigung in Kauf zu nehmen, damit ich mich so fortbewegen kann, wie ich es möchte. Wahrscheinlich habe ich mehr von den Hathorns an mir als von den Olausons, mit meiner angeborenen Sturheit und meinem Unwillen, Rücksicht auf das zu nehmen, was irgendjemand denken könnte – ob das nun gut oder schlecht ist.

Nicht zum ersten Mal frage ich mich, ob Scham und Stolz nicht zwei Seiten derselben Medaille sind.

In einem Anfall von Optimismus – oder vielleicht ist es auch Realitätsverleugnung – kauft Papa bei Knox County Motor Sales in Rockland ein Auto, einen schwarzen Ford Runabout, für 472 Dollar. Das Auto, ein Modell T, ist glänzend und stark, und obwohl Papa stolz darauf ist, ist er zu schwach, um es zu fahren. Ich bin es auch. Deshalb wird Al der Familienchauffeur und bringt Papa und uns andere überall hin. Er fährt jeden Tag zum Postamt, bei jedem Wetter, und holt die Post für all unsere Nachbarn an der

Straße und verteilt sie auf dem Rückweg. Er macht Erledigungen für Mutter in Thomaston und Rockland. Das Auto verschafft Al ein gewisses Maß an Freiheit: Er fängt an, hin und wieder abends auszugehen, meistens zum alten Irving Fales, bei dem sich immer ein paar Männer zum Kartenspielen einfinden, während er sich mit Haareschneiden ein bisschen Taschengeld dazuverdient.

An einem dieser Abende hört Al von einer Behandlung, mit der sich angeblich Arthritis heilen lässt, ausgeführt von einem gewissen Doktor S. J. Pole in Rockland. Am nächsten Tag fährt er Papa dorthin, um mehr darüber in Erfahrung zu bringen. Als sie zurückkommen, unterhalten sie sich angeregt über Äpfel und eine Therapie ohne tiefere Eingriffe, und beim Abendessen sitzen wir über dem Vertrag, den Papa zur Unterzeichnung mitbekommen hat. Darin steht hauptsächlich, dass er viele Äpfel essen muss. Wir haben einen kleinen Obstgarten hinter dem Haus, den Papa vor fünfzehn Jahren angelegt hat; die Bäume hängen voller glänzender roter und grüner Äpfel. Diese aber sind anscheinend nicht die richtigen. Es braucht eine ganz bestimmte Sorte, eine, die man nur in Thomaston bekommt für fünf Cent pro Apfel.

Ich blättere den Vertrag durch. »Ich nehme zur Kenntnis, dass S. J. Pole, auch wenn er glaubt, mir helfen und mich vielleicht heilen zu können, in keiner Weise irgendetwas garantiert«, steht da. »Es wird einvernehmlich vereinbart, dass nichts von der Summe, die ich ihm für seine Dienste bezahle, zurückerstattet wird. Ich bin in geschäftsfähigem Alter.«

»Siebenundfünfzig. Das ist ein geschäftsfähiges Alter, oder?« Papa lacht.

Mutter schürzt die Lippen. »Hat diese Behandlung bei anderen funktioniert?«

»Dr. Pole hat uns unzählige Empfehlungsschreiben von Leuten gezeigt, die er geheilt hat«, erklärt Al.

»Katie«, sagt Papa eindringlich und legt seine Hand auf die von Mutter. »Das könnte die Heilung bedeuten.«

Sie nickt langsam, sagt aber nichts mehr.

»Wie viel Geld kostet das genau?«, frage ich.

»Es ist ein vernünftiger Preis«, sagt Papa.

»Wie viel?«

Al sieht mich fest an. »Papa hatte die Hoffnung schon aufgegeben.«

»Also, was kostet es?«

»Nur weil bei dir nichts geholfen hat, Christie …«

»Ich kann nicht verstehen, warum wir Äpfel kaufen müssen, wenn wir einen ganzen Obstgarten voll davon haben.«

»Dieser Arzt ist ein Fachmann. Papa könnte geheilt werden. Willst du das nicht?«

Ich habe einmal eine Erzählung gelesen, darin ging es um einen Mann namens Iwan Iljitsch. Er denkt, dass er ein rechtschaffenes Leben geführt hat, und ist aufgebracht, als er feststellt, dass ihm ein schreckliches Schicksal bevorsteht; ein früher Tod mit unbekannter Ursache. So ist auch mein Vater. Er ist wütend, weil er zum Krüppel geworden ist. Er hat immer geglaubt, dass Fleiß und Ordnung moralischer Rechtschaffenheit gleichkommen und dass moralische Rechtschaffenheit belohnt wird. Ich bin nicht allzu erstaunt darüber, dass er so bereitwillig an diese groteske Heilungsgeschichte glaubt.

Papa unterschreibt den Vertrag und bezahlt für dreißig Termine in dreißig Wochen, was als Minimum verlangt wird. Jeden Dienstag hilft Al ihm auf den Beifahrersitz des Modell T und fährt mit ihm nach Rockland. Nach jeder Behandlung – die, soweit ich das beurteilen kann, nur darin besteht, dass Papa noch mehr Geld für mysteriöse Tabletten bezahlt und die Einnahme dieser teuren Äpfel protokolliert wird – bekommt er einen Stempel auf seinen Vertrag.

Papa hat die Farm immer mit starker Hand geführt, hat Blaubeeren, Milch und Butter, Hühner und Eier verkauft und zusätzlich durch die Eis-Ernte und die Betreuung des Fischwehrs Geld verdient. Er hat immer betont, wie wichtig es ist zu sparen. Nun aber scheint er gewillt, alles, was dieser Doktor von ihm verlangt, für seine Hoffnung auf Heilung auszugeben.

An einem Dienstagmorgen nach ungefähr vier Monaten der Behandlung, nur eine Stunde, nachdem Al und Papa zu ihrer wöchentlichen Fahrt nach Rockland aufgebrochen sind, höre ich eine Autotür zuschlagen und schaue aus dem Küchenfenster. Sie sind zurück. Al macht ein grimmiges Gesicht, als er Papa aus dem Auto hilft. Nachdem er ihn nach oben in sein Zimmer gebracht hat, kommt Al in die Küche und lässt sich schwer auf einen Stuhl fallen. »Oh Gott«, sagt er.

»Was ist passiert?«

»Es war alles Betrug. Als wir zu Poles Praxis kamen, war das ganze Gebäude verrammelt. Man hat uns erzählt, dass wütende Patienten ihn vor ein paar Tagen aus der Stadt gejagt haben. Viele Leute haben eine Menge Geld verloren.«

Während der nächsten Monate wird uns unsere ernste Lage deutlich bewusst. Papas Ersparnisse in Höhe von zweitausend Dollar sind weg. Wir können unsere Rechnungen nicht bezahlen. Papa ist schwächer denn je, teilnahmslos und niedergeschlagen, und kommt gar nicht mehr herunter. Ich bemühe mich um Mitgefühl, aber es fällt mir schwer. Äpfel. Die Frucht, die Eva in Versuchung führte, hat auch meinen armen, leichtgläubigen Vater verlockt. Beide sind auf die süßen Worte einer Schlange hereingefallen.

An einem kühlen Morgen im Oktober bittet Papa Al, seinen Rollstuhl hinunter ins Muschelzimmer zu tragen. Eine Stunde später fährt ein schnittiger, viertüriger brauner Chrysler vor dem Haus vor, und eine Frau im ordentlichen grauen Kostüm steigt aus dem Fond. Der Fahrer bleibt im Wagen sitzen.

Als ich das Klopfen an der Haustür höre, will ich schon losgehen und öffnen, aber Papa sagt schroff: »Ich kümmere mich darum.«

Aus dem hinteren Teil des Flurs kann ich Bruchstücke ihres Gesprächs mit anhören: *… großzügiges Angebot … reicher Mann … begehrte Küstenlage … bekommt man nicht zweimal …*

Nachdem die Frau gegangen ist – »Ich finde allein hinaus«, sagt sie, und das tut sie auch, und ich sehe durch das Küchenfenster, wie sie hinten in den Chrysler steigt und dem Fahrer auf die Schulter tippt –, bleibt Papa ein paar Minuten allein im Muschelzimmer sitzen. Dann lenkt er seinen Rollstuhl ungeschickt in die Küche. »Wo ist Alvaro?«

»Beim Melken, glaube ich. Was war das gerade?«

»Hol ihn. Und deine Mutter auch.«

Als ich aus dem Stall zurückkomme, ist Papa mit seinem Rollstuhl ins Esszimmer gefahren. Mutter, die den Großteil ihrer Zeit oben verbringt, sitzt an der Längsseite des Tischs, einen Schal um die Schultern gewickelt. Al marschiert hinter mir ins Zimmer und lehnt sich in seinem schmutzigen Arbeitsanzug an die Wand.

»Diese Dame hat mir das Angebot eines Industriellen namens Synex überbracht«, sagt Papa unvermittelt. »Fünfzigtausend Dollar für Haus und Grundstück. In bar.«

Ich starre ihn an. »Was?!«

Al beugt sich vor. »Hast du fünfzig gesagt?«

»Das habe ich. Fünfzigtausend.«

»Das ist verdammt viel Geld«, sagt Al.

Papa nickt. »Verdammt viel Geld.« Er schweigt einen Augenblick, lässt diesen neuen Gedanken wirken. Ich blicke in die Runde. Uns allen dreien steht der Mund offen vor Staunen. Dann erklärt Papa: »Ich sage es ungern, aber ich denke, es wäre klug, dieses Angebot anzunehmen.«

»John, das kann nicht dein Ernst sein«, sagt Mutter.

»Es ist mein Ernst.«

»Was für eine absurde Idee.« Sie setzt sich gerade hin und zieht den Schal enger um ihre Schultern.

Papa hebt die Hand. »Warte, Katie. Meine Ersparnisse sind aufgebraucht. Dies könnte ein Ausweg sein.« Er schüttelt den Kopf. »Es ist schrecklich, das sagen zu müssen, aber wir haben im Moment kaum eine andere Möglichkeit. Wenn wir diese Gelegenheit nicht nutzen …«

»Wohin würdet ihr – würden wir – gehen?«, fragt Al. An seinem Stocken merke ich, dass er versucht, Papas Einstellung einzuschätzen, und dass er sich fragt, ob er und ich überhaupt in seinen Plänen vorkommen.

»Ich hätte gern ein kleineres Haus«, sagt Papa. »Und mit dem Geld könnte ich euch helfen, euch ein eigenes Zuhause einzurichten.«

Wir alle sind eine Weile still und denken darüber nach.

Außer in der Zeit mit Walton – die mir nun vorkommt wie ein Fiebertraum, sinnestäuschend und verschwommen, losgelöst von meinem Leben davor oder danach – habe ich in diesem Haus gelebt wie eine Schnecke in ihrer Muschelschale, habe mir nie vorgestellt, dass ich einst davon getrennt werden könnte. Ich habe meine Existenz hier als selbstverständlich angesehen – die ausgetretenen Treppenstufen, die Walfischtranlampe im Flur, den Blick von der Eingangsveranda auf die Wiesen und die Bucht dahinter.

Mutter springt auf. »Dieses Haus ist seit 1743 im Besitz meiner Familie. Generationen von Hathorns haben hier gelebt und sind hier gestorben. Man verlässt ein Haus nicht einfach nur, weil einem irgendjemand anbietet, es zu kaufen.«

»Fünfzigtausend.« Papa schlägt mit seiner knorrigen Hand auf den Tisch. »Ein solches Angebot bekommen wir nie wieder, das kann ich dir sagen.«

Sie presst die Lippen so fest zusammen, dass die Adern an ihrem Hals hervortreten. Ich habe bei den beiden noch nie einen solchen Konflikt erlebt. »Dies ist mein Haus, nicht deins«, sagt sie scharf. »Wir bleiben hier.«

Papa macht ein grimmiges Gesicht, aber er sagt nichts. Mutter ist eine Hathorn, er nicht. Das Gespräch ist beendet.

Papa wird die nächsten fünfzehn Jahre an seinen Rollstuhl gefesselt in einem kleinen Zimmer im Erdgeschoss des Hauses verbringen, das er so gerne verkauft hätte, und sich nur selten nach draußen wagen. Al und ich werden alles zusammenkratzen und sparen, werden lernen, mit sogar noch weniger auszukommen. Wir werden es schaffen – gerade so –, die Farm vor dem Bankrott zu retten. Aber manchmal werde ich mich fragen – wir alle werden uns das fragen –, ob es nicht besser gewesen wäre, sie aufzugeben.

Im Juli 1921 versammelt ein fröhlicher Sam die ganze Familie im Muschelzimmer. Er ergreift die Hand seiner Freundin Mary, die Chorleiterin ist und eine Brille trägt, und verkündet, dass er ihr einen Heiratsantrag gemacht hat.

»Natürlich habe ich ja gesagt!«, strahlt Mary und streckt die linke Hand aus, um uns den bescheidenen Verlobungsring zu zeigen, den sie von ihrer Großmutter geerbt hat.

Diese Nachricht ist keine große Überraschung: Die beiden haben sich in Malden kennen gelernt, wo Mary aufgewachsen ist und wo Sam gewohnt hat, während er bei Herbert Carle arbeitete, und sie sind seit einigen Jahren zusammen. Ich beobachte, wie er näher an sie heranrückt und ihr etwas zuflüstert, wie sie errötet und sich die Haare zurückstreicht. »Ich freue mich so für euch beide«, sage ich, und auch wenn ich angesichts ihrer Vertrautheit plötzlich wegen meiner eigenen Situation eine leise Traurigkeit verspüre, meine ich das auch so. Der gute Sam hat es verdient, die Liebe zu erleben.

Sam und Marys Hochzeit findet auf dem »Rasen« statt, wie Mary ihn nennt, auch wenn wir Olsons nie eine andere Bezeichnung als Feld dafür verwenden. Al und Fred bauen eine Laube und stellen zwei Reihen Stühle auf, die sie von der Grange Hall ausgeliehen haben. Mehrere Tage lang backe ich Brötchen, Blaubeer- und Erdbeerkuchen und Sams

Lieblingskuchen als Hochzeitstorte, Zitronenbiskuit mit Buttercremeglasur. Mary trägt ein weißes Spitzenkleid und einen Schleier; Sam sieht schneidig aus in einem dunkelgrauen Anzug. Eine dreiköpfige Band aus Rockland spielt auf der Klippe über der Küste, wo Fred ein *Clambake* organisiert hat.

Nach ihren Flitterwochen ziehen die Frischvermählten in unser Haus, um Geld zu sparen für ein eigenes. Mir gefällt es, eine andere Frau in meiner Nähe zu haben, vor allem eine so junge und freundliche wie Mary, die zuverlässig und lieb ist und viel lacht. Sie ist mir im Haus eine angenehme Gesellschaft und hilft mir beim Kochen und Putzen.

Sam und Mary richten sich in einem Schlafzimmer im dritten Stock ein, abseits vom Rest der Familie, und schon bald ist Mary schwanger. Anders als Ramona – die mir das in ihren Briefen berichtet – leidet sie nicht unter Morgenübelkeit. Wir sitzen am Herd, während sie Decken strickt und ich Kleider für das Baby nähe, und unterhalten uns über das Wetter und die Ernte und gemeinsame Bekannte, wie Gertrude Gibbons, die vor kurzem auch geheiratet hat. (Sie hat eine Hochzeitseinladung geschickt, aber ich bin nicht hingegangen.)

»Dieses Mädchen hat etwas von einem Hütehund: Muss immer aufpassen und schnappen. Aber sie ist in Ordnung«, sagt Mary.

Bei diesem Vergleich muss ich lächeln, zum einen, weil er genau beschreibt, was Gertrude tut, und zum anderen, weil Mary ihn so sachlich und ohne jeden Groll hervorbringt. Ich erzähle ihr nichts von dem gemeinen Kommentar, den ich Gertrude gegenüber beim Tanz abgegeben habe. Ich bin nicht stolz auf ihn.

Monate später weckt mich mitten in der Nacht ein tiefes Stöhnen. Ich liege in der Dunkelheit meines Schlafzimmers und lausche, höre aber nur meine eigenen Atemzüge. Ich setze mich auf. Minuten vergehen. Wieder ein Stöhnen, lauter diesmal, und da wird mir klar: Das Baby kommt auf die Welt. Ich höre Sam mit schweren Schritten die Treppe hinuntergehen und das Haus verlassen. Der Motor des Fords heult auf; Sam ist auf dem Weg zur Hebamme.

Wie jeden Morgen beuge und strecke ich meine Beine und schwinge sie vorsichtig über die Bettkante, halte mich am Bettgestell fest, als ich nach meinem Kleid greife, das an einem Haken an der Tür hängt. Im Dunkeln ziehe ich meine Strümpfe an und schlüpfe in meine Schuhe, dann gehe ich hinunter, auf das Treppengeländer gestützt. Papa sitzt unten in der Diele in seinem Rollstuhl, murmelt etwas auf Schwedisch und poltert herum bei dem Versuch, den Rollstuhl durch die Küchentür zu lenken. Er muss allein aufgestanden sein; normalerweise hilft ihm Al dabei.

Ich fülle Wasser aus dem Behälter, der auf dem Boden steht, in den Kessel, mache Feuer im Glenwood-Herd und hole Haferflocken für den Porridge und Brot zum Rösten, während am Himmel die Sonne aufgeht. Nach einer Weile sehe ich, dass ein Auto vor dem Haus hält. Die Hebamme steigt aus, mit einer großen Tasche in der Hand. Dann öffnet sich die hintere Wagentür, und Gertrude Gibbons taucht auf. Was macht sie hier?

»Schau, wen ich mitgebracht habe«, sagt Sam, als er in die Küche kommt. »Mary dachte, es wäre hilfreich, wenn noch jemand mit anpacken kann.«

»Wie geht es dir, Christina?«, sagt Gertrude, die ihm folgt, und lächelt breit.

»Mir geht es gut, Gertrude«, sage ich und bemühe mich um einen neutralen Tonfall. Wir haben uns seit diesem Tanzabend vor langer Zeit nicht mehr gesehen, und die Stimmung zwischen uns ist steif und unbehaglich.

»Ich weiß, dass du Schwierigkeiten mit diesen Treppen hast, und deiner Mutter geht es nicht gut«, sagt sie. »Es ist mir eine Ehre einzuspringen. Wo ist die liebe Mary?«

Als alle die Treppe hinaufmarschiert sind, gehe ich durch die Hintertür in den kühlen Garten, der um diese Zeit noch im Schatten des Hauses liegt. Al hat die Beete umgegraben, und die Erde riecht frisch und feucht vom gestrigen Regen. Tessie wiehert irgendwo in der Ferne. Lolly streicht um meine Beine, drückt sich gegen meine Waden. Ich lasse mich auf eine Steinstufe sinken und ziehe sie auf meinen Schoß, aber sie jault und schleicht davon. Ich fühle mich niedergeschlagen und schwer. Etwas früher in diesem Jahr ist eine Geburtsanzeige von Ramona und Harland angekommen: ein Mädchen namens Rose, 3500 Gramm schwer. Im Juni hat Eloise Bill Rivers geheiratet, und Alvah ist ein paar Wochen später mit Eva Shuman durchgebrannt. Ich freue mich für Mary und Sam, für sie alle, aber jeder Anlass dieser Art – Hochzeit, Geburt, Taufe – erinnert mich daran, wie allein ich bin. Mein eigenes Leben ist im Vergleich dazu so leer.

Tränen steigen mir in die Augen.

»Ach, hier bist du!« Mit einem Blick über die Schulter sehe ich Gertrudes Gesicht durch das Fliegengitter der Tür. »Ich habe dich überall gesucht. Die Hebamme braucht mich im Moment nicht. Sie sagt, Mary ist ein Naturtalent.«

Ich wische mir mit dem Handrücken über das Gesicht in der Hoffnung, dass sie nichts merkt, aber Gertrude Gibbons entgeht nichts. »Was ist los, um Himmels willen? Hast du dich verletzt?«

»Nein.«

Sie versucht, die Fliegengittertür zu öffnen, aber es geht nicht, weil ich im Weg sitze. »Ist irgendwas passiert?«

»Nein.«

»Kann ich zu dir nach draußen kommen?«

Gertrude Gibbons meine Tränen erklären zu müssen ist das Letzte, was ich jetzt will. Sie ist aus Neugier hier und aus Langeweile und weil sie immer genau wissen will, was vorgeht. »Bitte, lass mir einen Augenblick Zeit.«

Aber das tut sie nicht. »Himmel, Christina, wenn …«

»Ich habe gesagt«, erkläre ich, und meine Stimme wird lauter, »du sollst mich allein lassen.«

»Gut.« Sie macht eine beleidigte Pause. Dann sagt sie kalt: »Ich bin heruntergekommen, um dir mit dem Frühstück zu helfen. Aber ich sehe, du hast das Feuer ausgehen lassen.«

Schwankend stehe ich auf. Dann reiße ich die Tür auf, so dass sie erschrocken zusammenfährt. Tränen verschleiern mir die Sicht, als ich in die Küche taumele. Meine Unbeholfenheit bringt mich noch mehr auf; alles verschwimmt in einem Nebel, und Gertrude sieht mich mit ihrem üblichen stumpfen, abschätzenden, mitleidigen Blick an.

Ich hasse sie dafür. Dafür, dass sie mich so deutlich sieht, und dafür, dass sie mich überhaupt nicht sieht.

Ich schlingere durch die Pantry, so dass sie gezwungen ist, einen Schritt zurückzutreten, dicht an die Wand. Ich will nach oben in mein Zimmer und die Tür hinter mir zumachen, aber wie kann ich die Treppe erreichen, ohne dass sie mir zusieht? Aber dann merke ich, dass mir das egal ist. Ich muss einfach dort hin. Gegen die Wand gestützt wanke ich durch den Flur, bis ich die Stufen erreiche. Ich benutze meine Unterarme und Ellbogen, um mich die schmale Treppe hinaufzuziehen, und halte alle paar Stufen inne, um Kraft zu sammeln. Ich weiß, dass Gertrude jedes Ächzen hört. Als ich den obersten Treppenabsatz erreicht habe, blicke ich hinunter. Da ist sie, sie steht in der Diele und hat die Hände in die Seiten gestemmt. »Also ehrlich, Christina, ich verstehe nicht …«

Aber ich will nichts hören. Ich kann es nicht. Ich wende mich ab und ziehe mich über den Boden bis in mein Zimmer, wo ich die Tür hinter mir zutrete.

Schwer atmend liege ich auf dem Boden in meinem Schlafzimmer. Ein paar Minuten später höre ich Schritte die Treppe heraufkommen.

Dann klopft es an der Tür.

»Christina?« Gertrudes Stimme trieft vor künstlicher Sorge.

Mich rückwärtsschiebend erreiche ich den Bettpfosten, dann drehe ich mich um und hieve mich hoch auf die Matratze. Ich versuche, ruhig zu atmen. Ihre Anwesenheit auf der anderen Seite der Tür bewirkt, dass mich unangenehme Hitze durchströmt.

Wieder klopft es.

»Geh weg.«

»Um Himmels willen, lass mich rein.«

Die Tür ist nicht verschließbar. Einen Augenblick später sehe ich, wie der weiße Porzellanknauf sich dreht. Gertrude tritt ins Zimmer und macht die Tür zu, auf ihrem teigigen Gesicht ein Ausdruck von gespielter Sorge. »Was ist los mit dir?«

Am liebsten würde ich davonstürzen, kann mich aber nur in Worte flüchten. »Ich habe dich nicht gebeten herzukommen.«

»Nun, dein Bruder hat mich darum gebeten. Ehrlich gesagt, mit drei gebrechlichen Menschen in diesem Haushalt sollte man meinen, du wärest dankbar dafür.«

»Ich versichere dir, dass ich das nicht bin.«

Einen Moment lang starren wir einander an. Dann sagt sie: »Jetzt hör mir mal zu. Jeden einzelnen Tag im Jahr machst du für diese Familie das Frühstück. Auch jetzt müsstest du all deine Kraft zusammennehmen, um etwas zu essen vorzubereiten. Warum bist du so hasserfüllt?«

Vielleicht verstehe ich es selbst nicht richtig. Aber mein erbitterter Zorn fühlt sich gut an. Besser als Traurigkeit. Ich will ihn nicht aufgeben. Ich verschränke die Arme vor der Brust.

Sie seufzt. »Wie werden gleich dieses wunderbare, neue Leben willkommen heißen – dieses Baby! Es tut mir leid, dass ich so deutlich werden muss, aber du benimmst dich wie ein Kind. Und ich kann dir versichern, dass alle das denken, auch wenn es dir nie jemand sagt.« Sie fährt mit der Hand neben meinem Bein über das Laken und streicht es glatt. »Manchmal braucht man eine gute Freundin, die einem sagt, was Sache ist.«

Ich zucke vor ihrer Hand zurück. »Du bist keine Freundin für mich. Und schon gar keine gute.«

»Warum … wie kannst du so etwas sagen? Was meinst du damit?«

»Ich meine, dass …« Was meine ich? »Du hast Vergnügen an meinem Unglück. Es verschafft dir ein Gefühl der Überlegenheit.«

Sie wird rot und fährt sich mit der Hand an die Kehle. »Es ist schrecklich, so etwas zu sagen.«

»Es ist das, was ich empfinde.«

»Ich habe dich zu meiner *Hochzeit* eingeladen! Zu der du – wenn ich dich daran erinnern darf – nicht gekommen bist. Du hast nicht einmal ein Geschenk geschickt.«

Ich verspüre den Anflug eines schlechten Gewissens. Das Geschenk habe ich vergessen. Aber ich bin nicht in der Stimmung, mich zu entschuldigen. »Lass uns ehrlich sein, Gertrude. Du wolltest mich auf deiner Hochzeit nicht dabeihaben.«

»Bilde dir nicht ein zu wissen, was ich will oder nicht will!«, faucht sie. Dann zeigt sie in Richtung Zimmerdecke und legt einen Finger auf die Lippen. »Pssst!«

»Du bist diejenige, die laut wird«, sage ich ruhig.

»Christina, das ist verrückt«, sagt sie plötzlich in gebieterischem Ton. »Ohne Zweifel war es niederschmetternd für dich, was mit diesem Mann passiert ist. Walton Hall.« Seinen Namen aus ihrem Mund zu hören lässt mich erschaudern. »Aber das Leben geht weiter. Du musst damit aufhören, dich in deinem Leid zu suhlen. Willst du nicht auch das Beste für deinen Bruder und Mary? Nun lass uns das alles vergessen und runtergehen, um diesen hungrigen Leuten etwas zu essen zu machen.«

Dass sie Walton erwähnt hat, bringt das Fass zum Überlaufen. »Raus aus meinem Zimmer.«

Sie stößt ein kleines, ungläubiges Lachen aus. »Warum, ich …«

»Wenn du mein Zimmer nicht sofort verlässt, werde ich nie wieder mit dir sprechen, das schwöre ich.«

»Aber, Christina …«

»Das ist mein Ernst, Gertrude.«

»Das ist unerhört. In meinem ganzen Leben …« Sie sieht sich um, als ob irgendeine bisher unsichtbare Person hier im Raum ihr zu Hilfe kommen könnte.

Ich drehe mich auf dem Bett von ihr weg.

Einen Moment bleibt sie mitten im Raum stehen und atmet schwer. »Du hast ein sehr kaltes Herz, Christina Olson«, sagt sie. Dann öffnet sie die Tür und knallt sie hinter sich zu, als sie hinaus auf den Flur tritt. Ich höre, wie sie draußen zögert und dann mit schweren Schritten die Treppe hinuntergeht.

Unterdrückte Stimmen. Sie spricht im Esszimmer mit Papa. Die Fliegengittertür öffnet sich mit einem Knarren und fällt dann zu.

Was ich versprochen habe, das halte ich auch, hat Walton einst gesagt. Seine Worte waren leer, aber meine sind es nicht. Obwohl wir in einem kleinen Ort leben und nicht umhinkommen, uns immer wieder zu begegnen, halte ich gegenüber Gertrude Gibbons mein Wort. Ich werde nie wieder mit ihr sprechen.

Als ein paar Stunden später mein Neffe – der den amerikanischen Namen seines Großvaters erhält, John William – im dritten Stock geboren wird, habe ich den Rückweg bereits wieder gemeistert, die Treppe hinunter in die Pantry, wo ich mir das Gesicht mit einem kühlen Lappen wasche und das Haar mit einer Pferdehaarbürste bändige. Ich schüre die Glut, bis das Feuer wieder auflodert, und decke den Tisch mit Scheiben von Truthahnbraten, eingelegten Bohnen und Apfelpfannkuchen. Als mein Bruder Sam mir das kleine Bündel in die Arme legt, das sich so warm und fest anfühlt wie ein frisch gebackener Brotlaib, schaue ich in das Gesicht dieses Kindes. *John William.* Er sieht mich mit seinen dunklen Augen aufmerksam an, die Stirn gerunzelt, als versuche er herauszufinden, wer ich bin, und meine Niedergeschlagenheit löst sich langsam auf und verschwindet schließlich ganz. Man kann für dieses Baby nichts anderes empfinden als Liebe.

Der Stachelrochen

1946–1947

Sonne und Schnee haben die Fassadenschindeln dieses alten Hauses so übel zugerichtet, dass kaum noch etwas von ihrem ursprünglichen Weiß übrig ist. Auch die Tapeten im Inneren sind dunkel geworden durch den Rauch von Holz, Heizöl und Tabak. Manchmal habe ich das Gefühl, als lebten Al und ich in einem Spukhaus mit den Geistern unserer Eltern und Großeltern, all dieser Schiffskapitäne mit ihren Ehefrauen und Kindern. Ich halte die Tür zwischen Schuppen und Küche immer noch offen für die Hexen.

Geister und Hexen, überall. Der Gedanke ist seltsam tröstlich.

In diesen Tagen ist es meistens ruhig im Haus. Inzwischen empfinde ich Stille wie eine besondere Art Geräusch. Im Grunde genommen ist die Welt nie vollkommen still, nicht einmal mitten in der Nacht. Betten knarren, ein Wolf heult, Wind lässt die Bäume rauschen, das Meer braust und beruhigt sich wieder. Und natürlich gibt es viel zu sehen. Im Frühling beobachte ich Hirschkühe, die die Köpfe in den Wind recken, gefolgt von gefleckten Hirschkälbern; im Sommer Hasen und Waschbären; im Herbst einen Elch, der über das Feld schreitet. Ein Rotfuchs ist vor dem Dezemberschnee deutlich zu erkennen.

Die Stunden häufen sich an wie Schnee und ziehen sich wieder zurück wie das Meer bei Ebbe. Al und ich gleiten durch unsere alltägliche Routine. Stehen auf, wann wir wollen, und gehen zu Bett, wenn es dunkel wird. Wir müssen für niemanden planen außer für uns selbst. Im Herbst und im Winter verkriechen wir uns, passen unseren Herzschlag dem langsamen Rhythmus eines Winterschläfers an, und bemühen uns im März, wieder wach zu werden. Im Juni und Juli kommen Leute von außerhalb in Autos an, die mit Taschen und Kisten beladen sind, und brechen im August und September wieder in die entgegengesetzte Richtung auf. Ein Jahr geht in das nächste über. Jede Jahreszeit ist wie im Vorjahr, mit geringen Abweichungen. Unsere Gespräche drehen sich oft um das Wetter: Wird dieser Sommer heißer als der letzte, erwartet uns ein früher Frost, wie hoch liegt der Schnee im Dezember?

Das Leben, das wir führen, fühlt sich ganz schön nach Warten an.

Im Sommer stehe ich normalerweise vor Sonnenaufgang auf, mache Feuer im Glenwood-Herd und koche Porridge. (Selten schlafe ich auf meiner Pritsche nachts durch; meine Beine schmerzen, selbst in meinen Träumen.) Ich fülle eine Schale für mich und esse in der Dunkelheit, während ich auf die Geräusche des Hauses lausche und auf die heiseren Schreie der Möwen draußen. Wenn Al in die Küche kommt, reiche ich ihm eine Schale mit Porridge, und er nimmt sie mit zum Küchentresen, wo er Zucker aus Mutters Kristallglasschüssel darüberstreut.

»Nun, ich schätze, es ist Zeit zum Melken«, sagt er, wenn er fertig ist. Er trägt die Schale zur Spüle in der Pantry und pumpt Wasser darüber.

»Ich kann das abspülen«, protestiere ich manchmal. »Du hast zu tun.«

Aber er spült immer seine Schale ab, und meine noch dazu. »Es macht mir nichts aus.«

Wenn Al zum Stall geht, sitze ich in meinem alten Lehnstuhl am Fenster, durch das ich auf der einen Seite die Straße in Richtung Stadt und auf der anderen den St George River und dahinter das Meer sehen kann. Die Sonne glitzert auf dem Wasser, und der Wind zeichnet Muster ins hohe Gras. Später am Vormittag taucht Andy normalerweise auf, verschwindet nach oben und kommt dann zum Mittagessen wieder herunter, am späten Nachmittag geht er wieder. Die Tür ist angelehnt, und Topsy und die Katzen kommen und gehen, wie es ihnen gefällt. Manchmal klettert ein zutrauliches Stachelschwein die Stufen hinauf, watschelt durch die Küche und verschwindet in der Pantry. Hin und wieder passiert es, dass ich einnicke und von einem Schnurren geweckt werde, das sich für mein vom Schlaf umnebeltes Hirn anhört wie weit entferntes Motorengeräusch. Lolly, die mich blinzeln sieht, streckt sich zu meinem Gesicht hin und gräbt ihre Krallen in meine Schulter. Ich greife unter ihren Brustkorb und spüre durch die warme Haut ihren raschen Herzschlag.

Später am Tag jäte ich Unkraut in meinem Blumengarten und beschneide die Blumen, die in allen Farben leuchten; Mohnblumen, Stiefmütterchen und verschiedene Gartenwicken, hellblau, pfirsichfarben und violett. Rote Geranien wachsen dicht und üppig in alten Konservendosen und blau gestrichenen Blumentöpfen am Fenster. Ich stelle ein paar der weißen Lilien, die seit hundert Jahren neben Als rosafarbenen Lieblingsrosen hinter dem Schuppen wachsen, in Vasen. Die Katzen strecken sich und blinzeln faul in die Sonne. Ich kann mir keinen Ort vorstellen, an dem ich lieber wäre.

Aber im Winter, wenn es am frühen Morgen so kalt ist, dass man seinen Atem sehen kann, während man noch im Bett liegt, und wenn man für den Weg zum Stall eine Hacke braucht, um die Eiskruste vom Schnee zu entfernen, wenn der Wind Äste von den Bäumen bricht und der Himmel so grau wie ein Stein ist, dann ist es schwer nachzuvollziehen, warum irgendjemand freiwillig hier leben sollte. Dieses alte Haus zu heizen ist wie eine Hummerfalle durchwärmen zu wollen. Die drei Holzöfen müssen ständig befeuert werden, sonst erfrieren wir. Es braucht elf Klafter Holz, um die Feuer bis zum Frühling in Gang zu halten. Ohne Elektrizität kommt die Dunkelheit früh. Bevor sie hereinbricht, schichtet Al so viel Feuerholz in den Öfen auf, dass die Kohle die ganze Nacht über glüht. Ich mache Ziegelsteine im Ofen heiß, die ich in Tücher wickle und unter die Bettdecken schiebe. Oft gehen wir abends um acht Uhr ins Bett, und dann liegt jeder in seinem Zimmer und starrt an die Decke.

Hängt es von unseren natürlichen Eigenschaften ab, welche Entscheidungen wir treffen, frage ich mich, oder wird unsere Art zu leben von äußeren Umständen bestimmt, auf die wir keinen Einfluss haben? Vielleicht sind diese Fragen unmöglich voneinander zu trennen, weil sie, wie ein Knäuel Seetang auf einem Felsen, an der Wurzel miteinander verbunden sind. Ich denke an die Hathorns, die vor langer Zeit wider jede Vernunft entschlossen waren, ihre Vergangenheit hinter sich zu lassen. Und wir, ihre Nachkommen, Erben ihrer trotzigen Beharrlichkeit, halten eisern durch, eine Generation nach der anderen, bis auch der Letzte von uns auf dem Friedhof auf der anderen Seite des Feldes endet.

Die Postkarte mit dem Stempel aus Tokio zeigt eine malerische Ansicht von Brückenbögen, die zu einer Villa mit gebogenem Dach führen. »Nijubashi: der Haupteingang zum Kaiserpalast«, steht auf Englisch darauf, neben einer Reihe japanischer Schriftzeichen. Die Karte unterscheidet sich zwar nicht sehr von dem halben Dutzend anderer, die ich im Laufe der letzten Monate des Jahres 1945 erhalten habe, aber die gekritzelte Nachricht von John auf der Rückseite ist eine Überraschung: »Endlich, Tante Christina – ich komme nach Hause!«

Meine alte Freundin Sadie Hamm hat ebenfalls Grund zum Feiern: Ihr Sohn Clyde ist zwar verletzt worden, aber er kommt mit nur einer Fleischwunde am Oberarm und ein paar Granatsplittern in den Beinen nach Hause. Sie weint beinahe, als sie mir davon erzählt. »Es hätte auch ganz anders für uns ausgehen können«, sagt sie. »Wenn ich daran denke, was andere aushalten müssen …«

Die beiden Söhne der Postangestellten Bertha Dorset sind in die Armee eingezogen worden, und der jüngere ist in Frankreich gestorben. Und Gertrude Gibbons' Neffe, der in Rockland aufgewachsen ist und als Kampfpilot ausgebildet wurde, ist über dem Pazifik getötet worden. Als ich vor all den Jahren die Soldaten im Boston Common gesehen habe, hätte ich niemals gedacht, dass ein weiterer Weltkrieg uns heimsuchen würde. Ich hätte mir nicht vorstellen können, wie viel mehr es noch zu verlieren gab.

»Du könntest Gertrude einen Brief schreiben, weißt du«, sagt Sadie sanft. »Ich bin sicher, dass es ihr viel bedeuten würde.«

»Das könnte ich«, sage ich.

»Es ist viel Zeit vergangen.«

»Das stimmt.«

Aber auch wenn ich einen Anflug von Mitgefühl für Gertrude empfinde, weiß ich, dass ich ihr nicht die Hand reichen werde. Ich bin zu alt, zu stur. Ihre gefühllose Aufdringlichkeit war etwas, das ich ihr nicht verzeihen konnte – und kann.

Und wenn ich ehrlich bin, ist da noch etwas anderes. Gertrude ist zur Symbolfigur geworden für jeden, der mich je bemitleidet hat, der nicht versucht hat, mich zu verstehen, oder der mich verlassen hat. Sie gibt meiner Bitterkeit ein Ziel.

John braucht mehrere Wochen, um mit dem Schiff von Japan nach Treasure Island im südlichen Pazifik und von dort aus mit der Fähre nach San Francisco zu reisen, und noch einmal fünf Tage für die Zugfahrt nach Boston, wo er am Weihnachtsabend 1945 offiziell aus der Marine entlassen wird. In seiner Uniform steht er am ersten Weihnachtsfeiertag vor unserer Tür, mit der Brust voller Orden und bunten Päckchen pastellfarbener Bonbons, die man Kompeito nennt und aus denen ich mir nichts mache, und mit einem ganz neuen, gar nicht Olson-typischen Hang, andere zu umarmen.

John ist größer und dünner geworden, und seine Gesichtszüge sind schärfer, aber er ist so sanftmütig wie eh und je. »Ich kann es nicht abwarten, mein Hummerboot aus dem Schuppen zu holen und aufs Meer hinauszufahren«, sagt er zu mir. »Ich habe diesen Ort vermisst.«

Er braucht nicht viel Zeit, um sesshaft zu werden. Im Frühjahr 1946 verlobt er sich mit einer Frau aus unserer Gegend, Marjorie Jordan. »Du kommst doch zu unserer

Hochzeit, oder, Tante Christina?«, bittet er mich und nimmt dabei meine Hand.

Wie sollte ich auf eine Hochzeit gehen, wenn ich kaum laufen kann?

»Meine Güte, du brauchst mich doch nicht auf deiner Hochzeit.«

»Doch, das tue ich. Du kommst, und wenn ich dich hintragen muss.«

Ich bedeute ihm, dass er näher kommen soll. Ich weiß nicht, was ich sagen soll, aber ich will irgendetwas sagen. Es berührt mich, dass er mich dabeihaben will. »Ich bin froh, dass du überlebt hast«, sage ich zu ihm, als er neben mir in die Hocke geht.

Er lacht und küsst mich auf die Wange. »Ich bin auch froh, dass ich überlebt habe. Also kommst du?«

»Ich komme.«

Sadie klatscht in die Hände, als ich ihr die Neuigkeit mitteile. »Wie schön! Also dann, wir müssen dir ein neues Kleid kaufen. Ich fahre mit dir nach Rockland.«

»Nein, keins aus dem Laden. Ich werde mir selbst eins nähen.«

Sie sieht mich zweifelnd an. »Wie lang ist es her, dass du zuletzt etwas genäht hast?«

»Eine ganze Weile, denke ich.« Ich strecke meine verkrümmten Hände aus, die Handflächen nach oben. »Ich weiß, dass sie fürchterlich aussehen, aber sie funktionieren ganz gut.«

Sie seufzt. »Wenn du darauf bestehst, fahre ich mit dir Stoff kaufen.«

Am nächsten Morgen hilft mir Sadie in ihren cremefarbenen Packard Sedan und fährt mich zu Senter Crane in

Rockland. Während der Fahrt fange ich an mir Sorgen zu machen. Wie wird sie mich ins Innere des Warenhauses befördern? Als sie das Auto geparkt hat, beugt sich Sadie zu mir herüber und tätschelt mir das Knie. Als hätte sie meine Gedanken gelesen, sagt sie: »Lass mich doch einfach reingehen und dir ein paar Muster mitbringen. Was möchtest du?«

Ich hatte gar nicht gemerkt, dass ich vor Anspannung die Luft angehalten habe. Jetzt atme ich erleichtert aus. »Das ist wahrscheinlich das Beste. Vielleicht einen geblümten Seidenstoff?«

»Alles klar.«

Ich sehe zu, wie sie durch die Drehtür schlüpft. Zehn Minuten später kommt sie mit einem Schnittmuster für ein Kleid und drei Stücken Stoff wieder heraus.

»Wegen der Rationierungen gibt es keine Seide«, sagt sie. »Aber ich habe ein paar annehmbare Alternativen gefunden.« Sie reicht mir die Stoffquadrate. Einen himmelblauen, gepunkteten Baumwollstoff, einen geblümten Rayon, ein leichtes, rosa Breitgewebe aus Baumwolle. Ich nehme natürlich den rosafarbenen.

Zu Hause im Esszimmer lege ich den Stoff auf dem Tisch aus und betrachte das Bild auf dem Umschlag des Schnittmusters: eine schlanke, elegante Frau, die ganz anders aussieht als ich, in einem Kleid mit eng anliegendem Mieder und einem langen Rock aus mehreren Stoffbahnen. Ich nehme den dünnen, zusammengefalteten Papierschnitt aus dem Umschlag und breite ihn auf dem Stoff aus, finde das Nadelkissen in meinem Nähkorb und versuche, ihn festzustecken. Ich bin bestürzt, als ich feststelle, dass meine Finger stark zittern. Nur mit großer Anstrengung schaffe ich es, einen Teil des Schnittmusters auf den Stoff zu heften. Mit meiner schweren, silbernen Schere fange ich an zu schneiden, aber die Kante wird zackig. Ich öffne die Nähmaschine und sitze ein paar Minuten davor, streiche über ihre geschwungene Oberfläche, berühre die immer noch spitze Nadel mit dem Finger.

Auf einmal habe ich Angst. Angst, das Kleid zu ruinieren.

Ich lehne mich auf meinem Stuhl zurück. Es ist nicht nur wegen des Kleides oder wegen meiner jämmerlichen Hände; es geht um viel mehr. Ich habe Angst vor meiner Zukunft – einer Zukunft, in der meine Kräfte unweigerlich nachlassen werden. Ich werde zunehmend abhängiger von anderen sein. Ich habe Angst davor, den Rest meiner Tage in dieser zerbrochenen Muschelschale unseres Hauses zu verbringen.

Als Sadie ein paar Tage später vorbeikommt, fährt sie mit dem Finger an den unregelmäßigen Reihen von Stecknadeln entlang. Sieht sich die zackigen Schnittkanten an. »Ein Anfang ist gemacht«, sagt sie sanft. »Soll ich es zu Catherine Bailey in Maple Juice Cove bringen, damit sie es fertig macht?« Sie sieht mir nicht in die Augen; ich merke, dass sie mich nicht in Verlegenheit bringen will. Als ich nicke, sagt sie: »Also gut«, faltet das Muster und den Stoff vorsichtig zusammen und sammelt die rosafarbenen Garnrollen und die Anleitung ein. Sie nimmt das gelbe Maßband aus meinem Nähkorb, entrollt es und schlingt es um meine Brust, Hüften und Taille, kritzelt die Maße auf ein Stück Papier und steckt alles in eine Tasche.

Einige Wochen später sitze ich in meinem neuen Kleid in der Küche, fertig für die Hochzeit, als Andy, wie immer unangekündigt, vorbeikommt.

Er bleibt abrupt an der offenen Tür stehen und sagt: »Mein Gott, Christina.« Er kommt zu mir, lässt seine Hand über meinen Ärmel gleiten und murmelt, mehr zu sich selbst: »Großartig. Wie eine verblasste Hummerschale.«

1922 – 1938

In den Sommermonaten gehe ich nun an den meisten Freitagen in die Grange Hall nach Cushing. Aber anstatt mich dort im Takt der Musik zu wiegen und mit Freunden zu plaudern, die sich an der Tanzfläche drängeln und unaufhörlich scherzen und lachen oder – die Kühneren – draußen stehen und rauchen oder aus einem Flachmann trinken, habe ich die Rolle der Fruchtpunsch-Serviererin, Kuchenschneiderin oder Kekse-Arrangeurin. Ich sammle schmutzige Servietten auf und spüle hinter einer Trennwand Gläser. Die meisten Frauen, die außer mir diese Rolle spielen, sind älter als ich und verheiratet. Nur wenige sind in meinem Alter: die Übriggebliebenen und Kinderlosen.

Ich habe mich noch nicht daran gewöhnt. Sicher werde ich das auch niemals tun. Am Anfang bringe ich immer meine guten Schuhe in einer Tasche mit und ziehe sie an, sobald ich angekommen bin. Aber eines Abends, als es besonders heiß in der Halle ist, entschuldige ich mich am Serviertisch, gehe hinaus, streife meine Strümpfe herunter und ziehe wieder meine flachen Straßenschuhe an. Was macht das schon?

An einem schwülen Freitag im August bin ich mit Fred und seiner Verlobten Lora auf dem Weg zur Grange Hall. Ich trage ein weißes Kleid, das ich nach einem neuen McCall-Muster selbst genäht und erst ein paar Stunden zuvor fertiggestellt habe. Plötzlich rutsche ich aus. Ich versuche, mich mit den Händen abzufangen, aber meine Arme sind nicht kräftig genug, um mein ganzes Gewicht zu halten. Ich falle schwer auf Schmutz und Kiesel, zerreiße mir die Ärmel und schürfe mir die Haut auf.

»Oh!«, schreit Fred und springt auf mich zu, »ist alles in Ordnung mit dir?«

An meinem Kinn ist Blut, meine Handgelenke schmerzen, ich liege in dem schmutzigen Kleid, an dem ich wochenlang genäht habe, auf dem Bauch. Der Rock ist bis zu meinen Hüften hochgerutscht und legt meine knielangen Damenunterhosen und missgestalteten Beine frei. Langsam stemme ich mich auf die Ellbogen hoch, um mein zerrissenes Oberteil in Augenschein zu nehmen. Auf einmal bin ich das alles so leid – die ständige Gefahr von Demütigung und Schmerz, die Angst, mich zu blamieren. Ich habe es so satt, immer so zu tun, als ob ich normal wäre, obwohl ich es nicht bin, und ich breche in Tränen aus. Nein, es ist nicht alles in Ordnung mit mir, will ich sagen. Ich fühle mich schmutzig, beschämt, erniedrigt. Ich bin eine Last und eine Schande.

»Kannst du aufstehen?«, fragt Lora freundlich von oben herunter und geht neben mir in die Hocke. »Lass mich dir helfen.«

Ich wende das Gesicht ab.

»Scheint nichts gebrochen zu sein«, murmelt Fred, während er mit seinen kundigen Farmerhänden meine Hand- und Fußgelenke abtastet. »Aber ich fürchte, du wirst ein paar blaue Flecke und Schwellungen bekommen. Du Arme.« Er lässt mich meine Handgelenke beugen, was mir sogar schwerfällt, wenn ich keine Schmerzen habe. Als ich das Gesicht verziehe, sagt er: »Wahrscheinlich eine böse Verstauchung. Nicht schön, aber es könnte schlimmer sein.«

Lora bleibt bei mir, während Fred zurückrennt, um das Auto zu holen. Als wir wieder zu Hause sind, tragen mich die beiden hinauf in mein Zimmer. Lora findet mein Nachthemd am Haken und hilft mir diskret beim Umziehen. Fred wäscht mir vorsichtig Arme und Beine ab. Als sie endlich die Tür hinter sich geschlossen haben, vergrabe ich mich in meinen Decken und drehe mich zur Wand.

Wie konnte aus der schönen Maid aus dem Märchen nur so schnell eine jämmerliche alte Jungfer werden? Ich habe den Übergang kaum bemerkt. Mammey hat mir einmal erzählt, dass man zu ihrer Zeit eine mit dreißig Jahren noch unverheiratete Frau als *Thornback*, Stachelrochen, bezeichnete, nach einem flachen, stacheligen, prähistorisch aussehenden Fisch. So haben die Leute auch Bridget Bishop genannt, sagte sie. Einen *Thornback*, Stachelrochen. Das ist nun aus mir geworden.

Als Mamas Gesundheitszustand sich so verschlechtert, dass sie und Papa getrennte Schlafzimmer brauchen, biete ich ihr meins an. Sie hat Schmerzen; ihr Nierenleiden ist schlimmer geworden, ihre Beine sind von Ödemen geschwollen. Inzwischen schläft sie sitzend in einem Wohnzimmersessel. Ich ziehe nach unten, wo ich auf einer Pritsche schlafe, die ich jeden Morgen zusammenklappe und in den Wandschrank stecke. Es ist gar nicht so schlecht; so habe ich es näher zur Küche und zum Toilettenhäuschen, und insgeheim bin ich erleichtert, keine Treppen mehr steigen zu müssen.

Vormittags bereite ich das Mittagessen zu und trage es für Al, Papa und mich durch die enge Pantry zu dem runden Eichentisch im Esszimmer. Einen separaten Teller stelle ich beiseite, damit Al ihn zu Mutter die Treppe hinaufbringen kann. Gebackene oder gekochte Kartoffeln, grüne Bohnen, gebratenes Hühnchen, Truthahn oder Lamm, einen Eintopf aus Rindfleisch, Karotten, Zwiebeln und Kartoffeln. Jeden Tag backe ich Sauerteigbrot. Warte, bis der Teig aufgeht, knete ihn dann und lasse ihn nochmals gehen. Im Sommer und Herbst mache ich die Beeren ein, die Al von den Sträuchern pflückt, und die Erdbeeren, die er im Garten zieht, für Marmelade oder Kuchen.

Unsere Tage sind gekennzeichnet durch die Aufgaben, die wir jeweils erledigen müssen, so wie das bei Farmerfamilien schon immer war. Al füttert die Hühner, Pferde und Schweine, hackt Holz im Herbst, schlachtet ein Schwein, wenn es kälter wird, schneidet Eis im Winter. Ich sammle im Hühnerstall die Eier ein, und Al fährt mich in die Stadt, wo ich sie verkaufe. Er organisiert den Gemüse- und Getreideanbau so, dass wir zum Vierten Juli frische Erbsen ernten können und im September ein ganzes Maisfeld. Seemöwen lauern auf ein Festmahl, fallen über die Ernte her, und Al tötet ein paar von ihnen und hängt sie an Pfähle als Warnung für die anderen. Während der Heuernte im Hochsommer beobachte ich ihn aus dem Esszimmer, wie er mit seiner Schirmmütze auf dem Kopf und der Sense in der Hand das Heu mäht, an seiner Seite sechs Lohnarbeiter, die das frisch gemähte Heu mit Heugabeln auf den Wagen laden. Dann schleppen sie es zur Scheune, wo es mithilfe eines Flaschenzugs auf den Heuboden transportiert wird. Schwalben, die aus ihren Nestern gescheucht werden, flattern hin und her.

Ende Juli und im August ist Blaubeersaison. Al benutzt eine schwere Harke, um die kleinen, dunklen Beeren von den niedrigen Büschen zu entfernen. Es ist aufreibend, sich in der heißen Sonne tief niederzubeugen und die Beeren in eine Holzkiste zu kippen, bevor sie sortiert und gewogen werden, und den ganzen Sommer lang hat Al einen sonnenverbrannten Nacken. Seine Fingerknöchel sind zerkratzt und vernarbt, und er hat ständig Rückenschmerzen.

Außer an den Abenden in der Grange Hall, beim Nähzirkel, zu dem ich ab und zu gehe, und bei den gelegentlichen Besuchen bei Sadie treffe ich nicht viele Menschen. Die meisten meiner alten Freundinnen und Bekannten sind mit ihrem neuen Leben beschäftigt, ihren neuen Ehemännern. Auf jeden Fall habe ich mit den meisten Mädchen, mit denen ich zur Schule gegangen bin und die jetzt verheiratet sind und Kinder bekommen, wenig gemein. Wenn wir zusammen sind, merke ich, dass sie sich unwohl fühlen, wenn sie über ihre Ehemänner und Schwangerschaften sprechen. Aber dieser Unterschied zwischen uns hebt nur hervor, was schon immer so war. Weder ihre fließende, mühelose Beweglichkeit noch ihr unbeschwertes Lachen habe ich je mit ihnen geteilt. Mein Humor – falls man das so nennen kann – war immer schon bitterer, verschrobener, schwieriger zu verstehen.

Hin und wieder blättere ich in dem kleinen, blauen Gedichtband von Emily Dickinson, den meine Lehrerin, Mrs Crowley, mir einst in die Hand gedrückt hat. Ich erinnere mich an das, was sie an meinem letzten Schultag zu mir gesagt hat: »Dein Verstand wird dir Trost spenden.«

Das tut er auch, manchmal. Und manchmal auch nicht.

Da ich niemanden habe, mit dem ich über die Gedichte

sprechen kann, muss ich versuchen, ihre Bedeutung alleine zu erfassen. Es ist frustrierend, sie mit niemandem diskutieren zu können, und gleichzeitig merkwürdig befreiend. Die Zeilen können alles bedeuten, was ich möchte.

Verrücktheit hat oft höchsten Sinn –
Fürs aufmerksame Aug –
Sinn – ist oft heftigste Verrücktheit –
Die Mehrheit gibt hier an
Was Geltung hat, wie immer –
Stimm zu – dann bist du vernünftig –
Hab Skrupel – und du bist gefährlich –
Und liegst in Ketten künftig –

Ich stelle mir Emily an ihrem kleinen Schreibtisch vor, der Welt den Rücken kehrend. Sie muss den Leuten in ihrer Umgebung sehr merkwürdig vorgekommen sein. Ein bisschen verwirrt. Vielleicht sogar gefährlich, als eine, die behauptete, dass die Menschen, die ein konventionelles Leben führen, die Verrückten seien.

Ich denke über die Ketten nach, die sie fesselten. Ich frage mich, ob es dieselben waren wie meine.

Wie alle Katzen bekommen auch meine Katzen Junge. Al bringt sie in Kisten in die Stadt und verschenkt so viele wie möglich, dennoch dauert es nicht lange, bis ich ein Dutzend von ihnen zu füttern habe. Sie drängeln sich am Boden, maunzen und springen und fauchen einander manchmal an. Al schimpft darüber, fegt sie mit der flachen Hand vom Tisch, tritt nach ihnen, wenn sie sich um seine Beine schlängeln, murmelt etwas davon, das Problem mit einem großen Sack lösen zu wollen, den er im Teich versenkt. »Es sind zu viele, Christie, wir müssen sie loswerden.«

»Ach? Und was dann, soll ich dann in einem leeren Haus herumlaufen und mit den Wänden sprechen?«

Er beißt sich auf die Unterlippe und geht wieder zurück in den Stall.

Einmal liege ich spätabends in der Dunkelheit auf meiner Pritsche, als ich oben Geräusche höre, direkt über mir. Mutters Schlafzimmer. Ich setze mich schnell auf, suche nach einer Kerze und einem Streichholz und mache mich auf den Weg in den Flur. »Mutter?«, rufe ich. »Ist alles in Ordnung?«

Keine Antwort.

Al ist mit Sam ausgegangen, zum Kartenspielen. Papa ist in seinem Zimmer und schläft fest. (Es hat nicht viel Sinn, ihn zu wecken; er ist schwächer als ich.) Ich bin seit Monaten nicht mehr oben gewesen, aber ich weiß, dass es jetzt sein muss. So schnell ich kann schleppe ich mich auf den Ellbogen die Treppe hinauf. Vor Anstrengung rinnt mir der Schweiß über den Rücken. Als ich oben angekommen bin, ziehe ich mich hoch, taste mich den Flur entlang bis zu Mutters Tür und stoße sie auf. Im Mondlicht sehe ich, dass sie auf dem Boden kniet und geradezu panisch an ihrer Bettdecke zerrt in dem Versuch, sich zurück auf das Bett zu ziehen. Das Nachthemd ist bis zu ihren Hüften hochgerutscht.

Sie dreht sich um und sieht mich verwirrt an.

»Ich bin hier, Mutter.« In der Dunkelheit stolpere ich vorwärts und lasse mich neben ihr zu Boden fallen. Mit Händen, Ellbogen und sogar meinen Schultern versuche ich, ihr zu helfen, aber sie ist so schwer wie ein Sack Mehl, und ich bringe sie kein Stück vom Fleck.

Sie fängt an zu schluchzen. »Ich will nur in mein Bett.«

»Ich weiß«, sage ich kläglich. Ich bin hilflos und wütend: auf mich selbst, weil ich so schwach bin, auf Al, weil er ausgegangen ist. Nach ein paar Minuten wird ihr Schluchzen zu einem Wimmern, und sie legt ihren Kopf auf meinen Schoß. Ich ziehe ihr das Nachthemd über die Beine und streichle ihr übers Haar.

Einige Zeit später – eine Viertelstunde? Eine halbe? – geht unten die Haustür auf. »Al!«, schreie ich.

»Christie? Wo bist du?«

»Hier oben.«

Schwere Schritte auf der Treppe, die Tür wird aufgestoßen. Ich sehe Verwirrung in Als Augen, als er Mutter erblickt, die auf dem Boden liegt, und mich, wie ich ihren Kopf auf meinem Schoß wiege. »Was ist los?«

»Sie ist aus dem Bett gefallen, und ich konnte sie nicht hochheben.«

»Herr im Himmel.« Al kommt herüber und hebt Mutter vorsichtig auf die Matratze, dann zieht er die Decke über sie und küsst sie auf die Stirn.

Nachdem er mir die Treppe hinuntergeholfen und mich bis zu meiner Pritsche im Esszimmer gebracht hat, sage ich: »Es war schrecklich. Du kannst mich nicht hier mit ihr allein lassen.«

»Papa ist da.«

»Du weißt, dass er keine Hilfe ist.«

Al ist einen Moment still. Dann sagt er: »Ich brauche auch ein eigenes Leben, Christie. Das ist nicht zu viel verlangt.«

»Sie hätte sterben können.«
»Nun, das ist nicht passiert.«
»Es war hart für mich.«
»Ich weiß.« Er seufzt. »Ich weiß.«

Einige Monate später, ungefähr eine Woche nach Thanksgiving, stehe ich wie gewöhnlich früh auf, um in der Küche Feuer zu machen und mit dem Brotbacken zu beginnen. Die Dielen im oberen Stockwerk knarren über meinem Kopf, wie immer, wenn Al aufsteht, sich anzieht und in Papas Zimmer geht, um nach ihm zu sehen. Dumpf höre ich ihre Stimmen, Papas tiefen Bass und Als höheren Tenor. Ich häufe Mehl in die Steingutschale und gebe eine Prise Salz hinzu, meine Hände führen die Bewegungen wie von selbst aus, während mein Kopf den Tag plant: eingelegte Rüben und im Ofen gewärmter Schinken zum Mittagessen, Ingwerkekse, wenn ich noch Zeit habe, ein Berg Flickwäsche … Ich gebe einen Löffel Hefe hinzu, einen Klecks Melasse, warmes Wasser aus dem Topf auf dem Herd und fange an zu kneten und das Mehl unterzuheben.

Oben klopft Al an Mutters Tür – oder vielleicht bilde ich mir nur ein, dieses Geräusch wahrzunehmen, so gewöhnt bin ich an seine alltägliche Routine. Und dann höre ich, wie er in scharfem Ton sagt: »Mutter.« Möbelrücken.

Ich spüre es, bevor ich es weiß. Mit den Händen im Teig blicke ich zur Zimmerdecke hinauf.

Al poltert die Treppe herunter. Taucht keuchend in der Küche auf.

»Sie ist gestorben, nicht wahr?«, flüstere ich.

Er nickt.

Ich sinke auf die Knie.

Am nächsten Tag bringt uns Lora ein Trauerbukett, das wir an unsere Tür hängen. Es ist rund und schwarz, mit langen Bändern und künstlichen Blumen in der Mitte. Mutter hätte es scheußlich gefunden. Sie mochte keine künstlichen Blumen, und ich mag sie auch nicht.

»Damit zeigt man den Leuten, dass in diesem Haus getrauert wird«, sagt Lora, als sie meine finstere Miene bemerkt.

»Ich vermute, dass sie das schon wissen«, sage ich.

In der Nacht war der Wind so stark, dass ein Großteil des Schnees fortgeweht worden ist. Nachbarn stürmen auf unser Haus ein wie Krähen, zu zweit oder zu dritt, mit flatternden, schwarzen Schals und Mänteln. Sie klopfen an die Tür, hängen in der Diele ihre Mäntel an einen Haken und gehen einer hinter dem anderen an Mutters Leiche im Muschelzimmer vorbei. Die Frauen eilen in die Küche. Sie wissen, was sie in einer solchen Situation zu tun haben: genau das, was sie immer tun. Da ist Lisa Dubnoff und packt einen Gewürzkuchen aus. Mary-Violet Verzaleno schneidet Truthahnbraten in Scheiben. Annabelle Weinstein spült Geschirr. Die Männer stecken die Hände in die Hosentaschen, sprechen über den Hummerpreis und blicken mit zusammengekniffenen Augen zum Horizont. Durch das Küchenfenster sehe ich ein paar von ihnen im Garten Pfeife oder Zigaretten rauchen. Sie treten von einem Bein aufs andere und ziehen die Schultern hoch, während sie einen Flachmann kreisen lassen.

Diese Nachbarn verströmen Mitleid, wie eine Feldflasche bei Hitze Wasser verdunsten lässt. Die belangloseste Frage ist mit ungesagten Wörtern beladen. *Sorgen um dich … tut mir so leid für dich … so froh, dass ich nicht an deiner Stelle bin* ... Die Frauen in der Küche verstummen, sobald ich hereinkomme: *Gott steh ihr bei, was wird Christina ohne ihre Mutter tun?* Ich möchte ihnen erklären, dass meine Mutter eigentlich schon seit langer Zeit nicht mehr da war; ich werde gut zurechtkommen. Aber das kann ich nicht sagen, ohne unfreundlich zu klingen, deshalb bleibe ich still.

Am späten Nachmittag des dritten Tages stehen wir dicht gedrängt um Mutters Grabstätte auf dem Familienfriedhof. Der Wind zerrt an uns, der Himmel ist gelbgrau. Pfarrer Carter von der Baptistenkirche in Cushing öffnet seine Bibel und räuspert sich. Wenn man auf einer Farm lebt, sagt er, dann ist man sich besonders bewusst, dass alle Geschöpfe Gottes nackt und einsam auf die Welt kommen. Dass ihnen nur eine kurze Zeit auf Erden vergönnt ist. Hungrig, frierend, verfolgt, gequält und verlassen. Jeder von uns hat Momente des Zweifels und der Verzweiflung, Augenblicke, in denen er meint, die Last nicht tragen zu können. Aber wenn man sich in Gottes Hände begibt und seinen Segen annimmt, kann man Trost finden. Das Beste, was wir tun können, ist, die Wunder Gottes schöner Welt zu würdigen, zu versuchen, das Unheil zu meiden und Gott zu vertrauen.

Diese Predigt fasst Mutters Leben vielleicht nur allzu gut zusammen, aber sie trägt wenig dazu bei, die allgemeine Stimmung zu verbessern.

Bevor wir die Grabstätte verlassen, singt Mary Mutters Lieblingslied von der Sternenkrone.

Oh, what joy it will be when His face I behold,
Living gems at His feet to lay down;
It would sweeten my bliss in the city of gold,
Should there be any stars in my crown.

Marys schöne Stimme steigt in die Höhe und schwebt in der Luft, und am Ende des Songs weinen die meisten von uns. Ich auch, obwohl ich immer noch nicht weiß, wofür diese Sterne stehen sollen. Vermutlich ist es ein Fehler zu denken, dass sie überhaupt etwas bedeuten.

Wie gewöhnlich sitze ich an einem Julimorgen in meinem Lehnstuhl in der Küche, als jemand ans Fenster klopft. Ein schmächtiges Mädchen mit glattem braunem Haar und großen braunen Augen starrt mich an. Die Seitentür steht offen, wie immer im Sommer. Mit einem Kopfnicken deute ich darauf, und sie kommt an die Schwelle und tritt vorsichtig ein.

»Ja?«

»Ich dachte, vielleicht dürfte ich Sie um ein Glas Wasser bitten?« Das Mädchen trägt ein schlichtes, weißes Kleid und ist barfuß. Sie ist wachsam, hat aber offensichtlich keine Angst – als wäre sie es gewohnt, die Häuser fremder Leute zu betreten.

»Bedien dich«, fordere ich sie auf und zeige in Richtung Pantry, wo die Wasserpumpe ist. Sie schlüpft durch den Raum und verschwindet um die Ecke. Von meinem Stuhl aus höre ich das Quietschen des schweren, eisernen Hebels, der sich auf und ab bewegt, und dann das Gluckern von Wasser.

»Kann ich diesen Becher hier benutzen?«, ruft sie.

»Natürlich.«

Sie kommt wieder um die Ecke und trinkt dabei hörbar aus einer angeschlagenen, weißen Tasse. »Das tut gut«, sagt sie und stellt die Tasse auf den Küchentresen. »Ich bin Betsy.

Den Sommer über wohne ich die Straße rauf bei meinen Cousins und Cousinen. Und du musst Christina sein.«

Über ihre Direktheit muss ich lächeln. »Woher weißt du das?«

»Man hat mir erzählt, dass hier in diesem Haus nur eine Frau wohnt und dass sie Christina heißt, also konnte ich es mir denken.«

Lolly, die um meine Füße gestrichen ist, springt auf meinen Schoß. Das Mädchen krault das Tier am Kopf, bis es schnurrt, dann schaut sie auf die anderen Katzen, die in der Küche umherlaufen. Sie warten auf ihr Frühstück. »Du hast ganz schön viele Katzen.«

»Stimmt, das habe ich.«

»Katzen mögen einen nur, weil man sie füttert.«

»Das ist nicht wahr.« Lolly legt sich hin, damit man sie am Bauch streicheln kann. »Du hast vermutlich keine Katze.«

»Nein.«

»Einen Hund?«

Sie nickt. »Er heißt Freckles.«

»Meiner heißt Topsy.«

»Wo ist er?«

»Wahrscheinlich draußen auf dem Feld mit meinem Bruder Al. Er mag Katzen nicht besonders.«

»Der Hund oder dein Bruder?«

Ich lache. »Beide, glaube ich.«

»Na, das ist nicht überraschend. Jungen mögen keine Katzen.«

»Manche schon.«

»Nicht viele.«

»Du scheinst dir deiner Meinung immer ziemlich sicher zu sein«, sage ich.

»Nun ja, ich denke viel über Sachen nach«, sagt sie. »Hoffentlich macht es dir nichts aus, wenn ich dich frage: Was stimmt nicht mit dir?«

Mein ganzes Leben lang bin ich über diese Frage immer wieder in Wut geraten. Aber das Mädchen wirkt so freimütig in seiner Neugier, dass ich mich verpflichtet fühle zu antworten. »Die Ärzte wissen es nicht.«

»Als ich auf die Welt kam, waren meine Knochen irgendwie verformt«, erzählt sie. »Ich musste alle möglichen Übungen machen, damit es besser wurde. Ich bin immer noch ein bisschen schief, siehst du? Die Kinder machen sich über mich lustig.« Sie zuckt mit den Schultern. »Du weißt schon.«

Ich zucke ebenfalls mit den Schultern. Ja, ich weiß.

Das Mädchen zeigt mit einer Kopfbewegung auf den Geschirrstapel auf der Anrichte. »Was für ein Berg schmutziges Geschirr. Du könntest ein bisschen Hilfe gebrauchen.« Sie geht zur Anrichte, nimmt einen Stapel und trägt ihn zur gusseisernen Spüle in der Pantry.

Und dann, zu meiner Überraschung, spült sie das Geschirr.

Als Papa im Jahr 1935 mit zweiundsiebzig Jahren stirbt, ist er so lange krank und unglücklich gewesen, dass sein Tod eine Erleichterung darstellt.

Jahrzehntelang habe ich mein Bestes getan und mich um diesen Mann gekümmert, der meine Schulausbildung beendet hat, als ich zwölf war, der das Familienvermögen – falls man es so nennen konnte – vergeudet hat und der von seiner einzigen Tochter verlangte, dass sie den Haushalt führte, obwohl sie ein Leiden hatte, das sie genauso einschränkte wie ihn das seine. Ein Mann, der nicht ein einziges Mal danke sagte. Ich habe ihn gefüttert, hinter ihm aufgeräumt, seine schmutzige Wäsche gewaschen, seinen sauren Atem gerochen; und alles, was er sah, waren nur seine eigenen Beschwerden.

Ich muss mir in Erinnerung rufen, dass ich diesen Mann einmal für gütig, gerecht und stark gehalten habe.

Als meine Brüder und ihre Ehefrauen eingetroffen sind, durchlaufen wir die bekannten Trauerrituale, servieren Tee, schneiden Schinken, nehmen Beileidsbekundungen entgegen, singen Lieder. Die Leiche im Muschelzimmer, das Begräbnis am Familiengrab. Während ich an Papas Grab stehe, denke ich daran, wie er am Ende war, wie er im Wohnzimmer elend in seinem Rollstuhl saß und, einen Brocken Anthrazit umklammernd, aus dem Fenster hinaus auf das

Meer starrte. Ich weiß nicht, wonach er sich gesehnt hat, aber ich kann es ahnen: nach seiner jugendlichen Kraft. Nach der Fähigkeit, zu stehen und zu gehen. Nach seiner Herkunftsfamilie in seinem Heimatland, in das er nie zurückgekehrt ist. Danach, zu wissen, wohin er gehört und zu wem und warum. Hat er seine Überlegungen und Fehleinschätzungen bereut, die ihm die Welt zuerst geöffnet und schließlich auf dieses Stück Land begrenzt haben?

Zwar habe ich mit diesem Mann mein ganzes Leben zusammengelebt, aber ich habe ihn nicht wirklich gekannt. Er war wie eine zugefrorene Bucht, denke ich – mit einer Eiskruste, dicken Schichten über aufgewühltem Wasser.

Als die Trauergäste gegangen sind, erschlägt mich die gewaltige Leere dieses Hauses, die sich über drei Stockwerke bis zu den Dachgauben hinauf erstreckt. All diese unbenutzten Zimmer. Sam und Fred haben ihre eigenen Farmen gegründet und sich mit Heuwirtschaft und dem Verkauf von Bauholz gemeinsam selbstständig gemacht. Nun sind nur noch Al und ich übrig – und der Rollstuhl, der mitten im Muschelzimmer steht.

»Du kannst ihn haben, wenn du willst«, sagt Al. »Immer noch ganz gut in Schuss.«

Ich betrachte das scheußliche Gerät mit seinem durchgesessenen, fleckigen Sitz und den rostigen Rädern. »Ich hasse diesen Stuhl. Ich will ihn nie wieder sehen.«

Seine Augen weiten sich. Vermutlich ist es das erste Mal, dass ich das laut ausgesprochen habe. Er steht einen Moment da und zieht an seiner Pfeife. Dann geht er zum Holzofen, klopft die Asche aus dem Pfeifenkopf und sagt: »In Ordnung. Dann sehen wir zu, dass wir ihn loswerden.«

Ich beobachte, wie Al den Rollstuhl durch die Tür schiebt und ihn die Stufen hinunterschleift, wo er zur Seite kippt und umfällt. Dann verschwindet Al im Stall und kommt ein paar Minuten später mit Tessie zurück, die er vor den kleinen Wagen gespannt hat. An ihrem Halfter zieht er sie dicht heran und hievt dann den Rollstuhl auf den Wagen. Dann lüftet er mit einem Lächeln seine Kappe vor mir und führt Pferd und Wagen hinunter zur Bucht.

Durchs Fenster sehe ich eine halbe Stunde später, wie Al mit Tessie über das Feld zurückkommt. Der Wagen ist leer.

»Was hast du damit gemacht?«, frage ich, als er zur Küchentür hereinkommt.

Es setzt sich in seinen Schaukelstuhl, nimmt seine Kappe ab und legt sie auf die Bank vor sich. Wühlt in seiner Jackentasche, zieht seine alte, braune Pfeife und einen Tabakbeutel hervor. Findet ein Streichholzbriefchen in seiner Hosentasche. Nimmt ein bisschen Tabak, steckt ihn in die Pfeife und stopft ihn mit dem Finger tiefer hinein. Tut noch mehr Tabak hinein und stopft wieder. Dann steckt er sich die Pfeife in den Mund und zündet sie an, legt die Hand darum, um die Flamme zu schützen. Schüttelt das Streichholz aus. Sitzt da, inhaliert den Rauch und stößt ihn wieder aus.

Ich weiß, dass es keinen Sinn hat, ihn zu drängen. Ohnehin haben wir alle Zeit der Welt.

»Kennst du den Felsbrocken beim Mystery-Tunnel? Und das Gefälle darunter?«, sagt er nach einer Weile.

Ich nicke.

Er zieht an seiner Pfeife. Nimmt sie aus dem Mund und stößt eine Rauchwolke aus. »Ich habe den Rollstuhl auf die Spitze des Felsens geschoben und dann hinuntergestoßen.«

»Fort«, sage ich. »Gut, dass wir den los sind.«

»Ja, das ist gut«, sagt er.

Mein ganzes restliches Leben werde ich mir immer vorstellen, wie dieser Rollstuhl zerschmettert und verrostet im salzigen Wasser in der Nähe des Mystery-Tunnels liegt. An einem Ort, der mir einst eine Welt der Magie und der Möglichkeiten gezeigt hat, der aber nach all den Jahren etwas anderes für mich bedeutet: Es ist der Ort, an dem Walton sein falsches Versprechen ausgesprochen hat. Ein Steinhaufen, an dem ein Pfad der Erwartungen endet. Eine Lagerstätte für meine zerbrochenen Träume, mit einem Schatz, der verschwunden ist, sobald ich die Hand danach ausgestreckt habe.

Der Rollstuhl, das Narrengold, darunter in der Tiefe.

Sadie hat ein Hühnchengericht vorbeigebracht und steht in meiner Küche, als sie sagt: »Stimmen die Gerüchte? Ich habe gehört, dass Al ein Auge auf die neue Lehrerin an der Wing School geworfen hat.«

Mich überläuft es kalt. »Wovon sprichst du?«

»Angie Treworgy heißt sie, glaube ich. Sie hat sich bei Gertrude Gibbons eingemietet.«

Eingemietet bei … Gertrude Gibbons? »Ich weiß gar nichts darüber.«

»Er würde einen wunderbaren Ehemann abgeben, findest du nicht?«

»Nein, finde ich nicht«, entgegne ich steif.

Inzwischen geht Al drei oder vier Mal in der Woche abends aus, meistens zum Kartenspielen bei Fales. Er weiß, dass ich es nicht mag, abends alleine zu sein, aber er geht trotzdem. Samstags fährt er oft nach Thomaston, wo die Geschäfte und Bars bis neun Uhr geöffnet haben. Jedenfalls erzählt er das. Kein Wunder, dass er das sagt, wenn er stattdessen zu Gertrude Gibbons fährt.

Ich erwähne nicht, was ich über die Lehrerin erfahren habe, aber ein paar Tage lang strafe ich Al mit Schweigen. Er fragt nicht nach dem Grund.

Ein paar Wochen lang höre ich nichts mehr von irgendeiner Frau, bis Al beiläufig erwähnt, dass er einem Mann aushelfen wird, der mit seiner Tochter unten in der Nähe von Hathorn Point wohnt. »Sie brauchen etwas Feuerholz«, sagt er. »Ich habe ihm gesagt, dass ich ihm am Ende der Woche ein paar Scheite spalte.«

»Wie alt ist seine Tochter?«, frage ich.

»Was?«

»Du hast mich verstanden.«

»Warum willst du das wissen?«

»Ich frage mich nur.«

Er kratzt sich am Kopf, während er mich ansieht. »So alt, dass es unhöflich wäre, sie danach zu fragen.«

»So alt wie du?«

Er tritt von einem Bein auf das andere. »Nein, eher nicht.«

»Ist sie schon in den Vierzigern?«

»Ich würde sagen, nein.«

»Verheiratet?«

Mit einem schweren Seufzer sagt er: »Geschieden, glaube ich.«

»Verstehe.« Ein paar Tage später frage ich Sadie: »Wer ist eigentlich diese Geschiedene unten am Hathorn Point?«

»Du meinst Estelle Bartlett?«

Ich zucke mit den Schultern.

»Die mit ihrem Vater zusammenlebt?«

»Die meine ich.«

Sadie beugt sich vor. »Es heißt, dass sie dreimal verheiratet war, jedes Mal mit einem älteren und reicheren Mann. Wer weiß, vielleicht ist es nur leeres Geschwätz. Aber sie scheint recht wohlhabend zu sein. Hat ihrem Vater einen nagelneuen Pontiac gekauft. Warum fragst du?«

»Al hat ein paar Gelegenheitsjobs bei ihrem Vater.«

Sadies Augen funkeln. »Sie ist eine hübsche Frau. Welliges braunes Haar. Ein Teufelskerl, dein Bruder. Alle Achtung.«

Al bleibt bei seiner alltäglichen Routine. Er erledigt seine Aufgaben im Haus und im Stall. Aber in diesen Tagen kommt und geht er, wie es ihm passt.

Es ist ein sonniger Vierter Juli, der Tag unseres traditionellen *Clambake,* dem Strandfest unten an der Küste bei Little Island. Meine Schwägerin Mary kümmert sich um alles – sie hat Karotten eingelegt und Rhabarberkuchen gebacken; Lora hat Hühnchen gebraten und Hefebrötchen gemacht. Sie haben Decken und Sonnenhüte, Besteck und Geschirr zusammengepackt, und alles steht nun in Körben bereit, die zum Strand gebracht werden sollen. Meine einzige Aufgabe dieses Jahr ist es, Löffelkekse zu backen, was ich im Schlaf könnte. Ich fange am frühen Morgen damit an. Als die ersten Gäste bei uns auftauchen, kurz vor Mittag, liegen in der Pantry fünf Dutzend Kekse zum Abkühlen. Ich hatte noch Zeit, die Schürze zu wechseln, die immer schmutzig wird (verschüttetes Mehl, verschmiertes Schmalz), und sitze in der Küche, als sie hereinkommen.

»Du siehst gut aus, meine Liebe!«, sagt Lora.

»Nicht wahr?«, sagt Mary.

Ich weiß, dass es gut gemeint ist, aber ihr munterer Tonfall führt dazu, dass ich mich fühle wie hundert Jahre alt.

Während Lora die Kekse einpackt, hilft Mary mir ins Auto. Sie fährt zu dem grasbewachsenen Bereich oberhalb des Wassers, wo man fernab der tückischen Felsen einen Stuhl für mich aufstellt. Eine Horde Kinder, meine Nichten und Neffen und einige ihrer Freunde sind schon am Strand, lassen Steine über das Wasser hüpfen und wetteifern darum, wer am weitesten wirft und wessen Stein am besten hüpft, und ihre Stimmen mischen sich mit dem Krächzen der Möwen.

Mein vierzehnjähriger Neffe, John, der Älteste in der Bande, kommt vom Strand herauf, um mir eine Weile Gesellschaft zu leisten. Wir sehen den anderen zu, die auf der Wiese Spiele machen: Kettenfangen, »Ochs am Berg«, »Fischer, wie tief ist das Wasser?« und Verstecken. Sie klettern auf Bäume und blicken zu den kleinen Inseln hinaus wie Al und ich früher, Matrosen auf einem Schiffsmast, die Felder darunter der gelbe Ozean. Die Erwachsenen räkeln sich auf Wolldecken, schüren das Feuer, schenken Punsch ein, blicken lächelnd und winkend zu uns herauf. Nur Al ist nicht da.

Nach einiger Zeit höre ich das vertraute Rattern unseres Fords oben in der Nähe des Hauses. Der Motor geht aus. Ich drehe mich um und sehe, wie Al aussteigt, zur anderen Seite hinübergeht und die Beifahrertür öffnet. Heraus kommt eine schlanke, lächelnde Frau mit hellbraunen Locken.

Estelle – sie muss es sein. Mir dreht sich der Magen um. Er hat kein Wort darüber gesagt, dass er sie mitbringt.

»Na, sieh mal einer an«, sagt John. »Al hat eine Freundin.«

Und dann kommen sie den Pfad herunter, Al vorne, schüchtern grinsend in einem frischen weißen Hemd, das ich noch nie an ihm gesehen habe, und dahinter die Frau in einem blauen Kleid, mit sicheren Schritten, lachend, mit Grübchen in den Wangen. In einer Hand trägt sie einen Korb, in der anderen schwenkt sie einen Strohhut. Ich möchte wegrennen, aber ich kann nicht. Ich bin gefangen wie ein Fuchs in der Falle, winde mich innerlich, bin voller Angst, sitze fest.

»Wunderschöner Tag, oder?«, sagt Al. Als wären wir Bekannte, die sich im Kaufhaus über den Weg laufen.

»Stimmt«, sagt John.

Wortlos blicke ich Al in die Augen.

Langsam steigt Röte in sein Gesicht. Er räuspert sich. »Christina, das ist Estelle. Ich glaube, ich habe dir erzählt, dass ich ihrem Vater ein wenig Arbeit abgenommen habe.«

»Es gibt in unserem eigenen Haus Arbeit, die erledigt werden muss«, sage ich.

Estelles Lächeln erlischt.

»Was hältst du davon, wenn wir zu den anderen hinuntergehen?«, sagt Al zu ihr.

Sie schaut ihn an, dann nickt sie John und mir zu. »Schön, euch kennen zu lernen«, sagt sie mit dünner Stimme.

»Gleichfalls«, sagt John.

Sie wenden sich ab und suchen sich einen Weg die Felsen hinunter.

John lässt seine Fingerknöchel knacken. »Also, ich glaube, ich hole mir noch ein Stück Rhabarberkuchen.«

Ich nicke.

»Alles in Ordnung, Tante Christina?«

»Mir geht es gut.«

»Kann ich dir irgendetwas bringen?«

»Nein, danke.«

Als John zurück zum Strandfest geht, sehe ich Al und Estelle, die lächeln und plaudern und auf ein Segelboot zeigen und Teller mit Essen entgegennehmen. Ich sitze oben und blicke finster zu ihnen hinunter.

Lora klettert zu mir herauf und setzt sich neben mich, dann mein Bruder Fred, beide bringen etwas von unten mit: einen Maiskolben, noch warm in seiner angekohlten, grünen Hülse, eine Schale Muscheln, ein Stück Blaubeerkuchen. Ich schüttele den Kopf. Nein. Ich werde nichts essen. Mit falscher Fröhlichkeit in der Stimme äußern sie sich begeistert über den blauen Himmel, das klare Wasser, diese leckeren Löffelkekse, was für ein hübsches Kleid.

Genau an dieser Böschung saß ich mit Walton – wie viele Jahre ist es her? Ich weiß, was alle denken. *Arme Christina. Immer wird sie verlassen.*

Ich spüre, wie ich innerlich zumache, ein Bollwerk um mich errichte.

Sam kommt herauf und setzt sich neben meinem Stuhl ins Gras. »Was ist los?«, fragt er und tätschelt mein Knie.

Ich blicke auf seine Hand auf meinem Knie und dann zu ihm. Er nimmt seine Hand weg.

»Nichts ist los«, sage ich.

Er seufzt. »Das bringt nichts, Christina.«

»Ich weiß nicht, wovon du sprichst.«

»Du ruinierst dieses Picknick.«

»Ich werde mich hüten.«

»Doch, das tust du, und das weißt du auch. Und du machst Al sehr unglücklich.«

»Wenn er sie mitbringen muss – diese Frau, die nur auf Geld aus ist …«, platze ich heraus.

Sam legt seine Hand auf meine. »Hör auf. Bevor du noch etwas sagst, was du später bereust.«

»Er ist derjenige, der es bereuen wird …«

»Was soll das«, sagt er scharf. »Meinst du nicht, dass Al es verdient, glücklich zu sein?«

»Ich dachte, Al wäre glücklich.«

Er richtet sich im Sitzen auf. »Schau mal, Christina, du weißt, dass Al immer für dich da war. Und das wird immer so bleiben. Ihm diese – diese Beziehung zu missgönnen, halte ich für ein bisschen … na ja … gemein.«

»Ich missgönne ihm gar nichts. Ich stelle nur sein Urteilsvermögen in Frage.«

Sam sitzt noch eine Weile bei mir, und ich weiß, dass er noch mehr sagen will. Die Worte liegen ihm auf der Zunge, und ich kann mir denken, welche es sind. Aber er scheint es sich anders zu überlegen. Er tätschelt noch einmal mein Knie und steht auf, geht wieder zu den anderen.

Ein paar Minuten später steigen Al und Estelle die Böschung hinauf zum Ford. Sie schauen weg, als sie an mir vorbeikommen. Sogar die Kinder wirken misstrauisch, halten Abstand zu mir, während sie auf der Wiese ihre Spiele spielen. Eine knappe Stunde später sammeln Lora und Mary die Decken ein und packen das Essen in Körbe. Als sie mich abholen und mir in den Wagen helfen, sagen sie nicht viel, aber ihre Mienen sind düster.

Mary und Lora setzen mich in meinen Stuhl in der Küche und gehen zurück zum Auto, um ein paar in Folie gewickelte Reste zu holen – »damit du ein paar Tage überbrücken kannst«, sagt Mary. Nachdem sie das Essen sorgfältig in der Eiskiste unter den Dielenbrettern verstaut haben, sieht sie mich mit einem kleinen, gezwungenen Lächeln an.

»Alles klar?«

»Alles in Ordnung.«

»Gut. Einen fröhlichen Vierten Juli.«

»Fröhlichen Vierten«, wiederholt Lora.

Ich nicke. Keine von uns wirkt besonders fröhlich.

Nachdem sie gegangen sind, hebe ich Lolly auf meinen Schoß. Mir fällt auf, dass die Geranie in dem blauen Blumentopf mit dem Riss welk ist. Das Feuer im Ofen ist ausgegangen. Die Luft ist feucht, Regen liegt in der Luft. Und auf einmal habe ich das sonderbare Gefühl, als würde ich mich selbst von oben sehen, genau an der Stelle, wo ich in den letzten drei Jahrzehnten fast jeden Tag gesessen habe. Die Geranie, der Blumentopf mit dem Riss, die Katze auf meinem Schoß, das Feuer, das geschürt werden muss, Regenwolken am Horizont, auf der einen Seite die Straße Richtung Stadt und auf der anderen der St George River, der sich zum Meer hin ausdehnt.

Ich weiß nicht, wie viel Zeit vergangen ist, als ich Als Auto auf der Auffahrt höre. Die Wagentür öffnet sich quietschend, dann wird sie zugeschlagen. Schritte auf den Eingangstreppen, dann das Knarzen der Fliegengittertür.

Er zuckt zusammen, als er mich sieht. »Wusste nicht, dass du hier drin bist.«

»Ja.«

»Es ist dunkel.«

»Das stört mich nicht.«

»Willst du, dass ich eine Lampe anzünde?«

»Das ist mir egal.«

Er seufzt. »Na gut, okay. Ich geh dann mal rein.« Er hängt seine Kappe an den Haken neben der Tür und wendet sich ab.

»Sie war dreimal verheiratet«, sage ich. Mein Herz klopft heftig.

»Was?«

»Wusstest du das nicht?«

Er zieht scharf den Atem ein. »Ich glaube nicht …«

»Wusstest du das, Al?«

»Ja, natürlich weiß ich das.«

»Und ich habe gehört, dass sie … anspruchsvoll ist.«

»Was soll das heißen?«

»Ihre Motive sind fragwürdig. Hat man mir erzählt.«

Er zuckt zusammen. »Wer hat dir das erzählt?«

»Das darf ich nicht sagen.« Ich weiß, dass ich ihn verletze, aber es ist mir egal. Ich mag die scharfen Worte. Jedes von ihnen ist wie ein Dolchstoß. Ich will ihm wehtun, weil er mir wehgetan hat.

»Was für ›Motive‹ könnte Estelle wohl haben?«, fragt er ruhig, die Hände in die Seiten gestemmt. »Ich habe nichts zu bieten. Außer mich selbst.«

»Wahrscheinlich will sie dieses Haus.«

»Sie will nicht dieses Haus!«, zischt er. »Niemand will dieses Haus. Nicht einmal ich.«

Ich fühle mich wie geohrfeigt. »Das kannst du nicht ernst meinen. Wir haben eine Verantwortung. Unsere Familie … die Hathorns. Mutter …«

»Mutter ist tot. Zur Hölle mit den Hathorns. Und verdammt, wir hätten dieses Haus verkaufen sollen, als wir die Chance dazu hatten. Es ist ein Gefängnis geworden, siehst du das nicht? Wir sind Gefangene. Oder vielleicht bist du die Gefangene, und ich bin der Aufseher. Ich kann das nicht mehr, Christina. Ich will ein Leben. *Ein Leben.*« Er schlägt sich selbst auf die Brust, ein dumpfes Geräusch. »Da draußen in der Welt.« Er macht eine ausholende Armbewegung in Richtung Fenster.

Ich glaube nicht, dass ich schon einmal erlebt habe, dass er so viele Worte am Stück gesprochen hat. Ich halte den Atem an. Dann sage ich: »Ich wusste nicht, dass du das so empfindest.«

»Früher habe ich das nicht so empfunden. Aber jetzt glaube ich … Ich glaube, dass es vielleicht anders sein könnte für mich. Du weißt, wie sich das anfühlt, oder?«

So direkt hat Al noch nie mit mir gesprochen. Ich glaube, ich bin immer davon ausgegangen, dass er die Dinge nicht so tief empfindet wie ich – aber da habe ich mich offensichtlich getäuscht. »Das war vor langer Zeit. Das hier ist etwas anderes.«

»Warum? Weil es nicht um dich geht?«

Ich zucke zurück. »Nein«, fauche ich. »Weil wir älter sind. Und weil das hier der Ort ist, an den wir gehören.«

»Nein, das ist er nicht. Es ist nur der Ort, an dem wir gelandet sind.«

Seine Stimmt klingt erstickt. Vielleicht weint er. Ich weine auch. »Und was ist mit mir? Ich habe mein ganzes Leben damit verbracht, für diese Familie zu kochen, zu waschen und zu putzen. Und jetzt würdest du mich einfach – mit dem Müll hinauswerfen?«

»Ich bitte dich«, sagt er. »Natürlich nicht. Du wärst bei mir willkommen, wohin ich auch ginge, das weißt du.«

»Ich bin kein Fall für die Wohlfahrt.«

»Das habe ich nie gesagt.«

»Das ist mein Zuhause, Alvaro. Und deins.«

»Christina ...« Seine Stimme klingt erschöpft und schwer. Als mir klar wird, dass er nichts mehr sagen wird, hat er bereits den Raum verlassen.

Als ich am nächsten Morgen aufwache, ist es still. Mein erster Gedanke ist: Al ist fort. Aber als ich aus dem Fenster schaue, sehe ich den Ford noch genau da stehen, wo Al ihn gestern Abend geparkt hat. Wie gewohnt erledige ich meine morgendlichen Aufgaben, und wie gewohnt kommt Al zum Mittagessen aus dem Stall herein. Er redet kein Wort, bis er seinen Teller geleert hat, dann bedankt er sich und geht wieder nach draußen. Als ich einen Steinguttopf mit frisch geschlagener Butter in den Schuppen bringe, fällt mein Blick auf das Boot oben unter den Dachsparren.

Wir hätten dieses Haus verkaufen sollen, als wir die Chance dazu hatten. Du bist die Gefangene, und ich bin der Aufseher. Diese Worte hängen weiter zwischen uns in der Luft. Aber solange sie keiner von uns erwähnt, können wir so tun, als wären sie nie gesagt worden.

In den folgenden Monaten denke ich jeden Morgen, wenn ich aufwache, dass er fort ist.

Al bringt Estelle nicht noch einmal mit nach Hause. Er nennt ihren Namen nicht. Eines Tages erwähnt Sadie beiläufig, dass sie einen Mann mit zwei Kindern kennen gelernt hat und nach Rockland gezogen ist.

Mit der Zeit finden Al und ich zu unseren alten Gewohnheiten zurück. Aber er hat sich verändert. Ein Vogel fliegt gegen ein Fenster im zweiten Stock und zerbricht die Scheibe, und anstatt es zu reparieren, stopft er nur einen Lumpen in das Loch. Er lässt den alten Ford Modell T hinter dem Schuppen verrotten. Die Holzöfen macht er nur noch selten sauber, schiebt nur die Asche weg, um Platz für die neuen Scheite zu machen. Lange Winter lassen die weiße Farbe von unserem Haus abblättern und legen die grauen Bretter darunter frei, und er macht sich nicht die Mühe, sie neu anzustreichen. Eins nach dem anderen lässt er die Felder brachliegen. Die Farmgerätschaften verrosten. Ein paar Jahre später bewirtschaftet Al nur noch ein einziges kleines Feld.

Es ist, als hätte er sich entschlossen, Haus und Land dafür zu bestrafen, dass sie ihn brauchen. Vielleicht bestraft er aber auch mich.

Christinas Welt

1948

Mitten auf dem Feld riecht die Erde nach Sauerteig. Jeder einzelne Grashalm zeichnet sich scharf von den anderen ab. Zierliche, gelbe Schlüsselblumen sehen aus wie winzige, welke Sträußchen; ein gelb-schwarzer Schwalbenschwanz-Schmetterling flattert umher. Es ist ein milder Nachmittag im Mai, und ich bin unterwegs, um Sadie in ihrem nahe gelegenen Cottage zu besuchen. Sie hat angeboten, vorbeizukommen und mich mit dem Auto abzuholen, aber ich ziehe es vor, auf eigene Faust dorthin zu gelangen. Ich brauche ungefähr eine Stunde dafür, indem ich mich auf meinen Ellbogen vorwärtsziehe und meinen Körper ruckartig weiterbewege. Meine Kniepolster aus Baumwolle sind ausgefranst und voller Grasflecke. So nah am Boden sind die einzigen Geräusche, die ich höre, mein eigener keuchender Atem und das Zirpen der Grillen. Mücken schwirren umher, stechen mich an meinen Ohren. Die Luft schmeckt nach Salz, Lavendel und Erde.

Ich kann überhaupt nicht mehr laufen. Mein Stuhl hat zwischen dem Tisch und dem Glenwood-Herd eine tiefe Kerbe in den Küchenboden gegraben. Ich werde keinen Rollstuhl benutzen. Also habe ich die Wahl: Ich kann drinnen bleiben, in der Sicherheit, die mir die Küche und meine Pritsche im Esszimmer bieten, oder ich kann irgendwie versuchen, dahin zu kommen, wo ich hinwill. Und das tue ich.

Etwa einmal in der Woche besuche ich Mutter und Papa, indem ich über das gelbe Gras zum Familienfriedhof krieche, wo sie begraben sind, hoch über der Bucht und dem Meer. An warmen Nachmittagen nehme ich einen kleinen Eimer mit und pflücke Blaubeeren. Ich mag es, mich im Gras auszuruhen und den Fischdampfern zuzusehen, die von Port Clyde in Richtung Monhegan Island auf das offene Meer hinausfahren.

Als ich bei Sadie ankomme, steht sie auf der Eingangsterrasse und wartet auf mich. »Himmel«, sagt sie mit einem Lächeln. »Sieh dich an. Ich wette, dass du ein Glas Eistee vertragen könntest.«

»Das wäre schön.«

Sadie verschwindet im Cottage, während ich mich die Stufen hinaufziehe und mich oben an das hölzerne Geländer lehne, außer Atem von der Anstrengung. Sie kommt mit einem großen Tablett zurück, darauf eine Schale Beeren, ein Krug Eistee mit Minze, zwei Gläser und ein feuchter Waschlappen.

»Bitte sehr, meine Liebe.« Sie reicht mir den kühlen Lappen. »Ich bin so froh, dass du mich besuchst, Christina.«

»Ein schöner Tag, nicht wahr?«, sage ich, während ich mir Gesicht und Hals abwische.

»Ja, sehr. Ich hoffe, wir bekommen einen so milden Sommer wie letztes Jahr, nicht so einen wie den vorletzten. Erinnerst du dich? Sogar die Nächte waren fürchterlich.«

»Ja, das waren sie«, stimme ich zu.

Sadie und ich reden nicht viel. Einen Großteil unserer Zeit verbringen wir in kameradschaftlichem Schweigen. Heute glitzert das Wasser unten in der Bucht wie Glasscherben in der Nachmittagssonne. Die Lilien neben der

Terrasse duften nach Vanille. Wir essen Himbeeren und Brombeeren, die sie frisch gepflückt hat, und trinken Eistee mit kühlen Minzblättern, die auf der Zunge prickeln.

Je älter ich werde, desto mehr denke ich, dass Sich-Abfinden die größte Gnade ist.

Seit ich mich über das Portrait an der Haustür beklagt habe, hat Andy mich nicht mehr gebeten, für ihn Modell zu sitzen. Aber an einem warmen Nachmittag Anfang Juli taucht er plötzlich wie aus dem Nichts bei mir in der Küche auf und sagt: »Kannst du mir auf der Wiese Modell sitzen? Nur zwanzig Minuten. Höchstens eine halbe Stunde.«

»Wozu?«

»Ich habe eine Idee im Kopf, aber sie nimmt keine Form an.«

»Warum nicht?«

»Ich kriege den verdammten Betrachtungswinkel nicht richtig hin.«

Er weiß, dass ich nicht will. Ich geniere mich, fühle mich befangen. »Frag Al.«

Er schüttelt den Kopf. »Al will mit Modellsitzen nichts mehr zu tun haben, das weißt du.«

»Vielleicht geht es mir genauso.«

»Du sitzt immer Modell, Christina. Für dich ist es nicht schwer.«

»Wie meinst du das?«

»Al ist rastlos. Du dagegen weißt, wie man stillhält.«

Ich klopfe auf die Armlehnen meines Stuhls und sage: »Seien wir doch mal ehrlich, Andy. Mir bleibt nicht viel anderes übrig.«

»Da hast du vermutlich recht. Aber es ist mehr als das.«

Er streicht sich nachdenklich übers Kinn. »Du weißt, wie es ist, wenn man … angesehen wird.«

Ich lache auf. »Wie merkwürdig sich das anhört.«

»Entschuldige, das klingt wirklich seltsam. Ich meine damit, dass du es gewöhnt bist, betrachtet zu werden, ohne dass man … dich wirklich sieht. Die Leute achten immer auf dich, sind um dich besorgt, schauen, wie du zurechtkommst. Das ist natürlich gut gemeint, aber auch – aufdringlich. Und ich glaube, du hast herausgefunden, wie du ihre Betroffenheit, oder ihr Mitleid, oder was immer es ist, von dir ablenkst, indem du dich« – er streckt den Arm aus, als balanciere er vorsichtig eine Kugel auf seiner Handfläche – »so würdevoll und distanziert verhältst.«

Ich weiß nicht, wie ich reagieren soll. Niemand hat jemals so zu mir gesprochen. Was er über mich gesagt hat, ist neu für mich, aber mir ist sofort klar, dass es stimmt.

»Richtig?«, fragt er.

So schnell will ich mich nicht geschlagen geben. »Vielleicht.«

»Wie die Königin von Schweden«, sagt er.

»Ach was.«

Er lächelt. »Und von deinem Stuhl in der Küche aus herrschst du über ganz Cushing.«

»Du machst dich nur über mich lustig.«

»Ich schwöre, dass ich das nicht tue.« Er streckt seine Hand aus. »Sitze für mich Modell, Christina.«

»Wirst du mich wie eine wandelnde Leiche aussehen lassen?«

Er lacht. »Diesmal nicht. Versprochen.«

Nachdem er die Küche verlassen hat, um seine Malsachen zu holen, lasse ich mich aus meinem Stuhl gleiten, ziehe mich über den Fußboden zur offenen Tür und krieche die Stufen hinunter bis zu einem schattigen Fleckchen auf der Wiese. Das Gras fühlt sich kühl und elastisch an unter meinen Fingern. Auf die Unterarme gestützt, ruhe ich mich aus und warte. Als Andy vor die Tür tritt und mich sieht, kneift er die Augen zusammen. Kommt die Stufen herunter und umkreist mich langsam mit gesenktem Kopf. Dirigiert mich: »So. Beine kreuzen, das eine nach hinten.« Ich komme mir vor wie eine junge Kuh auf der Viehmesse. Er hat einen Stift in der einen und den Skizzenblock in der anderen Hand. Dann schlägt er den Block auf, setzt sich mit einem Ächzen auf die drei Meter entfernten Stufen und fängt an zu zeichnen.

Nach einer Weile tut mir der Rücken weh. »Es muss schon mindestens eine Stunde vergangen sein«, sage ich.

»Es ist nicht so schlimm, oder? Hier draußen in der Sonne?« Andy schaut kurz hoch, dann blickt er wieder auf seinen Zeichenblock und fährt mit der Arbeit fort.

»Zwanzig Minuten, hast du gesagt.«

Er hält seinen Kohlestift hoch, grinst und sagt: »Komm schon, Christina. Du weißt doch, dass ein Mann alles sagen würde, wenn er dich verführen will.«

»Das weiß ich allerdings.«

Er hebt die Augenbrauen.

Ich sage nichts mehr.

Ein paar Minuten später sagt er: »Hey, wo ist dieses rosa Kleid? Das Kleid, das du bei Johns Hochzeit anhattest?«

»Im Wandschrank in der Eingangsdiele.«

»Würdest du es anziehen?«

»Jetzt gleich?«

»Warum nicht?«

Ich bin müde. Meine Beine schmerzen. »Wir sind schon länger hier draußen, als du gesagt hast. Das reicht für heute.«

»Dann morgen.«

Obwohl ich die Augen verdrehe, wissen wir beide, dass ich zustimme.

Früh am nächsten Morgen bitte ich Al, mir das rosa Baumwollkleid aus dem Schrank zu holen. Er legt es auf den Esszimmertisch, und ich scheuche ihn aus dem Raum, bevor ich umständlich hineinschlüpfe und es über meine Hüften ziehe, dann rufe ich ihn wieder herein, damit er mir die Knöpfe zumacht. Als er fertig ist, sagt er: »Diese Farbe mochte ich schon immer.«

Al ist kein Freund von Komplimenten. Besser geht es nicht. Ich lächele ihm zu.

Eine Stunde später sehe ich durch das Küchenfenster Andy in der Ferne auftauchen. Er kommt mit seinem Werkzeugkoffer den Hügel herauf, zieht dabei ein Bein nach, leicht schwankend, stöhnt vor Anstrengung, und ich ertappte mich dabei, dass ich seltsam gerührt bin von dieser Mischung aus Großspurigkeit und Verletzlichkeit.

Merkwürdigerweise sind meine Handflächen feucht. Wie bei einem Mädchen vor einem Rendezvous.

»Oh, Christina!« Er pfeift leise, als er durch die Tür tritt. »Du siehst – fabelhaft aus.«

Gegen meinen Willen erröte ich.

»Es ist schön draußen. Wir holen etwas, worauf du dich setzen kannst, dann hast du es bequemer.« Er stellt seinen Werkzeugkoffer auf einen Stuhl. »Ich habe in einem der vorderen Schlafzimmer einen Stapel Decken gesehen.« Er verschwindet nach oben. Ein paar Minuten später kommt er zurück, mit einem alten Double-Wedding-Ring-Quilt, den ich genäht habe, über dem Arm. Unter dem anderen trägt er seine wackelige Staffelei und seinen Zeichenblock. »Ich bringe die Sachen nach draußen. Soll ich dann zurückkommen und dich holen?«

»Nun …« Normalerweise würde ich nein sagen. Aber mich über die Stufen und das Gras zu ziehen könnte mein Kleid ruinieren. »Vielleicht ja.«

Ich sehe zu, wie er seine Staffelei an derselben Stelle aufstellt wie gestern. Er breitet den Quilt aus, legt ihn auf den Boden und zieht ihn glatt. Dann kommt er wieder herein, um mich zu holen. Er stellt sich dicht neben mich und schiebt seine Schulter unter meinen Arm, bevor er mich von meinem Stuhl in die Höhe zieht. Seit ich mit Walton zusammen war, bin ich keinem Mann, der nicht zu meiner Familie gehört, so nahe gewesen. Ich bin mir meines Körpers, so nahe an dem von Andy, äußerst bewusst, meiner zerbrechlichen Knochen und meiner dünnen Haut an seiner warmen, festen Brust, spüre seinen muskulösen Arm an meinem mageren. Plötzlich schärfen sich meine Sinne; ich habe die Augen eines Adlers, die Ohren einer Katze und die Nase eines Hundes. Sein Atem riecht leicht süßlich. Ich höre ein leises Klackern zwischen seinen Zähnen. »Ist das … ein Karamellbonbon?«

»Ja, sicher.«

Er merkt nicht, dass ich meinen Kopf abwende.

Die Arme unter meinen Ellbogen durchgeschoben und um meinen Körper gelegt, trägt er mich mehr, als dass er mich führt, nach draußen. Mein Herz klopft so laut, dass ich mich beinahe frage, ob er es hören kann. Sanft setzt er mich auf dem Quilt ab – bringt meine Beine in die richtige

Position, zieht mein Kleid glatt, streicht mir eine Haarsträhne hinter das Ohr – und wühlt dann in seiner Jackentasche. Er zieht eine Zellophantüte heraus, die mit den eingewickelten, bernsteinfarbenen Bonbons gefüllt ist. »Ich warne dich, sie machen süchtig.«

»Nein, nein – ich möchte keins«, sage ich und hebe abwehrend die Hand. »Ich kann den Geruch nicht ertragen. Vom Geschmack ganz zu schweigen.«

»Wie ist das möglich? Karamell mag doch jeder.«

»Na ja, ich nicht.« Die Erinnerung ist so schmerzlich, dass mir beinahe die Luft wegbleibt: Waltons kratzige Wange an meiner, die Hand auf meinem Rücken, sein Atem an meinem Hals, während wir in der Grange Hall tanzen … »Jemand, den ich einmal kannte, hat sie immer gelutscht.«

»Hört sich nach einer Geschichte an«, sagt er und steckt die Zellophantüte wieder in seine Tasche. »Lass mich raten. Der Mann, auf den du gestern angespielt hast?«

»Ich habe auf überhaupt keinen Mann angespielt.«

Er spuckt das Karamellbonbon in seine Handfläche und wirft es in Als Rosenstrauch. Rückt die Staffelei zurecht, stellt seinen Zeichenblock darauf, öffnet den Werkzeugkoffer. »Es tut mir leid, dir das sagen zu müssen«, erklärt er, während er seine Stifte und Pinsel herausholt, »aber ich fürchte, wir werden heute wieder länger als eine Stunde hier sein. Nur für den Fall, dass du dir Sorgen machst, du könntest nicht genug Zeit haben, mir von ihm zu erzählen, weißt du.«

Eine Weile bin ich still. Ich lausche auf das Kratzen von Andys Stift, der über das Papier fährt. Dann hole ich tief Luft. »Er war … ein Sommergast.«

»Einen Sommer lang?«

»Vier. Vier Sommer.«

»Wie alt warst du?«

»Zwanzig, im ersten Jahr.«

»Ungefähr im selben Alter wie ich, als ich Betsy kennen gelernt habe«, sagt er, während er mit seiner Hand ein L formt und mich darüber hinweg ansieht, die Augen zusammengekniffen. »War es ernst?«

»Ich weiß es nicht.« Ich schlucke schwer. »Er hat mir versprochen, dass wir ... dass wir zusammen sein würden.«

»Du meinst, dass er dich heiratet?«

Ich nicke. Ist es das, was er versprochen hat? Ich bin nicht ganz sicher.

»Oh Christina.« Andy seufzt. »Was ist passiert?«

Etwas an seiner Art bringt mich dazu, dass ich ihm Dinge anvertrauen will, über die ich noch nie mit jemandem gesprochen habe. Sogar schmerzliche Dinge, beschämende Dinge.

Ich habe nicht gewusst, wie sehr ich mich danach gesehnt habe, sie mit jemandem zu teilen.

»Also ehrlich, Christina«, sagt Andy kopfschüttelnd, als ich ihm die ganze Geschichte erzählt habe. »Dieser Mann kommt mir langweilig vor. Sehr durchschnittlich. Was um aller Welt hast du an ihm gefunden?«

»Ich weiß es nicht.« Ich denke wieder einmal an meine Mutter und daran, wie sie dem schwedischen Matrosen die Tür geöffnet hat. Es ist der Stoff von Märchen: Rapunzel, die ihr Haar herablässt, Aschenputtel, das in einen goldenen Schuh schlüpft, Dornröschen, das darauf wartet, wachgeküsst zu werden. Sie alle hatten eine einzige Chance auf ein glückliches Ende – oder jedenfalls muss es ihnen so vorgekommen sein. Aber war es wirklich der Prinz, von dem sie sich angezogen fühlten, oder war es nur die Gelegenheit zu fliehen?

Wie viel von meiner Liebe zu Walton – oder meiner Abhängigkeit von ihm – war in Wirklichkeit der Traum, gerettet zu werden? Ein Traum, von dem ich noch nicht einmal wusste, dass ich ihn hegte, bevor mir Walton begegnet ist.

»Ich wollte einfach …« Geliebt werden, bricht es beinahe aus mir heraus. Aber ich schäme mich, es auszusprechen. »Ein normales Leben, vermute ich.«

Andy seufzt. »Nun, das ist das Problem, oder? Schau, ich will nicht unhöflich sein, aber du hättest niemals ein normales Leben führen können, auch wenn du dachtest, dass du das willst. Du und ich, wir sind nicht ›normal‹. Wir passen nicht in die üblichen Schubladen.« Wieder schüttelt er den Kopf. »Du bist gerade nochmal davongekommen, wenn du mich fragst. Dieser Mann könnte hundert Jahre alt werden, ohne jemals nach seiner eigenen Überzeugung zu handeln.«

Ich habe einen Kloß im Hals. »Er wusste, dass er mich nicht wollte.«

»Ach was. Er war schwach. Ließ sich leicht beeinflussen. Glaub mir, du bist einem Leben voller Kummer entgangen. Dieser Mann hätte dein Herz in kleine Stücke gerissen, so lange, bis nichts mehr davon übrig geblieben wäre. Nun ist es zwar verletzt worden, aber wenigstens ist es noch ganz.«

Er könnte recht haben; mein Herz ist wohl noch ganz. Aber ich denke an die Menschen, die ich immer auf Abstand gehalten habe, selbst wenn ich sie liebte. Ich denke daran, wie ich Al und Estelle behandelt habe. Was ich zu Gertrude gesagt – und auch so gemeint – habe, die doch am Morgen der Geburt meines Neffen nur gekommen war, um zu helfen: *Ich werde niemals wieder mit dir sprechen, das schwöre ich.* Vielleicht hatte sie recht, als sie sagte, ich hätte ein kaltes Herz. »Ich habe das Gefühl, als … als wäre es in Eis eingeschlossen.«

»Seitdem?«

»Ich weiß nicht. Vielleicht war das schon immer so.«

Er umschließt den Kohlestift mit der ganzen Hand. »Ich kann verstehen, wenn es sich so anfühlt. Aber ich glaube nicht, dass es so ist. Du bist vielleicht zurückhaltend, aber das ist verständlich. Mein Gott, Christina, das Schicksal hat es wirklich nicht gut mit dir gemeint. Musstest dein Leben lang für deine Familie sorgen. Deine verdammten Beine, die nicht tun, was sie sollten.« Er sieht mich aufmerksam an, und wieder habe ich das unheimliche Gefühl, als könnte er in mich hineinblicken. »Für mich ist es offensichtlich – war es immer schon –, dass du ein großes Herz hast. Ich muss dich nur mit Betsy sehen. Diese Zuneigung zwischen euch. Und wie du deinen Neffen liebst – es ist kaum zu übersehen. Aber vor allem du und Al, ihr beide in diesem Haus. Wie freundlich ihr miteinander umgeht. Dieser Typ – dieser *Walton*«, er sagt es mit ironischem Unterton, »hat daran nichts geändert. Du hast den armen Kerl verschreckt.« Er lacht trocken. »Was hat Al von ihm gehalten?«

»Nicht viel.«

»Das dachte ich mir.« Er klappt seinen Skizzenblock zu und sagt: »Al weiß immer, was Sache ist.«

Mein Herz – verletzt und angeschlagen und, wer weiß, vielleicht im Auftauen begriffen – zieht sich zusammen. *Wie freundlich ihr miteinander umgeht.* Andy kennt nicht die ganze Geschichte.

In einem Punkt hat er allerdings recht: Al weiß, was Sache ist. Das war schon immer so. Und ich habe sein Mitgefühl und seine Loyalität nicht zu schätzen gewusst, sondern damit belohnt, dass ich seine Beziehung mit einer Frau, die ihm vielleicht gutgetan hätte, zerstört habe. Ich kann mir das hübsche, kleine Cottage vorstellen, in dem die beiden vielleicht gewohnt hätten. Seine blassrosa Rosen an einem anderen Gartenspalier. Al, wie er vor Sonnenaufgang in seinem Hummerboot hinausfährt, um die Fallen zu überprüfen, und wie er seine Ausbeute mit einem Ruck an der Schnur abschätzt. Nachmittags zurück im Cottage, in einer gemütlichen Küche, in einem Sessel am Feuer. Ein Kind, mit dem er ein Spiel spielt, eine Frau, die ihn fragt, wie sein Tag war …

In meiner eigenen panischen Verzweiflung habe ich Al den Respekt verweigert, den er mir immer entgegengebracht hat. Welches Recht hatte ich, ihm diese eine Chance auf Liebe zu zerstören?

»Ich muss dir etwas sagen, Alvaro«, spreche ich ihn in der dämmrigen Küche an, als wir am Herd sitzen und Tee trinken. »Nicht, dass es jetzt noch irgendetwas ändern würde. Aber … Ich hatte nicht das Recht, dich dazu zu zwingen hierzubleiben.«

Ich kann sein Gesicht kaum erkennen, aber ich sehe, dass er zusammenzuckt.

»Es tut mir leid.«

Er seufzt.

»Du hättest mit ihr glücklich werden können.«

»Ich bin nicht unglücklich.« Er spricht so leise, dass ich ihn kaum verstehen kann.

»Du hast sie geliebt, oder?«, presse ich mühsam hervor. »Ich habe dich hier festgehalten.«

»Christie …«

»Kannst du mir verzeihen?«

Al rutscht auf seinem knarrenden Stuhl hin und her. Greift in die Tasche und holt seine Pfeife heraus, stopft sie, streicht an der Ofentür ein Streichholz an und zündet sie an. Murmelt etwas Unverständliches.

»Was?«

Er zieht den Rauch ein und atmet ihn wieder aus. »Ich habe gesagt: Ich habe mich hier festhalten lassen.«

Einen Augenblick denke ich darüber nach. »Du hast Mitleid mit mir gehabt.«

»Das war es nicht. Ich habe eine Wahl getroffen.«

Ich schüttele den Kopf. »Was für eine Wahl solltest du schon gehabt haben? Ich habe dir das Gefühl gegeben, mich im Stich zu lassen, obwohl du nur versucht hast, dein eigenes Leben zu leben.«

»Also«, sagt er und macht eine ausholende Geste, »wie könnte ich all das hier zurücklassen?«

Erst als er mir ein schiefes Lächeln zuwirft, merke ich, dass er einen Witz gemacht hat.

»Niemand sonst weiß, wie ich meinen Haferbrei mag«, erklärt er. »Und überhaupt. Du hättest dasselbe für mich getan.«

Das hätte ich natürlich nicht. Al ist nur nett zu mir, oder vielleicht ist es leichter für ihn, wenn er so denkt. Wie auch immer, es entschuldigt nicht, was ich getan habe. Da sitzen wir nun, nicht Partner, sondern Geschwister, dazu bestimmt, unser Leben zusammen zu verbringen in unserem Elternhaus, umgeben von den Geistern unserer Vorfahren, verfolgt von den Träumen von einem Leben, das wir hätten führen können. Ein Stapel Briefe, der in einem Wandschrank versteckt ist. Ein Boot unter den Dachsparren des Schuppens. Wenn wir einmal nicht mehr da sind, wird niemand je erfahren, wie wir hier gelebt haben, mit welchen Sehnsüchten oder Zweifeln, in welcher Vertrautheit und Einsamkeit.

Ich kann mich nicht daran erinnern, dass Al und ich uns je umarmt hätten. Ich weiß nicht, wann wir uns das letzte Mal berührt haben – außer, wenn er mir geholfen hat, irgendwo hinzukommen. Aber hier, in der trüben Dunkelheit der Küche, lege ich meine Hand auf seine, und er legt seine andere Hand wieder auf meine. So wie jetzt fühle ich mich auch immer, wenn ich etwas verloren habe – sagen wir, eine Garnrolle – und überall danach suche, nur um sie dann an einer naheliegenden Stelle zu finden, wie zum Beispiel auf der Kommode unter einem Stück Stoff.

Ich denke daran, was Mammey vor langer Zeit zu mir gesagt hat: Es gibt viele Arten, zu lieben und geliebt zu werden. Wie schade, dass ich fast mein ganzes Leben gebraucht habe, um zu verstehen, was das bedeutet.

Ein paar Tage, nachdem Andy angefangen hat, mich in dem rosa Kleid im Gras zu zeichnen, nimmt er seine Entwürfe mit nach oben. Den ganzen Vormittag arbeite ich in der Küche, ziehe meinen Stuhl hierhin und dorthin. Ich stelle Brötchen zum Abkühlen auf den Arbeitstresen, einen Topf Hühnersuppe auf den Herd. Zu Mittag kommt er herunter und bedient sich, tunkt ein Brötchen in seine Suppenschale, trinkt an der Wasserpumpe in der Pantry und wischt sich danach mit dem Handrücken den Mund ab. Geht wieder hinauf. Am Nachmittag backe ich Blaubeerkuchen, schneide eine Scheibe davon ab und lege sie, noch warm, auf einen Teller, den ich auf dem Boden vor mir her schiebe bis zur Treppe. Dann rufe ich nach ihm, damit er kommt und ihn holt. Für das Lächeln auf seinem Gesicht lohnt sich der Aufwand.

In der Abenddämmerung rudert er wieder nach Hause. Kommt am nächsten Tag wieder und marschiert die Treppe hinauf, seine schweren Schritte sind in dem stillen Haus das einzige Geräusch. Ich höre, wie er oben hin- und hergeht, Türen auf- und zumacht, verschiedene Zimmer betritt.

Das geht wochenlang so.

Einen Monat, zwei.

Überall sind Andys Spuren, sogar wenn er nicht da ist. Der Geruch nach Eiern, die Farbspritzer. Ein eingetrockneter, harter Pinsel. Ein Brett, dick beschmiert mit eingetrockneter Farbe.

Es wird kälter. Er arbeitet immer noch. Er fährt nicht, wie gewohnt, Ende August nach Pennsylvania zurück. Ich frage nicht, warum, befürchte halb, ich würde ihn daran erinnern, dass es höchste Zeit ist, nach Hause zurückzukehren, wenn ich die Worte laut ausspreche.

Während er oben ist, erledige ich mechanisch meine alltäglichen Aufgaben. Setze Teewasser auf. Knete den Brotteig. Beobachte durch das Fenster, wie das hohe Gras sich im Wind biegt. Plaudere mit Al über das Wetter. Mache es mir bequem, um das lebhafte Farbenspiel des Sonnenuntergangs zu betrachten. Aber die ganze Zeit denke ich an Andy, der sich in einen entfernten Raum zurückgezogen hat wie eine Märchenfigur, die Stroh zu Gold spinnt.

Eines Morgens im Oktober taucht Andy nicht auf. Betsy habe ich seit Wochen nicht mehr gesehen, aber am nächsten Tag, als ich gerade Socken stopfe, streckt sie plötzlich ihren Kopf zur Küchentür herein. »Christina! Kommst du mit Al zu uns zum Dinner?«

»Zu euch nach Hause?«, frage ich überrascht. Sie haben uns noch nie zuvor eingeladen.

Sie nickt. »Andy hat mit Al gesprochen, und sie haben vereinbart, dass Al dich mit dem Auto hinbringt. Nur ein einfaches Essen, nichts Ausgefallenes. Wir würden uns riesig freuen. Eine schöne Verabschiedung, bevor wir zurück nach Chadds Ford fahren.«

»Dann ist Andy fertig für dieses Jahr?«

»Endlich«, sagt sie. »Ich wette, ihr werdet es genießen, wenn ihr wieder ein bisschen Ruhe und Frieden habt.«

»Nein. Wir haben eine Menge Ruhe und Frieden.«

Spät am Nachmittag ein paar Tage später hebt mich Al – der ein hellblaues Hemd mit Kragen trägt, das ich vor Jahren für ihn genäht habe und das er selten anhat – aus meinem Lehnstuhl in der Küche. Er trägt mich die Stufen hinunter und setzt mich auf die Rückbank des alten Ford. Es ist lange her, dass ich mit dem Auto irgendwo hingefahren bin – außer bei Sadie bin ich eigentlich nie irgendwo gewesen. Ich habe einen langen, marineblauen Baumwollrock mit kaschierenden Falten an und eine weiße Bluse – Teil einer alten Uniform, aber wenigstens ist sie sauber und nicht verschlissen. Das Haar habe ich glatt zurückgekämmt und mit einem Band zusammengebunden.

Auf dem Rücksitz des Autos ist es dunkel und kalt. Als wir die holprige Auffahrt hinunterfahren, lehne ich mich zurück und schließe die Augen. Ich spüre das Vibrieren des Motors an meinen Beinen und ein nervöses Flattern im Magen. Ich habe Andy noch nie irgendwo anders als in unserem Haus gesehen, mit seinen farbbespritzen Stiefeln und von Eiern ausgebeulten Hosentaschen. Ob er in seinem eigenen Zuhause ein anderer Mensch ist?

Al biegt an einem Stoppschild rechts ab, dann fährt er meilenweit auf einer glatten, asphaltierten Straße. Ich höre das Geräusch des Blinkers; wir biegen langsam rechts ab. Dann das Knirschen von Kies. »Wir sind da, Christie«, sagt er.

Ich öffne die Augen. Ein weißes, mit Schindeln verkleidetes Cottage, Gartenspaliere mit weißen Clematis, dunkle Fenster, ordentliche, grüne Thujahecken. Ich wusste, dass Betsy und Andy aus dem Pferdestall ausgezogen sind, aber ihr Cottage zu sehen erinnert mich erst wieder daran: Betsy hat schließlich ihr Haus bekommen.

Und da ist sie, steht auf der Eingangsterrasse in schmal geschnittenen schwarzen Hosen und einer mintgrünen Bluse, lächelt mit rot geschminkten Lippen und winkt. »Willkommen!« Hinter ihr steht Andy und winkt auch. Es ist merkwürdig, ihn hier zu sehen, außerhalb der gewohnten Umgebung, in einem frischen weißen Hemd und sauberen Hosen und Schuhen, das Haar ordentlich gekämmt. Er sieht aus wie ein netter, gewöhnlicher Mann in einem netten, gewöhnlichen Haus. Der einzige Hinweis auf den Andy, den ich kenne, sind die Farbflecke an seinen Händen.

Al steigt aus und öffnet meine Tür. Er und Andy tragen mich die Stufen hinauf ins Haus. Betsy hält die Tür auf; zwei kleine Jungen flitzen hin und her wie kleine Fischchen.

»Nicholas! Jamie!«, schimpft Betsy. »Ihr zwei geht hoch. Wenn ihr brav seid, bringe ich euch ein bisschen Kuchen.«

Al und Andy tragen mich in einen spärlich möblierten Raum, in dem eine lange, rote Couch steht, davor ein langer, rechteckiger Holztisch und zwei gestreifte Ohrensessel. Sie setzen mich auf die Couch, während Betsy durch eine Schwingtür verschwindet und kurz darauf mit einem Tablett zurückkommt, darauf eine Schale mit Radieschen, eine Platte mit gefüllten Eiern und ein kleiner Teller mit Oliven, die einen roten Streifen in der Mitte haben. (Ich habe solche Oliven schon einmal gesehen, aber noch nie eine probiert.) Sie setzt sich neben mich und fordert Al und Andy auf, gegenüber in den Ohrensesseln Platz zu nehmen.

Andy wirkt ein wenig nervös. Er rutscht auf seinem Sessel herum und lächelt mich merkwürdig an. Al blickt über meinen Kopf hinweg und dann zu Andy. Auch er wirkt nervös.

»Zahnstocher?«, bietet Betsy an.

Ich nehme einen, spieße eine Olive auf und stecke sie mir in den Mund. Salzig. Fleischige Konsistenz. Wo tut man den Zahnstocher hin? Ich entdecke einen kleinen Stapel davon auf Andys Teller und lege den Zahnstocher auf den Teller vor mir. Als ich mich im Zimmer umsehe, erkenne ich Andys vertraute Bilder in Rahmen überall an den Wänden. Ein Aquarell von Al beim Blaubeerenpflücken, im Profil mit seiner Kappe auf dem Kopf und der Pfeife im Mund. Eine Kohlezeichnung von Al auf den Stufen vor unserer Haustür. Ein großes Eitempera-Gemälde von Mammeys Spitzengardinen, die sich im Wind bauschen, in einem unserer Zimmer im dritten Stock.

»Sie sehen schön aus in Bilderrahmen«, sage ich zu Andy.

»Das ist Betsys Gebiet«, sagt er. »Sie gibt ihnen Titel und rahmt sie.«

»Teile und herrsche«, sagt Betsy. »Ein Glas Sherry, Christina?«

»Nein, danke. Ich trinke nur an Weihnachten.« Ich traue mich nicht, es zuzugeben, aber ich habe Angst, auf meine Bluse zu kleckern.

»In Ordnung. Al?«, fragt Betsy.

»Ich nehme gerne einen«, sagt er.

Al und ich, die es nicht gewohnt sind, bedient zu werden, sind steif und förmlich. Betsy tut ihr Bestes, damit wir uns wohlfühlen. »Morgen soll es regnen, habe ich gehört«, sagt sie, als sie Al das winzige Sherryglas reicht.

»Das ist gut, wir können es brauchen«, sagt Al und nimmt einen Schluck. Ich glaube nicht, dass er schon einmal Sherry probiert hat. Er stellt sein Glas auf den Tisch.

Ich werfe einen Blick zu Betsy, aber die scheint es nicht zu bemerken. Mit einem kleinen Lachen sagt sie: »Ich weiß, dass Regen gut für die Farm ist, aber es ist kein Spaß, an einem verregneten Tag mit den Kindern im Haus eingesperrt zu sein, das könnt ihr mir glauben.«

Al wirft Andy einen drolligen Blick zu. »Ihr solltet sie zum Malen bringen«, sagt er.

Andy schüttelt den Kopf. »Das würde höchstens auf Fingerfarben hinauslaufen. Nicholas scheint keinerlei Begabung in diese Richtung zu haben, aber Jamie – ich glaube, er könnte tatsächlich Talent haben.«

»Um Himmels willen, er ist zwei Jahre alt«, sagt Betsy. »Und Nicky ist erst fünf. Man kann das jetzt noch nicht wissen.«

»Vielleicht doch. Mein Vater sagte, dass er den Funken in mir gesehen hat, als ich acht Monate alt war.«

»Dein Vater …« Betsy verdreht die Augen.

Während ich eine weitere Olive aufspieße, frage ich: »Also fahrt ihr in ein paar Tagen zurück nach Pennsylvania?«

Betsy nickt. »Wir fangen an zu packen. Es ist immer schwer abzureisen. Obwohl wir dieses Jahr länger geblieben sind als sonst.«

»Mir kommt es vor, als wärt ihr gerade erst angekommen«, sage ich.

»Meine Güte, Christina, das kann nicht dein Ernst sein! Mit Andy, der euch tagaus, tagein auf die Nerven geht?«

»Es ist uns nicht auf die Nerven gegangen.«

»Außer, wenn sie für mich Modell sitzen musste.« Andy sucht meinen Blick. »Das ging ihr gehörig auf die Nerven.«

Ich zucke mit den Schultern. »Dieses Mal hat es mir nicht so viel ausgemacht.«

»Bin froh, dass er mich nicht noch einmal darum gebeten hat«, sagt Al.

Andy lacht und schüttelt den Kopf. »Ich habe meine Lektion gelernt.«

»Gut«, sagt Betsy und steht auf, »ich muss hochgehen und nach den Jungs sehen. Andy, kannst du den Tisch abräumen?«

Ich sehe, dass sie einen Blick wechseln.

»Ja, Ma'am«, sagt er. Als Betsy den Raum verlassen hat, sammelt er die Schalen ein und stellt sie wieder auf das Tablett. »Ihr beide werdet euch alleine unterhalten müssen. Ich wurde gerade als Helfer angeheuert.« Wir sehen zu, wie er sich rückwärts durch die Schwingtür schiebt, das Tablett von sich gestreckt.

»Hübsches Haus, nicht wahr?«, sagt Al, als wir alleine sind.

»Sehr hübsch.« Wir gehen gekünstelt miteinander um, Small Talk zu machen ist uns fremd. »An diese Oliven könnte ich mich gewöhnen.«

Er verzieht das Gesicht. »Ich mache mir nichts daraus. Sie sind ... wie Gummi.«

Das bringt mich zum Lachen. »Stimmt, sie sind ziemlich zäh.«

Während wir in angespanntem Schweigen dasitzen, sehe ich, dass Al seinen Blick wieder auf die Wand hinter meinem Kopf richtet. Er sieht mich einen Moment an, dann schaut er wieder auf die Wand.

»Was ist?«, frage ich.

Er hebt sein Kinn.

Ich drehe mich auf meinem Platz, recke den Hals, um zu sehen, worauf er schaut. Es ist ein Gemälde, ein großes Gemälde, es bedeckt beinahe die ganze Wand über meinem Kopf. Ein Mädchen auf einem gelben Feld, das ein rosa Kleid mit einem dünnen, schwarzen Gürtel trägt. Ihre dunklen Haare wehen im Wind. Ihr Gesicht ist verborgen. Sie streckt sich zu einem schattig-silbrigen Haus und einer Scheune hin, nebeneinander am Horizont, darüber das Band eines blassen Himmels.

Ich sehe Al an.

»Ich glaube, das bist du«, sagt er.

Ich blicke wieder auf das Bild. Das Mädchen ist dicht am Boden, scheint aber beinahe zu schweben. Sie ist größer als alles um sie herum. Wie ein Zentaur – oder wie eine Meerjungfrau – ist sie zwei Wesen in einem: Da ist mein Kleid, mein Haar, da sind meine dünnen Arme, aber das Alter meines Körpers ist verschwunden. Das Mädchen auf dem Bild ist jung und geschmeidig.

Ich spüre einen Druck auf meiner Schulter. Eine Hand. Andys Hand. »Ich habe es endlich fertig bekommen«, sagt er. »Was meinst du dazu?«

Ich sehe mir das Mädchen genauer an. Ihre Haut hat dieselbe Farbe wie das Feld, ihr Kleid die von ausgebleichten Knochen, ihr Haar ist wie sprödes Gras. Sie wirkt ewig jung und gleichzeitig so alt wie das Land um sie her. Ich denke an eine Strichzeichnung aus einem Kinderbuch über die Evolution: das Meerestier, das seine Glieder streckt und vom Ufer heraufkriecht.

»Es heißt ›Christinas Welt‹«, sagt er. »Betsy hat sich den Titel ausgedacht, wie immer.«

»Christinas Welt?«, wiederhole ich erstaunt.

Er lacht. »Ein riesiger Grasplanet. Und du mittendrin.«

»Das bin aber nicht ganz … ich, oder?«, frage ich.

»Das musst du mir sagen.«

Ich schaue wieder auf das Bild. Trotz der offensichtlichen

Unterschiede ist mir dieses Mädchen zutiefst, ja schmerzlich vertraut. In ihm sehe ich mich mit zwölf Jahren, an einem meiner seltenen freien Nachmittage. In meinen Zwanzigern, Schutz suchend vor dem Leid eines gebrochenen Herzens. Vor ein paar Tagen erst, auf halbem Weg zwischen dem Boot im Schuppen und dem Rollstuhl im Meer, wie ich die Gräber meiner Eltern auf dem Familienfriedhof besuche. Aus den Tiefen meines Gehirns taucht ein Wort auf: Synekdoche. Ein Teil steht für etwas Ganzes.

Christinas Welt.

Dieser Ort – dieses Haus, dieses Feld, dieser Himmel – mag vielleicht nur ein kleines Stück der Welt sein. Aber Betsy hat recht: Für mich ist er die ganze Welt.

»Du hast einmal gesagt, dass du dich selbst als ein Mädchen siehst«, sagt Andy.

Ich nicke langsam.

»Das wollte ich zeigen«, sagt er und weist auf das Gemälde. »Ich wollte … die Sehnsucht und das Zaudern ausdrücken.«

Ich greife nach seinen Fingern und führe sie an meine Lippen. Ich merke, dass er verblüfft ist; das habe ich noch nie getan. Es überrascht mich selbst.

Ich denke daran, wie ich jahrelang von anderen wahrgenommen wurde: als Last, als pflichtbewusste Tochter, als Freundin, als bösartige, arme Hexe, als Invalide …

Dies ist mein Brief an eine Welt, die niemals schrieb an Mich.

»Du hast gezeigt, was niemand sonst sehen konnte«, sage ich.

Er drückt meine Schulter. Wir betrachten schweigend das Bild.

Da ist das Mädchen – auf einem Grasplaneten. Ihre Bedürfnisse sind simpel: das Gesicht in die Sonne zu halten und die Wärme zu spüren. Die Finger in die Erde zu krallen. Dem Haus, in dem sie geboren wurde, zu entfliehen und wieder zurückzukehren.

Ihr Leben aus der Ferne zu betrachten, es so deutlich wie auf einem Foto vor sich zu sehen und gleichzeitig so verzaubert wie in einem Märchen.

Dies ist ein Mädchen, das zerschlagene Hoffnungen und ein gebrochenes Versprechen hinnehmen musste und immer noch hinnehmen muss. Ein Mädchen, das immer an diesem Hang leben wird, inmitten einer Welt, die sich bis zum Rand der Leinwand erstreckt. Ihre Vorfahren waren Hexen und Hexenverfolger, Abenteurer und Stubenhocker, Träumer und Pragmatiker. Ihre Welt ist beschränkt und zugleich grenzenlos, ein Ort, an dem jeder Fremde vor der Tür den Schlüssel zu ihrem restlichen Leben in der Hand halten könnte.

Was sie sich am meisten wünscht – wonach sie sich wahrhaft verzehrt –, ist das, was jeder von uns möchte: gesehen werden.

Und schau: Das wird sie.

Anmerkung der Autorin

Als ich acht Jahre alt war und in Bangor, Maine, aufwuchs, schenkte mir mein Vater den Holzschnitt eines lokalen Künstlers, der von Andrew Wyeths Gemälde »Christinas Welt« inspiriert war. Er sagte, es erinnere ihn an mich, und ich verstand, aus welchem Grund: der gemeinsame Vorname, der vertraute Schauplatz Maine, das dünne, feine Haar. Während meiner gesamten Kindheit dachte ich mir Geschichten über dieses zarte Mädchen im blassrosa Kleid aus, das dem Betrachter den Rücken zukehrt und sich einem verwitterten, grauen Haus auf einem Hügel in der Ferne zuwendet.

Im Laufe der Jahre bin ich zu der Auffassung gelangt, dass das Gemälde ein Rorschach-Test ist, eine Illusion, ein Zaubertrick. Wie David Michaelis in *Wondrous Strange: The Wyeth Tradition* schreibt: »Der bodenständige Naturalismus von Wyeths Bildern ist irreführend. In seinem Werk ist nichts so, wie es scheint.« Andrew Wyeths Werke bergen immer ein unterschwelliges Wunder, ein Mysterium; er war fasziniert von den dunkleren Seiten der menschlichen Existenz. Davon gewinnt man beim Betrachten dieses Bildes einen Eindruck: Da ist das verdorrte Gras, so verblüffend genau und detailliert, das verfallene Haus auf dem Hügel mit einer geheimnisvollen Leiter, die zu einem Fenster im zweiten Stock führt, ein einsames Wäschestück, das im Wind flattert wie eine Geistererscheinung. Auf den ersten Blick erscheint die schlanke Frau im Gras träge und entspannt, aber bei genauerem Hinsehen zeigen sich merkwürdige Unstimmigkeiten. Ihre Arme sind unnatürlich dünn und verdreht. Vielleicht ist sie älter, als man zunächst gedacht hat. Sie wirkt angespannt, wach, von dem Haus angezogen und gleichzeitig zögernd. Hat sie Angst? Ihr Gesicht ist dem Betrachter abgewandt, aber sie scheint zu einem dunklen Fenster im zweiten Stock zu schauen. Was sieht sie in seinem Schatten?

Nachdem ich meinen Roman *Der Zug der Waisen* beendet hatte, fing ich an, nach einer anderen Geschichte Ausschau zu halten, einer, die mich ebenso vollständig mit Herz und Verstand gefangennehmen würde. Durch meine Recherchen hatte ich unter anderem eine Menge über das Amerika des frühen bis mittleren zwanzigsten Jahrhunderts erfahren, und so dachte ich, es würde sich lohnen, auch weiterhin in diesem Zeitabschnitt zu bleiben. Ich interessierte mich besonders für das Landleben: wie die Menschen über die Runden kamen und welche emotionalen Stützen sie brauchten, um harte Zeiten zu überstehen. Mir gefiel der Gedanke, wie in *Der Zug der Waisen* einen bedeutungsvollen historischen Moment zu nehmen und ihn, Realität und Fiktion vermischend, um Einzelheiten zu ergänzen und so eine bis dahin unbeachtete oder verschleierte Geschichte zu beleuchten.

Eines Tages, ein paar Monate nachdem der Roman erschienen war, erwähnte eine befreundete Autorin, sie habe das Gemälde im Museum of Modern Art in New York gesehen und an mich gedacht. Sofort wusste ich, dass ich mein Thema gefunden hatte.

In den vergangenen zwei Jahren bin ich tief in Christinas Welt eingetaucht. Stundenlang saß ich im Museum of Modern Art in New York vor dem Gemälde und hörte die schwärmerischen, verstörten, faszinierten, ablehnenden und begeisterten Kommentare von Besuchern aus der ganzen Welt. (Mein Lieblingskommentar, von einer Dänin: »Das ist einfach … gruselig.«) Ich habe die Werke von allen drei berühmten Künstler-Wyeths studiert: Von N.C. Wyeth, seinem Sohn Andrew und Andrews Sohn Jamie – um ein Gefühl für das reiche und vielschichtige Vermächtnis dieser Familie zu bekommen. Das Farnsworth Museum in Rockland, Maine, ist mir inzwischen eng vertraut. Ich habe Kunsthistoriker und Historiker der amerikanischen Geschichte interviewt und hatte das Glück, einige Museumsführer des Olson-Hauses kennen zu lernen, die mir Artikel und Briefe haben zukommen lassen, die ich alleine nie entdeckt hätte. Ich habe Biografien, Autobiografien, Traueranzeigen, Zeitschriften- und Zeitungsartikel gelesen, Bücher über Kunst und Kunstgeschichte sowie Kritiken. Mehr als ich brauchte, habe ich über die Hexenprozesse von Salem gelesen, die in der Geschichte der Familie eine Rolle spielen. (Sehr interessant!) Ich habe Postkarten gesammelt und sogar einen Druck von »Christinas Welt« gekauft, um ihn mir an die Wand zu hängen.

Was ich herausgefunden habe: Christina Olson, die auf der einen Familienseite von dem berüchtigten Obersten Richter der Hexenprozesse von Salem abstammte und auf der anderen von armen, schwedischen Torfbauern, wurde auf einzigartige Weise zu einem bekannten Symbol amerikanischer Kultur erhoben. Auf Wyeths Gemälde wirkt sie entschlossen und sehnsuchtsvoll, kühn und verletzlich, exponiert und rätselhaft. Allein in einem Meer von dürrem Gras, ist sie das Urbild des Individuums vor dem Hintergrund der Natur, vollkommen präsent im Hier und Jetzt und doch eine eindringliche Erinnerung an die Unermesslichkeit der Zeit. Wie Laura Hoptman, die Kuratorin des Museum of Modern Art, in *Wyeth: Christina's World* schreibt: »Das Gemälde ist eher die Landschaft einer Psyche als ein Portrait, mehr die Darstellung eines Bewusstseinszustands als die eines Ortes.«

Wie die von der Seite dargestellte Gestalt auf dem Gemälde »Whistlers Mutter« von James Whistler (1871) und das einfache, bürgerliche Bauernpaar auf Grant Woods »American Gothic« von 1909 verkörpert Christina viele der Eigenschaften, die wir heute als ausgeprägt amerikanisch betrachten: rauen Individualismus und ruhige Kraft, Trotz angesichts von Hindernissen, Beharrlichkeit.

Wie auch in meinem Roman *Der Zug der Waisen* habe ich beim Schreiben von *Die Farben des Himmels* versucht, bei den historischen Fakten zu bleiben, wo immer das möglich war. Wie die wirkliche Christina ist meine Romanfigur 1893 geboren und mit drei Brüdern in einem schmucklosen Haus auf einem kargen Hügel in Cushing, Maine, aufgewachsen. Hundert Jahre zuvor waren drei ihrer Vorfahren mitten im Winter aus Massachusetts dorthin geflohen. Dabei hatten sie die Schreibweise ihres Namens zu »Hathorn« geändert, um dem Makel zu entgehen, mit ihrem Verwandten John Hathorne in Verbindung gebracht zu werden, dem Obersten Richter bei den Hexenprozessen in Salem; dem Einzigen, der niemals Abbitte geleistet hat. Unter dem Galgen hat eine der verurteilten Hexen Hathornes Familie verflucht, und das Schreckgespenst der Hexenprozesse haftete der Familie über drei Generationen hinweg an: In der Stadt Cushing hieß es, diese drei Hathorns hätten die Hexen auf ihrer Flucht mitgebracht. Ein anderer Vorfahre, Nathaniel Hawthorne – der ebenfalls die Schreibweise seines Namens änderte, um die Familienverbindung zu verschleiern – schrieb in *Der junge Nachbar Brown* über die nicht nachlassende Unbarmherzigkeit seines Ururgroßvaters Hathorne. Diese Erzählung handelt davon, dass vor allem diejenigen, die ihre eigene dunkle Seite am meisten fürchten, auch in anderen Menschen das Böse sehen.

Noch eine wahre Geschichte wurde ein ebenso wichtiger Bestandteil meines Romans. Über Generationen war das Haus auf dem Hügel als das *Hathorn House* bekannt. Aber im Winter 1890, mitten in einem heftigen Schneesturm, blieb ein Schiff, das Kalk für die Herstellung von Mörtel und Ziegelsteinen geladen hatte, im Eis des nahegelegenen St-George-River-Kanals stecken, und ein junger, schwedischer Matrose namens Johan Olauson saß fest. Der Kapitän, ein Bewohner von Cushing, bot an, ihn bei sich aufzunehmen. Olauson ging über das Eis bis zu Kapitän Maloneys Cottage, wo er für den Winter Unterschlupf fand, während er darauf wartete, dass das Eis taute und er wieder in See stechen konnte. Nicht weit von dem Cottage entfernt auf einem Hügel lag ein prachtvolles, weißes Haus, das einem respektablen Schiffskapitän, Samuel Hathorn, gehörte. Johan erfuhr bald von der Familie auf dem Hathorn Hill: Der Familienname war kurz davor auszusterben, da es keine männlichen Erben gab, die ihn weitertragen konnten. Nach ein paar Monaten hatte der junge Matrose Englisch gelernt und seinen Namen in John Olson geändert, und er stellte sich der »alten Jungfer« Kate, der Hathorn-Tochter, vor – mit ihren vierunddreißig Jahren war sie sechs Jahre älter als er. Einen Monat später starb Samuel Hathorn, und John Olson heiratete Kate und übernahm die Farm. Ihr erstes Kind, Christina, wurde ein Jahr später geboren, und das große, weiße Familienhaus wurde unter dem Namen *Olson House* bekannt. Der Name Hathorn konnte nicht weitergeführt werden.

Allen Berichten zufolge war Christina von klein auf aktiv und lebhaft. Sie war voller Lebenslust, verfügte über eine sprühende Intelligenz und war entschlossen, sich nicht bemitleiden zu lassen, trotz ihrer degenerativen Erkrankung, die sie in ihrer Mobilität stark einschränkte. (Obwohl zu ihren Lebzeiten nie eine richtige Diagnose gestellt wurde, glauben die Neurologen heute, dass sie an dem sogenannten Charcot-Marie-Tooth-Syndrom litt, einer erblichen Erkrankung, die die Nerven zu Armen und Beinen beschädigt.) Christina weigerte sich, einen Rollstuhl zu benutzen. Mit zunehmender Bewegungsunfähigkeit gewöhnte sie sich an, sich auf dem Boden liegend vorwärtszuziehen. Vor einigen Jahren hat die Schauspielerin Claire Danes in einer Tanzperformance Christina Olson portraitiert. In ihrer einstündigen Meisterleistung verdeutlichte sie Christinas heftigen Wunsch, sich trotz ihrer verheerenden Krankheit frei zu bewegen.

Mit ihrer schnellen Auffassungsgabe und ihrer scharfen Zunge war Christina jemand, den man ernst nehmen musste. In ihren späten Jahren – mit ihrem strohigen Haar und der Hakennase, ehelos und willensstark – munkelte man unter den Stadtbewohnern, sie sei selbst eine Hexe. Andrew Wyeth bezeichnete sie wahlweise als »Hexe«, »Königin« oder »das Gesicht von Maine«.

Zum ersten Mal stand Wyeth – zusammen mit Betsy James, seiner zukünftigen Ehefrau, die die Olson-Farm besuchte, seit sie ein kleines Mädchen war – im Jahr 1939 vor Christinas Tür. Er war zweiundzwanzig, Betsy siebzehn, Christina sechsundvierzig. Von da an kam er beinahe täglich vorbei, unterhielt sich stundenlang mit Christina, skizzierte und malte Landschaften, Stillleben und das Haus, das ihn faszinierte. »Die ganze Welt New Englands findet sich in diesem Haus wieder«, sagte Wyeth. »Es ist wie spinnenhaftes Gebein, wie klapprige Skelette auf dem Dachboden. Ein Grabstein für Seeleute, die im Meer verschollen sind, wie der Vorfahre der Olsons, der vom Mast eines Segelschiffs fiel und nie gefunden wurde. Für mich ist es ein Tor zum Meer, zu Muscheln und Seeungeheuern und Walen. Man wird das Gefühl nicht los, dass frühere Bewohner dieses Haus besuchen.«

Schon bald begann Wyeth, Christina in seine Bilder zu integrieren. »Das Interessante an ihr war, dass sie zu jeder Zeit an jedem Ort auftauchen konnte«, sagte er. »Der berühmte englische Maler John Constable sagte immer, man müsse einer Szene nie Leben hinzufügen, denn wenn man ruhig dasitzt und wartet, wird das Leben schon kommen – also irgendein zufälliges Ereignis am richtigen Ort. Das ist mir immer wieder passiert – und ganz häufig mit Christina.«

Während der folgenden dreißig Jahre war Christina Andrew Wyeths Muse, sie inspirierte ihn. Ich glaube, sie haben im jeweils anderen ihre eigenen Widersprüche erkannt. Beide lebten mit Einschränkungen, sehnten sich aber nach Schönheit; beide waren neugierig auf andere Menschen und zugleich beinahe krankhaft zurückhaltend. Sie waren ungewöhnlich freiheitsliebend und doch abhängig von anderen, die sich um ihre grundlegenden Bedürfnisse kümmerten: Wyeth von seiner Frau Betsy und Christina von Alvaro.

»Meine Vorstellung von etwas kann mehr der Wirklichkeit entsprechen als der tatsächliche Gegenstand«, sagte Wyeth. »Ich dachte ständig an den Tag, an dem ich Christina in ihrem rosa Kleid malen würde, wie eine wellige, ausgeblichene Hummerschale, die man am Strand finden kann. Ständig hatte ich sie vor Augen: ein lebendiges Wesen dort auf dem Hügel, auf dem man das Gras förmlich wachsen sieht. Eines Tages würde sie darunter begraben sein. Bald schon sah ich ihre Gestalt über den Hügel auf diesen grauen Kasten von Haus ganz oben zukriechen. Ich spürte die Einsamkeit dieser Gestalt – vielleicht dieselbe Einsamkeit, die ich selbst als Kind gespürt hatte. Es war ebenso sehr meine eigene Erfahrung wie ihre.«

»Als ich ›Christinas Welt‹ malte«, sagte Wyeth, »habe ich ein paar Monate lang an diesem Hügel gearbeitet, an dieser Grasfläche, dem Boden, der so aussehen sollte, als würde er einem entgegenkommen, wie eine Erdwoge, wie der ganze Planet … Als es Zeit war, Christinas Gestalt auf diesen Planeten zu legen, den ich in all diesen Wochen für sie geschaffen hatte, trug ich diesen rosa Farbton auf ihrer Schulter auf – und da hat es mich beinahe umgehauen.«

Indem sie die Muse eines Künstlers wurde – eine scheinbar passive Rolle –, hat Christina letztlich die Eigenständigkeit erreicht, nach der sie sich ein Leben lang gesehnt hat. Instinktiv, wie ich glaube, hat Wyeth es geschafft, zum Kern von Christinas Wesen zu gelangen. Auf dem Gemälde ist sie auf paradoxe Weise individuell und repräsentativ, lebenssprühend und verletzlich. Sie ist einsam, aber umgeben von den Geistern ihrer Vergangenheit. Sie harrt aus, wie auch das Haus und die Landschaft. Als eine Verkörperung des amerikanischen Charakters ist sie lebendig, pulsierend, unsterblich.

Aus vielen Gründen war dies das schwierigste Buch, das ich je geschrieben habe. Christina Olson war eine reale Person, genauso wie viele der anderen Figuren in diesem Buch. Ich habe wahnsinnig viel über ihr Leben, ihre Familie und ihre Beziehung zu Andrew Wyeth recherchiert. Aber an einem bestimmten Punkt musste ich mich von der Recherche lösen und meinen Figuren erlauben, die Geschichte voranzutreiben. Letztendlich ist *Die Farben des Himmels* eine Fiktion. Biografische Fakten, die die Personen in diesem Buch betreffen, sollte man auf diesen Seiten nicht suchen. Ich hoffe, dass Leser, die sich für die hier erzählte Geschichte interessieren, die nicht fiktionalen Darstellungen beachten werden, die ich in der Danksagung erwähne. Und vor allem hoffe ich, dass ich dieser Geschichte gerecht geworden bin.

Danksagung

Ich bin in England, in Cambridge, geboren worden und habe meine frühe Kindheit mit meinen Eltern und meiner jüngeren Schwester in der Nähe dieser Stadt verbracht, in einem kleinen Dorf namens Swaffham Bulbeck. Wir wohnten in einem Haus aus dem dreizehnten Jahrhundert, und wenn man im Wohnzimmer stand und zur Decke schaute, konnte man an einem kreisförmigen Umriss die Stelle erkennen, wo sich einst ein Loch im Dach befunden hatte, dort, wo die ursprünglichen Bewohner ihr Feuer angezündet hatten. Es gab weder Kühlschrank noch Zentralheizung; wir benutzten eine Eiskiste und einen kleinen Gasofen, der durch das Einwerfen von Münzen in Gang gebracht wurde. Nach einigen Jahren zogen wir nach Tennessee und lebten dort auf einer verlassenen Farm, in einem ungeheizten Haus, das gerade erst mit Elektrizität ausgestattet worden war. Schließlich zogen wir nach Maine, in ein normales Haus mit der üblichen Grundausstattung. Aber die Wochenenden, Feiertage und die Sommerferien verbrachten wir in einer Hütte, die mein Vater auf einer winzigen Insel in einem See gebaut hatte, mit einer Wasserpumpe im Freien, Gaslampen und Kerzen, einer Feuerstelle und einem Plumpsklo. Im Winter wanderten wir auf Schneeschuhen über den zugefrorenen See und schlugen das Eis von der Eingangstür, um in die Hütte zu gelangen. Noch in unseren Mänteln drängten meine Schwestern und ich uns um den Ofen, bis das Feuer, das meine Eltern gemacht hatten, stark genug war, um uns zu wärmen.

Und so will ich meinem Vater, William Baker, und meiner verstorbenen Mutter, Christina Baker, danken. Sie haben ihren vier Töchtern beigebracht, dass man durch ein Leben mit den Naturelementen nicht nur mit seiner äußeren Umgebung in Einklang kommt, sondern auch mit seiner inneren Welt. Ich zweifle nicht daran, dass meine ungewöhnliche Kindheit mich als Schriftstellerin geprägt hat. In meinen letzten beiden Romanen, dem *Zug der Waisen* und diesem hier, habe ich bewusst aus diesen frühen Erfahrungen geschöpft, indem ich Figuren erschaffen habe, die einfach leben und ohne die Bequemlichkeiten der heutigen Zeit auskommen, die für die meisten von uns selbstverständlich sind.

An einem sonnigen Nachmittag im Juli 2013 nahm ich an einer Führung durch das Olson-Haus in Cushing, Maine, teil, die von einer jungen Frau namens Erica Dailey geleitet wurde. Erica merkte, dass ich mir Notizen machte, und fragte, ob ich einen Artikel verfassen würde; ich gestand ihr, dass ich daran dachte, einen Roman zu schreiben. Als ich das Haus verließ, nahm mich eine andere Museumsführerin, Rainey Davis, beiseite, drückte mir ihre Visitenkarte in die Hand und bot mir an, sie anzurufen, falls ich weitere Fragen hätte. Das tat ich – und Rainey und ich freundeten uns schnell an. Wir trafen uns in Rockland, Maine, und sogar in Sarasota, Florida, wo sie ein Haus hat und ich einen Vortrag hielt. Einige Monate später bekam ich eine E-Mail von einer weiteren Museumsführerin, Nancy Jones, die mir anbot, mich ein paar Leuten vorzustellen, die in engem Kontakt zu Christina gestanden hatten. Durch sie traf ich Andrew Wyeths Neffen David Rockwell, der ein enzyklopädisches Wissen über die Wyeths und das Olson-Haus besitzt, und Jean Olson Brooks, Christinas Nichte, die ihr viele Jahre lang nahestand, sowie die neunzigjährige Joie Willimetz, eine entfernte Cousine von Christina, die sich an ihre Besuche bei Christina während ihrer Kindheit in den 1930er und 40er Jahren erinnerte. Außerdem traf ich Ronald J. Anderson, Professor an der Harvard Medical School, der in der medizinischen Fachzeitschrift *The Pharos* überzeugend dargestellt hat, dass Christina an einer erblichen, sensomotorischen Nervenkrankheit namens Charcot-Marie-Tooth-Syndrom litt. Nancy und ich besuchten seinen Vortrag »Andrew Wyeth und ›Christinas Welt‹: Aufschlüsse über Christinas geheimnisvolle Krankheit« bei einer Konferenz der National Society of Clinical Rheumatology im Jahr 2015, die zufällig in Maine stattfand.

Während ich an meinem Roman arbeitete, las ich alles, was ich über die Olsons und die Wyeths in die Finger bekommen konnte. Zwei Biografien waren meine Prüfsteine: *Christina Olson: Her World beyond the Canvas* von Jean Olson Brooks und Deborah Dalfonso und *Andrew Wyeth: A Secret Life* von Richard Meryman. Beide Bücher wurden so beansprucht, dass ich mehrere Exemplare kaufen musste. (Ein besonderer Dank gilt Elizabeth Meryman und Meredith Landis, Richards Ehefrau beziehungsweise seine Tochter, für ihre Hilfe.) Betsy James Wyeths schönes Buch mit dem schlichten Titel *Christina's World*, das Bilder, Vorstudien und Erinnerungen enthält, war auch ungeheuer wichtig für meine Recherchen. Andere relevante Quellen waren *Andrew Wyeth: Autobiography* mit einer Einführung von Thomas Hoving, *Andrew Wyeth, Christina's World, and the Olson House* von Michael K. Komanecky und Otoyo Nakamura; *Wyeth: Christina's World,* eine MoMA-Publikation von Laura Hoptman; *Rethinking Andrew Wyeth,* herausgegeben von David Cateforis; *Wondrous Strange: The Wyeth Tradition,* mit einem Vorwort von David Michaelis; und *Andrew Wyeth: Memory and Magic* von Anne Clausen Knutson. Für Einzelheiten über Christinas Leben und die bäuerliche Lebensweise im Allgemeinen benutzte ich *John Olson: My Story,* worin er die Geschichte seiner Tochter, Virginia Olson, erzählt; *Old Maine Woman* von Glenna Johnson Smith; *We Took to the Woods* von Louise Dickinson Rich und *Farm Appliances and How to Make Them* von George A. Martin u. a.

Eine ganze Menge Videos haben sich mir als nützlich erwiesen, darunter *Christina's World,* eine Hudson-River-Film-&-Video-Dokumentation mit Julie Harris als Sprecherin; *Bernadette,* die Geschichte einer jungen Frau der Gegenwart namens Bernadette Scarduzio, die von der Charcot-Marie-Tooth-Krankheit betroffen ist; ein BBC-Film mit dem Titel *Michael Palin in Wyeth's World* sowie ein Video des Boston Museum of Fine Arts, in dem Jamie Wyeth, Andrews Sohn, über seinen Schaffensprozess spricht, während er an einem Gemälde mit dem Titel »Inferno« arbeitet.

Mein verlässlicher Freund John Veague, ein begabter Autor und Lektor, hat das Manuskript lange vor allen anderen gelesen – und nicht nur ein Mal, sondern wieder und wieder. (Manchmal bekam ich morgens eine E-Mail, abgeschickt um drei Uhr nachts, in der stand: »Noch eine Sache ist mir eingefallen …«) Durch seine Aufmerksamkeit und Genauigkeit hat das Manuskript viel gewonnen.

Meine drei Schwestern, Cynthia Baker, Clara Baker und Catherine Baker-Pitts sind meine idealen Leserinnen; ihre Anmerkungen zu meinem Manuskript waren scharfsinnig und klug. Michael Komanecky, dem Chefkurator des Farnsworth Art Museum, bin ich zu Dank verpflichtet, weil er meine vielen Fragen so geduldig beantwortet hat und mein Manuskript so klug und genau beurteilt hat. Rainey Davis, Nancy Jones und David Rockwell haben den Roman auf inhaltliche Korrektheit geprüft; Anne Burt, Alice Elliott Dark, Louise DeSalvo, Pamela Redmond Satran und Matthew Thomas haben ihn im Großen und im Kleinen verbessert. Marina Budhos hat mich auf die Idee gebracht. Mein Mann, David Kline, hat mich angespornt und mir mit unbezahlbaren Anmerkungen geholfen. Laurie McGee hatte beim Korrekturlesen meines letzten Romans so fantastische Arbeit geleistet, dass ich sie auch diesmal darum gebeten habe (und auch diesmal habe ich von ihrer Gründlichkeit und Genauigkeit profitiert). Mein schlauer Agent mit seinem trockenen Humor, Geri Thoma, hat mich in jeder Phase unterstützt; Simon Lipskar und Andrea Morrison bei Writers House waren mir auch eine riesige Hilfe.

Mit meiner Lektorin, Katherine Nintzel, arbeite ich schon lange Zeit zusammen. Mit jedem Roman wächst meine Bewunderung für sie. In ihrer ruhigen und freundlichen Art ist sie unerbittlich. Dieses Buch ist durch Kates fachkundige Anleitung und ihr einfühlsames Lektorat so viel besser geworden. Ich möchte auch meinem Team bei William Morrow/HarperCollins für seine uneingeschränkte Unterstützung danken: Michael Morrison, Liate Stehlik, Frank Albanese, Jennifer Hart, Kaitlyn Kennedy, Molly Waxman, Nyamekye Waliyaya, Stephanie Vallejo und Margaux Weisman.

Und was mich persönlich betrifft, möchte ich meinem Mann David und meinen Söhnen Hayden, Will und Eli danken; ohne sie wäre mein eigenes kleines Stück der Welt sicherlich trostlos.

Quellennachweise

Emily Dickinson, *Sämtliche Gedichte,* übersetzt von Gunhild Kübler, Hanser 2015. Mit freundlicher Genehmigung.

D. H Lawrence, *Söhne und Liebhaber,* übersetzt von F. Franzius, Insel Verlag 1925.

Nathaniel Hawthorne, *Das Haus mit den sieben Giebeln,* übersetzt von Irma Wehrli, Manesse 2004.

Richard Meryman: *Andrew Wyeth, A Secret Life,* Harper 1969. Mit freundlicher Genehmigung des Andrew Wyeth Estate.